행복한

엄마
수업

행복한 엄마 수업

지은이 · 이화자 | **펴낸이** · 오광수, 진성옥 | **펴낸곳** · 주변인의길
편집 · 김창숙, 박희진 | **마케팅** · 최대현, 김진용
주소 · 서울시 마포구 토정로222 B동 1층 108호
TEL · (02) 3275-1339 | **FAX** · (02) 3275-1340

http://www.dreamnhope.com | jinsungok@empal.com

초판 1쇄 인쇄일 · 2014년 2월 20일 | **초판 2쇄 발행일** · 2014년 5월 15일

ⓒ 주변인의길
ISBN 978—89—93536—39—3 (03810)

행복한

아이는 부모의 말을 듣고 크는 것이 아니라 부모의 등을 보고 큰다

엄마
수업

이화자 지음

주변인의길

행복한 엄마가 좋은 엄마이다

《아픈 마음의 치유》의 저자 론 멜이 쓴 '단지 그곳에 있으라'를 읽으면 마음이 편안해진다.

> 내 아이들이 성장하던 때를 나는 기억한다.
> 그 당시 아이 하나가 큰 고민에 빠져 있었다.
> 아이는 마음의 상처와 절망감 때문에 괴로워했다.
> 아이가 잠자리에 든 한밤중,
> 이따금 나는 아이 방에 들어가 그 옆에 누워 있곤 했다.
> 그 순간 지혜롭고 따뜻한 말이 생각난다면 다행한 일이었다.
> 하지만 그런 말이 늘 떠오르는 것은 아니었다.
> 단지 아이 곁에 누워, 아이와 함께 있는 것,
> 그것만으로 충분했다.
>
> 뽀송뽀송한 새벽별이 창 밖에서 기웃거리며 곧 이어 밝아올 아침을

예고하고 있다. 시간이 물처럼 흐르듯 세 아이와 때로 행복하고 때로 마음이 아팠던 때를 뒤로 하고 막내가 올해 스무 살로 접어들었다.

어린 시절, 역기능 가정에서 자란 나는 우울할 때가 많았다. 아버지에 대한 분노와 미움, 어머니에 대한 연민과 합쳐져서 소극적이고 말이 적은 아이였다. 오랜 만에 만난 중학교 동창이 예전의 나를 '웃음이 많던 아이'로 기억하는 것을 보면 아마도 슬픈 마음을 감추려고 친구들 틈에서 '페르조나', 즉 가면 웃음을 흘렸는지도 모른다.

첫아이를 낳고 가슴에 품었을 때, 온 세상이 내 것인 것처럼 얼마나 행복했던가. 하지만 엄마가 된다는 것은 마냥 기쁘기만 한 일이 아니라는 걸 나중에 알았다. 어릴 적 상처와 낮은 자존감이 발목을 잡았다.

자존감의 양이 행복의 양이다. '엄마'이기 전에 '인간'으로서 부족하고 약하지만, 그래도 가치 있고 소중한 존재라는 의식은 행복한 엄마가 되기 위한 필수조건이다. 대상 심리학자 위니컷이 말했듯이 우리에게 필요한 것은 '완벽한 엄마'가 아니라 '충분히 훌륭한 엄마'이다.

나 또한, 아이에게 완벽을 요구할 때는 행복하지 않았지만, 눈높이를 낮추고 있는 그대로 아이를 바라볼 때 행복했음을 고백할 수 있다.

'좋은 엄마에게서 행복한 아이가 태어나는 것이 아니라 행복한 엄마에게서 행복한 아이가 태어난다'

예전보다 눈에 띄게 달라져 가는 아이를 보며 가슴앓이를 하는 엄마가 많아 안타깝다. 그렇더라도 포기하지 말고 믿고 기다리는 엄마가 되었으면 하는 바람이다. 믿는 만큼 이루어진다. 같은 상황이라도 긍정적인 눈으로 보면 희망이 생기고 자신감이 생긴다.

"내가 위대한 사람이 되려고 열망했던 것은 나에 대한 어머니의 믿음 때문이다." 프로이트의 말이다. 자녀는 믿는 만큼 자란다.

인생을 사는 동안 몇 번의 축복된 만남이 찾아왔다. 내 일생 최고의 만남은 하나님과의 만남이다. 가족과의 만남도 빼놓을 수 없다. 그리고 최근에 내면 깊은 곳에서 꿈틀거렸던 작가가 되고 싶은 열망과 잠재력을 끌어내 주고 격려를 아끼지 않았던 김태광 작가이다.

그는 "평범할수록 책을 써라. 성공해서 책을 쓰는 게 아니라, 책을 써야 성공한다."라고 말했다. 이제 나의 첫 개인저서를 펴냄으로 새로운 인생 2막이 시작되어 기쁘다.

마지막으로 대한민국의 모든 엄마가 행복하기를 기도해 본다.

부모교육전문가 이화자

제5장 **진로교육**

딱 한 걸음만 앞서 가면 리더가 된다

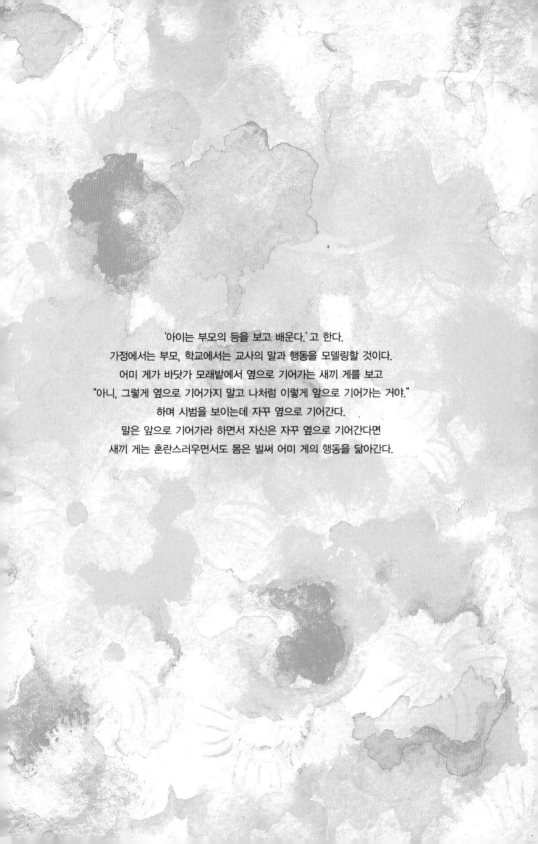

'아이는 부모의 등을 보고 배운다.'고 한다.
가정에서는 부모, 학교에서는 교사의 말과 행동을 모델링할 것이다.
어미 게가 바닷가 모래밭에서 옆으로 기어가는 새끼 게를 보고
"아니, 그렇게 옆으로 기어가지 말고 나처럼 이렇게 앞으로 기어가는 거야."
하며 시범을 보이는데 자꾸 옆으로 기어간다.
말은 앞으로 기어가라 하면서 자신은 자꾸 옆으로 기어간다면
새끼 게는 혼란스러우면서도 몸은 벌써 어미 게의 행동을 닮아간다.

제1장
엄마의 자격
엄마가 행복해야 아이가 성장한다

엄마들이여! 이제 사랑이라는 미명아래 아이를 나약한 줄기로 키우지 말자. 작은 결정이 두려
워 남에게 미루는 사람은 앞으로 나가는 것을 머뭇거린다. 온몸이 흔들리고 비바람에 젖어도
마음만은 아프지 말자. 우산을 혼자서 받쳐 들고 가는 아이의 뒷모습을 보며 손뼉을 쳐주자.
이제는 아이가 좀 젖어도 괜찮다고 생각하자. 가다가 햇빛이 나면 저절로 옷이 마르기 마련이
다. 흔들리지 않는 엄마가 어디 있으랴. 다만 중심을 잡지 못하는 엄마만이 있을 뿐이다.

있는 그대로의 모습을 사랑하라

'아이와 함께 있는 것, 그것만으로 충분했다.'

《아픈 마음의 치유》의 저자 론 멜이 쓴 '단지 그곳에 있으라' 는 시의 한 구절이다.

그리스 신화의 돌을 구르는 시시포스의 고행처럼 몸과 마음이 힘들고 고단했다. 매일 반복되는, 치우고, 청소하고, 빨래하는 일상은 최고의 인내심이 필요했다. 위로 두 딸은 남자애처럼 놀았다. 소꿉놀이한다고 방안 가득 늘어놓고 인형이란 인형을 다 꺼내놓고 논다. 소꿉놀이나 인형 놀이 같은 정적인 놀이는 잠깐이었고 선교원에 들어갈 나이부터는 가만히 앉아서 노는 시간보다 쫓아다니면서 노는 시간이 더 많았다. 거실에서 놀다가 안방에서 베란다로 넘나들며 "까르르 까르르" 웃고 소리를 지르면 윗집에서 조용히 해달라는 전화가 온다. 오죽하면 이웃 아주머니들이 하던 말이 있다.

"아휴, 여자애들이 꼭 남자애 노는 것 같아요."

나는 여자애들이 인형 머리를 가지런히 빗질하며 "우리 아기, 내가 예쁘게 머리 빗겨줄게?"라며 조곤조곤 노는 걸 보면 무척 신기하고 부러웠다. 우리 아이들은 밖에서 놀다 오면 머리는 산발하고 옷이며 손발은 흙을 잔뜩 묻혀 거지꼴을 하고 온다.

아이들이 이렇다 보니 집을 잠시만 비워도 난장판이 된다. "어지르면 안 돼!"라고 아무리 노래를 불러도 소용이 없다. 당연히 소리를 냅다 지르는 날이 많아지게 되고 '나는 왜 아이들을 잘 키우지 못할까?' 라는 죄책감이 가슴 한쪽에 도사리고 있다. 아이들 손에 용돈을 쥐어 주고 "나가 놀아라!"라며 내쫓은 후 신세 한탄을 하면서 청소를 말끔히 한다. 하지만 십 분도 안 돼 아이스크림을 쭉쭉 빨며 돌아오는 아이를 보면 찢어진 가자미눈을 하고 쳐다본다. 그런 후에는 아이를 수용하지 못하는 '나쁜 엄마' 라는 콤플렉스가 나를 괴롭힌다. 가수 이적의 엄마 박혜란은 《다시 아이를 키운다면》이라는 책에서 '육아, 잠깐이다. 재미있게 즐겨라.' 라고 말하고 있다. 남자아이 셋을 키우면서 나와 같은 일을 겪었던 그는 이렇게 적고 있다. '집이 사람을 위해 존재하는 것이지 사람이 집을 위해 존재하는 것이 아니다!' 라고. 그리고 집을 위해 살지 않고 아이를 위해 살겠노라고 자신에게 다짐했다고 한다.

나도 만약 박혜란처럼 위대한 발견(?)을 했더라면 아이도 나도 좀 더 행복했을 것 같다. 아이가 어지르면서 논다는 것은 건강하다는 증거이고 무엇인가 만져 보고 몸을 움직이면서 자기만의 희열감을 맛보는 한편 창조적 사고력이 쑥쑥 자라지 않겠는가?

이전에 스무 살 먹은 아기를 본 적 있다. 스무 살 먹은 아이가 어디 있느냐고 반문할지 모르겠다. 어느 중학교에 근무하는 선생님을 만나러

갔다가 학교 앞 문방구에 들른 적이 있다. 주인아주머니가 아기를 안고 미음을 숟가락으로 떠주고 있었다. 서너 살은 된 것 같은데 사지가 뒤틀리고 눈에 초점이 없다. 그런데도 아주머니는 너무 행복한 미소를 지으며 말을 했다.

"우리 아기는 나이가 스무 살이어요. 돌 때까지는 아주 잘생기고 건강했는데 어느 날 경기를 하고부터 장애가 왔어요. 말도 못하고 듣지도 걷지도 못해요. 다만 미음을 목구멍에 넣어주면 삼키기는 해요. 그래도 우리 아들이 얼마나 예쁜지 몰라요."

그날 처음 본 내게도 스스럼없이 털어놓는 것을 보며 적잖이 충격을 받았다. 나는 우리 아이의 조그마한 실수도 용납하지 않고 야단을 치는데 갖가지 장애를 가진 아들을 있는 그대로 받아들이는 모성애가 놀라웠다.

스무 해 동안 "엄마!"라고 제대로 불러보지도 않았을 아들, 그리고 영원히 아들한테 단 한 가지도 기대할 수 없는 아들임에도 불구하고 단지 자신이 낳은 생명이라는 이유로 가슴에 껴안고 사는 그 아주머니 앞에서 많은 부끄러움을 느꼈다.

아무것도 바라지 않고 있는 그대로 바라볼 수 있기에 그 아주머니는 아들 덕분에 행복할 수 있지 않을까? 그러고 보니 나는 우리 아이들을 있는 그대로 바라보지 않고 무엇인가 아이를 통해 충족시키려는 욕심이 많았던 것 같다. 예를 들면, 받아쓰기 백 점을 받아오면 내가 기뻐서 행복감을 느낀다. 빵 점을 받아오면 내가 남부끄러워서 행복하지 않다. 그렇다면, 아이가 몇 점을 받아오든, 무엇 하나 제대로 하지 못하는 허물투성이일지언정 그대로 인정한다면 얼마든지 행복한 엄마가 될 수 있지 않겠는가.

가끔 남들처럼 우리 아이를 멋지게 키우지 못한다는 생각에 움츠러들 때가 있다. 특히 아이가 존댓말을 쓰도록 키운 엄마를 가장 존경한다. 큰 딸이 초등학교 1학년쯤 존댓말을 가르치려고 존댓말 할 때마다 백 원씩 주며 폭풍 칭찬을 했다. 그것도 일주일이 지나니 말짱 도루묵이다. '나는 안 되는데 저 엄마는 어떻게 존댓말을 가르쳤을까?' 라는 생각에 또 주눅이 들고 열등감이 생긴다.

엄마가 잘 안 되는 것도 그대로 인정하자. 어차피 삶에는 정답이 없다. 존댓말을 쓰면 더 예의 바르게 보이고 부모를 존경하는 마음이 생겨 좋겠지만, 평어를 쓰면 다른 장점이 있다. 부모와 자식 간에 허물없이 친근한 느낌으로 서로 다가갈 수 있고, 한편 어느 정도 성인이 되어서 존댓말을 쓰면 어쩌랴!

EBS 모성 탐구 대기획 〈마더 쇼크〉에서 '왜 시대 엄마들은 이토록 힘들어하는가.'에 대한 문제의식을 통해 모성의 숨겨진 실태를 여러 관점에서 조명하고 엄마의 행복이 왜 중요하고 우리에게 필요한 건강한 모성 상을 제시하여 방영한 적이 있다. 이 시대의 모성은 주위의 과도한 기대 탓도 있지만, 엄마 스스로 떠안는 짐이기도 하다. 그래서 엄마의 역할을 잘 해내지 못한다고 생각할 때 자질이 부족함을 탓하며 자신의 모성을 의심한다고 한다.

나도 세 아이를 키우는 내내 그랬듯이, 수많은 엄마를 눈물짓게 하는 것은 자신이 '나쁜 엄마'라는 자책으로 괴로워한다는 사실이다. 이처럼 엄마 노릇이 힘들 때 혹시 외부에서 요구하는 과도한 모성 탓은 아닌지 점검해 보아야 한다. 내가 짊어져야 할 이상의 짐이라면 과감히 벗어던져야 한다.

예를 들면, "엄마는 자식을 위해 무조건 희생해야 한다."든가 "아이가 잘되고 잘 못 되는 것은 엄마한테 달렸다."라는 말은 누가 만든 틀인가? 그 가치관의 족쇄에 묶여 자신을 스스로 가두고 있지는 않은가? 그렇다면 이제 이런 불합리한 틀에서 벗어나 자신의 모성이 편안하게 될 수 있도록 하고, 힘들게 아이를 키우는 자신을 비하하지 마라. 또한, 다른 엄마와 비교하여 주눅이 들지 말고 나만의 장점을 찾아 가꾸어 가는 지혜가 필요하다.

잘났든 못났든 그것이 '나'임을 인정하자. 있는 그대로의 모습인 '나'를 사랑하자. 아울러 자녀를 있는 그대로의 모습으로 바라보자. 어차피 사람들의 삶에는 정답이 없다. 최선을 다해 살면 그것이 내 삶의 정답이 된다.

슈드비 콤플렉스

"우리 애는 왜 말을 안 듣는지 모르겠어요.", "내 자식도 내 맘대로 되지 않네요."

엄마들이 이구동성으로 하는 말이다. 하기야 그 말은 내가 아이를 키우면서 늘 했던 말이다. 아이가 왜 말을 안 듣는지, 내 맘대로 되지 않는지 깨닫게 되기까지 참 힘들고 어려웠다.

"빨리 씻고 숙제 안 할래?"

"싫어! 지금 재미있는 만화 한단 말이야!"

우리 집에서 일상 해 온 대화이다. 아니, 이건 '대화' 라고 할 수 없다. '대화' 는 쌍방 간에 커뮤니케이션이 되어야 한다. 커뮤니케이션이란 '사람들끼리 서로 생각, 느낌 따위의 정보를 주고받는 일. 말이나 글, 그 밖의 소리, 표정, 몸짓 따위로 이루어진다.' 라고 사전에 정의하고 있다.

일방적인 명령이나 경고는 '대화'가 될 수 없다.

그런데 엄마는 내 생각대로 명령하고 아이가 즉각 수행하기를 기다린다. 하지만 돌아오는 것은 "싫어! 안 해!"라며 엄마의 명령을 거부하는 대답이다. 엄마는 슬슬 약이 오르기 시작한다.

"빨리 씻으라고 했지? 열 셀 때까지 안 씻으면 맞는다!"

라고 제2의 명령이 하달된다. 엄마는 이미 아이가 내 말에 저항한다고 느끼고, 한 살이라도 어릴 때 제압해야 커서 반항을 못 한다는 생각이 더욱 확고해진다. '지금 밀리면 영원히 밀린다.'라고 생각하며 얼굴이 더욱 벌게지고 기어이 매를 들고야 만다.

아이가 지금 무엇을 하고 싶은지 무슨 생각을 하고 있는지 엄마의 안중에는 없다. 단지 엄마는 아이가 무엇을 해야 하는지 '슈드비 콤플렉스'에 빠진다. 솔직히, 문제는 아이에게 있는 것이 아니라 엄마의 '슈드비 콤플렉스'에서 오는 문제이다. 내 아이는 반드시 '내 말대로 해야 한다'는 견고한 굴레를 벗어버려야 한다.

그렇지 않은가? 지금 아이는 재미있는 만화에 푹 빠져 있다. 씻거나 숙제를 할 생각은 아예 없다. 그런데 엄마는 "씻고 숙제하라!"고 소리를 지른다. 엄마는 아이가 엄마 말에 들은 대꾸를 안 한다고 화가 나고 아이는 한창 재미있는 만화의 몰입을 방해하는 엄마에게 짜증을 부린다.

엄마가 아이의 정서 상태를 고려하지 않고 아이에게 원하는 바만을 일방적으로 이야기하면, 아이는 엄마의 요구가 부당하다는 판단 아래 엄마의 이야기를 수용하지 않게 되고 급기야 가장 친밀해야 할 부모 자녀 간의 커뮤니케이션은 단절되고 만다.

아이가 씻고 숙제를 다 한 후에 텔레비전을 보면 좋을 것이다. 하지만 우리의 삶이 항상 정해진 틀대로 이루어지지 않을뿐더러 여러 상황에 따라 하고 싶은 대로 되지 않을 때도 잦다.

　나는 여간해서 낮에 낮잠을 자거나 저녁에 잠자리에 들기 전에 눕지 않는다. 그런데 하루는 저녁을 먹고 밥그릇과 반찬 그릇을 설거지물에 담가 놓지도 않은 채 방바닥에 누워 버렸는데 그만 깜빡 잠이 든 적이 있다. 남편은 안쓰러운지 깨우지도 않고 이불을 덮어주어 실컷 잔 후 새벽에야 눈을 떴다. 이도 닦지 않고 화장도 지우지 않고 말이다.

　"어제 내가 너무 피곤했었나 봐요."

　"입을 헤 벌리고 어찌나 곤히 자던지…."

하며 웃는 남편의 마음 씀씀이가 고맙기까지 했다. 하지만 만약 엊저녁에 곤히 자는 나를 남편이 발로 툭툭 건드리면서 "이봐! 게으르기는! 설거지도 안 하고 초저녁부터 웬 잠이야! 빨리 일어나 설거지부터 하라구!" 했다면 어떤 반응을 보였을까? "알았어요." 하면서 일어나서 밀어둔 설거지를 하였을까? 아마 모르긴 해도 "아유, 짜증 나! 조금만 자고 일어나서 할게요!"라며 계속 누워 있었을 것이다.

　엄마들은 왜 다른 사람이 자신을 이해하고 공감하길 원하면서 아이에게는 완벽을 요구하고 엄격한 잣대를 들이대는 걸까? 내 아이는 아직 어리니까 어른인 내가 지시하는 것이 좋다는 착각에서 비롯된다. 그 작은 착각이 엄마와 아이와의 소통의 벽을 높이고 나아가 아이의 자율성과 창의성을 해친다.

　엄마가 설거지를 좀 미루고 이른 초저녁잠을 청할 수 있듯이 아이도 숙제를 미루고 만화영화를 볼 수 있다. 매일 반복되는 습관의 문제가 아니라면 가끔은 한 눈을 찔끔 감아 주자. 엄마가 '슈드비 콤플렉스'를 벗으면, 만화에 몰두하고 있는 순수한 표정과 얼굴에 땟물이 흘러도 예쁜 오동통한 볼살과 마주하게 된다. "재밌니?" 하고 물어보면 아이는 방금

'투니 버스' 프로그램에서 본 이야기를 엄마에게 '손짓 발짓' 하며 이야기할지 모른다.

아이와 행복하게 보내야 할 많은 시간을 엄마의 완벽주의 굴레 속에 가두고 있다. '완벽주의 엄마'는 아이에게 상처와 좌절감을 안겨준다. 왜냐하면, 이 세상에 완벽한 아이는 존재하지 않기 때문이다. 당연히 엄마 또한 아무리 열심히 노력해도 행복하지 않다. 한마디로 쌍방 지는 '게임'이다.

'내가 낳은 자식이니까 내 자식 내 맘대로 한다.'는 엄마의 생각이 결국 내 아이를 완벽하게 만들겠다는 '슈드비 콤플렉스'를 가지게 한다. 특히 대한민국의 어머니들은 적당한 시기에 '애착 관계'의 사슬을 떼지 못한 채 성년이 되어도 자녀를 간섭하기도 한다. 미국에는 성인이 되면 스스로 독립하여 갈 길을 간다.

자, 이제 대한민국 엄마들은 '완벽주의'의 굴레에서 빠져나와 아이에게 "괜찮다"고 말하자. "괜찮다"는 말은 책임 회피가 아니다. 게으른 자의 '궁여지책'도 아니다. 아이도 나름의 스트레스가 있다. 어른도 때로 견디기 힘든 스트레스가 있을 때도 있는데 아이가 잘살아가는 것만 해도 대견하지 않은가?

게슈탈트 심리학자 펄스는 자신의 자서전적인 저서 《쓰레기통의 안과 밖》에서 이런 말을 언급하였다. '장미는 장미이고, 장미는 장미이다.'라고. 아이는 아이일 뿐이다. 어른의 사고와 생각을 아이에게 강요하는 것은 장미가 국화가 되기를 바라는 것과 같다. 또 한 가지 '강을 재촉하지 마라, 강은 스스로 흐른다.'라는 명언을 남겼다.

그렇다. 아이를 재촉하지 말자. 강이 재촉하지 않아도 흐르듯이 아이도 재촉하지 않아도 잘 자란다. 아니 재촉하지 않을 때 더욱 잘 자란다.

아이가 만화를 보거든 숙제하라고 다그치지 말고 같이 만화를 보라. 같이 웃고 떠들며 공감하면 마음이 통하고 양육을 즐기게 된다. 혹시 아이가 실수하더라도 부끄러워하지 않도록 말해 주자. 오히려 실수를 자랑스럽게 생각하라고 하자. 네가 실수했다는 것은 새로운 경험을 한 것이므로 엄마는 네가 자랑스럽다고 말하자. 다시 한 번 마음에 새기자.

'강을 재촉하지 마라. 강은 스스로 흐른다.'

흔들려도 괜찮다

이렇게 푹푹 찌는 한여름이면 아침밥을 먹고 매일 달려가는 곳은 도서관이다. 도서관 2층으로 올라가는 계단과 계단이 이어지는 곳에 시인 도종환의 '흔들리지 않고 피는 꽃이 어디 있으랴' 라는 시를 마주한다. 나는 발걸음을 멈추고 시를 마음속 깊이 읊어본다.

흔들리지 않고 피는 꽃이 어디 있으랴

이 세상 그 어떤 꽃도 다 흔들리며 피었나니

흔들리면서 줄기를 곧게 세웠나니

흔들리지 않고 가는 사랑이 어디 있으랴

젖지 않고 피는 꽃이 어디 있으랴

이 세상 어느 빛나는 꽃들도

다 젖으며 피었나니

바람과 비에 젖으며 꽃잎 따뜻하게 피웠나니

젖지 않고 가는 삶이 어디 있으랴

'내 아이' 라는 줄기를 곧게 세우는 이 땅의 엄마들은 매일 흔들린다. 엄마의 손길이 없어도 저 혼자 이 세상 어딘가에 우뚝 서서 뚜벅뚜벅 갈 수 있는 아이를 위해 바람을 기꺼이 맞는다. 꽃잎 따뜻하게 피워 주위를 행복하게 하는 한 송이 꽃을 피워내기 위해 소낙비도 마다치 않고 젖는다. 그런데 왜 엄마는 매일 마음이 아플까?

준비되지 않은 엄마인 나는 아이가 '으앙' 하고 이 세상에 첫울음을 찍고 태어나는 순간부터 '엄마' 가 됐다. 15시간의 진통 끝에 "예쁜 공주님입니다!"의 간호사 말에 '아들' 을 기다렸던 나는 순간 얼마나 실망이 되던지. 하지만 간호사가 보여주는 아기의 얼굴을 보니 내가 낳았다는 것이 신기할 따름이었다. 천둥 번개 치는 산고의 고통이 끝난 뒤 따뜻한 아랫목에서의 잠은 내 삶에서 가장 달콤한 단잠이었다.

가끔 엄마가 되기 전 '출산 학교' 라든가 '예비 엄마 학교' 라든가 그런 프로그램이 있어 엄마로서 준비할 수 있는 학교가 왜 없을까 고민할 만큼 모든 것이 어설펐다.

사실 아이를 키우면서 초등학교 저학년 시기는 무척 힘든 시기이다. 본격적인 학업이 시작되는 초등학교 저학년은 그야말로 엄마가 가장 신경이 쓰이고 바쁘다. 시간표 챙기랴, 준비물과 숙제 챙기랴, 학부형 총회와 선생님 면담 등 일일이 엄마 손이 닿아야만 하기 때문이다. 더구나 '틀린 문제 두 번씩 엄마하고 받아쓰기 해오기' 나 '여러 가지 모양의 나뭇잎 가져오기' 와 같은 과제가 있는 날이면 완전 비상이다. 설거지를 끝내고 알림장을 보는 시간이 열 시가 넘는 날이 많으므로 몸을 눕히기도 전에 스트레스가 더 쌓인다.

"아휴, 선생님은 왜 숙제를 많이 내주고 이런 준비물을 가져오라고 하신담?"

하면서 졸린 눈을 비비는 아이를 앉혀 놓고 열심히 받아쓰기 숙제를 한다. 그리고 비닐종이를 한 개 들고 나가 컴컴한 어둠을 헤치며 '여러 가지 나뭇잎'을 뜯어 담는다.

아마도 내 기억엔 하루도 빠짐없이 이런 날이 계속되었다.

산고를 거쳐 육아의 도사가 되기까지가 육체적인 전쟁이라면 이제는 육체적인 전쟁뿐 아니라 심리전까지 한층 더 고조된 소모전이 펼쳐진다. 옆집 아이가 무슨 학원에 다니는지, 지난 기말평가에는 몇 점을 맞았는지, 우리 반에 누가 반장이 되었는지, 심지어 우리 아이 생일잔치에는 누가 올지 항상 신경을 곤두세운다. 내가 바짝 신경을 쓰지 않으면 언제 우리 아이가 뒤처질지 모른다는 생각에서이다. 오죽하면 선생님들 사이에 '초등학생 점수는 엄마 점수'라는 말이 나올까?

엄마는 늘 최선을 다한다. 그런데도 내 아이는 크게 더 나아지지 않는 것 같다. 남편도 나를 알아주지 않고 '아이가 공부를 잘하고 못하는 것은 엄마에게 달렸다'고 은근히 스트레스를 준다. 더 큰 문제는 엄마가 열심히 하고 있음에도 불구하고 자신이 하는 것에 확신이 없이 흔들린다는 것이다.

내가 그랬다. 누구보다 바지런히 움직이고, 다른 아이에게 뒤처지지 않도록 애를 쓰는데 항상 자신이 없고 불안했다. 내가 불안하니까 아이를 자꾸 채근하게 되고 겁을 주고 부담을 주게 된다. 그러면 '관성의 법칙'에 따라 아이는 짜증을 부리거나 안 한다고 고집불통이 된다.

소아정신과 의사 서천석은 《아이와 함께 자라는 부모》에서 '엄마의 스트레스는 안경의 얼룩과 같아서 상황을 잘 보려면 안경알부터 잘 닦아야 한다.'고 말했다. 안경에 얼룩이 지면 앞이 잘 보이지 않는다. 내가 아이에게 하는 일이나 생각이 무엇인지에 대한 확신이 있어야 한다. 그 확신은 옆집 엄마와 비교해서 오는 확신이 아니라 자신의 소신에서 오는 것이라야 한다. 나는 스트레스와 더불어 엄마의 편견도 상황을 잘 보지 못하게 하는 '안경의 얼룩'과 같은 것이라고 믿는다.

엄마는 매일 흔들린다. '피아노를 언제 그만두어야 하나?', '햄이 몸에 좋지 않다는데 계속 먹어야 하나?'부터 시작하여 '어느 학원이 공부를 끝내주게 잘 가르친다고 하는데 학원을 옮겨야 하나?', '어느 중학교에 가야 하나?' 이런저런 생각으로 아이를 키우면서 매일 갈등하고 흔들린다.

정답은 하나다. 엄마는 매일 흔들리지만, 중심을 빨리 잡아야 한다. 엄마가 갈등하고 방황하는 것에 대한 답은 엄마에게 있지 않고 아이에게 있다. 내가 어른이니까 내가 잘 판단하고 결정하는 것이 아이에게 도움이 된다는 것이 엄마의 편견임을 눈치채길 바란다. 하루라도 빨리 '안경의 얼룩'을 깨끗하게 지우고 말끔한 눈으로, 모든 판단과 결정의 주체를 아이에게 돌려주라.

작년에 아들이 대학에 낙방하고 '전문대학을 가야 하나? 재수해야 하나?'라는 두 갈래 길에 서 있었다. 아마도 전문대학을 가려니 자존심이 상하고 재수를 하려니 '입시 지옥'의 불길 속에 또 들어가야 하는 막막함 속에서 고민이 많았으리라.

"엄마, 나 전문대학 갈까? 재수할까?"

"혁아. 전문대학을 갈 것인지 재수할 것인지는 네가 결정하렴. 엄마는 네가 어떤 결정을 하든지 그대로 따르마."

어릴 때부터 작은 일이라도 가능하면 자신이 선택하고 책임을 지도록 했다. 하지만 결정적인 때는 혹시 후회할지도 모르는 선택에 대한 두려움 때문에 엄마에게 물어본 것이라 여겨진다. 가끔 혹 잘못된 결과라도 나오면 자신이 물어보았던 그 사람에게 "당신 말대로 했더니 이게 뭐냐?"라며 원망하는 모습을 나는 너무나 많이 보아왔다.

엄마들이여! 이제 사랑이라는 미명아래 아이를 나약한 줄기로 키우지 말자. 작은 결정이 두려워 남에게 미루는 사람은 앞으로 나가는 것을 머뭇거린다. 온몸이 흔들리고 비바람에 젖어도 마음만은 아프지 말자. 우산을 혼자서 받쳐 들고 가는 아이의 뒷모습을 보며 손뼉을 쳐주자. 이제는 아이가 좀 젖어도 괜찮다고 생각하자. 가다가 햇빛이 나면 저절로 옷이 마르기 마련이다. 흔들리지 않는 엄마가 어디 있으랴. 다만 중심을 잡지 못하는 엄마만이 있을 뿐이다.

엄마의 자존감이
아이를 성공으로 이끈다

학교에서 담임을 맡다 보면 가끔 학부모와 상담해야 할 때가 있다. 그런데 엄마를 만나보면 크게 두 부류다. 자신의 자녀에 대해 모든 것을 알고 있다고 생각하는 엄마들과 그렇지 않은 엄마들. 아이가 저학년일 때는 전자가 많지만, 고학년으로 올라갈수록 후자가 많다.

요즘은 엄마가 자발적으로 상담하는 경우는 많지 않다. 교실에서 어떤 문제가 있을 때 아주 조심스럽게 방문해 주실 것을 권하여 상담에 임하는 경우가 훨씬 더 많다. 시대가 시대인 만큼 엄마에게 상담을 요청하기도 쉽지 않다. 별것도 아닌 일로 부모를 호출한다는 오해를 받을 수 있기 때문에 가능한 한 교실에서 해결하거나 소소한 일은 표시 없이 덮어두고 시간만 가기를 기다리는 경우도 많다.

마지막에 엄마의 도움이 아니면 안 되겠다는 판단이 섰을 때 어렵게 오시라는 메시지를 보낸다. 교실에서 의자를 내어드리면 "우리 애 좀 어때요, 선생님?" 하면서 앉는다. 학기 초 학부형 총회에서 만난 후 담임 호출로 상담하러 오는 마음이 무척 무거웠을 것이라고 짐작한다. 우리 아이가 학교생활이 어떤지 궁금하던 차에, 여기저기서 "당신 아들이 자주 선생님께 혼난다더라!"는 말이 들려왔으리라 여겨진다.

"우리 애 좀 어때요. 선생님?"

하고 물으면 참 난감하다. 엄마와 마주하면 으레 듣는 첫마디인데 들을 때마다 어디서부터 대답을 해야 할지 솔직히 모르겠다. 그렇게 편한 자리가 아닌 만큼 엄마도 어디서 무슨 말을 시작할지 몰라 가장 무난한 질문을 하는 것이겠지만 담임으로서는 이보다 더 어려운 질문이 없다.

성적을 말하는 건지, 학습 태도를 말하는 건지, 교우관계를 말하는 건지 너무 광범위하다. 한마디로 선생님이 알아서 어떤 말씀인지 해달라는 것이 아니겠는가?

엄마도 선생을 대하기가 어렵듯이 선생도 엄마를 대하기가 가장 어렵다. 왜냐하면, 아이들의 성격이 다르듯이 엄마의 성격도 다르므로 '어떤 엄마'일지 잘 모르는 상태에서 상담할 때 긴장되고 약간의 두려움이 일어나는 것이 사실이다.

"어려운 걸음 하시느라 힘드셨죠? 사실 현우가 요즘 아이들과 자주 다투고 수업 시간에도 집중을 잘 안 해요."

라고 조심스럽게 말을 꺼낸다. 여기서 엄마의 반응은 두 가지로 나뉜다. "그래요? 현우가 친구들과 많이 다투나요?" 하면서 걱정스럽게 사실을 묻는 엄마, 그리고 "저, 우리 아들 말로는 다른 아이가 우리 아이를 괴롭힌다고 하던데요. 우리 아이는 그럴 애가 아녜요. 얼마나 착한데…."라며 사실 자체를 일단 부인하는 엄마도 있다.

둘째 아이가 초등학교 3학년 때로 기억된다. 딸아이가 배가 많이 아프다는 선생님의 연락을 받고 급히 학교에 갔다. 그때는 마침 막내를 돌보느라 학교를 쉬고 있던 터였다. 어떤 사정이 있어서인지 기억이 안 나지만 학부형 총회에 참석하지 않아 선생님을 뵌 것은 초면이었다. 선생님은 딸아이가 가방을 챙기고 있는 사이 복도 한쪽에서 작은 소리로 말씀하셨다.

"지혜가 자꾸 친구들과 편을 나누고 학급 분위기를 흐려놓아서 힘들어요. 안 그래도 어머니께 전화를 한번 드리려고 했어요."

"아, 그래요? 잘 몰랐네요. 우리 지혜가 늦게 동생을 보아서 집에서도 힘들게 하는데 학교에서 친구들 사이에 그런 문제가 있는지 몰랐네요. 죄송해요. 제가 집에서 잘 타이르겠습니다."

나는 적잖이 당황했다. 학부형 입장에서 직접 아이의 단점을 지적하여 들으니 기분은 썩 좋지 않았다. 마치 내가 상처를 입은 것처럼 딸아이를 데리고 병원에 가면서 공연히 짜증을 내기도 했다. 지금 생각하면 내 아이의 단점을 말해 주니 단점을 고칠 기회를 주는 것이라고 하면 감사할 일이라 할 수도 있겠지만, 그 당시에는 그러지 못했다.

사람들이 내 아이를 칭찬하면 나를 칭찬하는 것 같아 기분이 우쭐하고 내 아이의 단점을 지적하면 내가 상처를 받고 자존심이 구겨진다. 엄마와 아이 사이가 마치 경계가 없는 것처럼 말이다. 그런데 그것이 문제이다. 아이는 아이고 엄마는 엄마다. 그리고 누구나 문제를 가지고 있고, 문제를 가지고 있다고 해서 그 사람의 가치가 떨어지는 것은 아니다.

엄마나 아이나 문제를 인정하면 그 문제를 어떻게 해결할까 하는 데는 쉽게 접근할 수 있다. 하지만 문제를 인정하지 않고 환경이나 타인에게 그 문제를 전가하면 도저히 해결할 방법이 없다. 누구의 문제인가를 따지다가 언쟁만 높아지고 상처만 깊어질 따름이니까.

그런데 문제를 인정하지 않는 데는 다른 원인이 있다. 바로 엄마 자신의 낮은 자아존중감, 즉 자존감의 문제이다. 자존감이란 자신이 사랑받을 만한 가치가 있는 소중한 존재이며 높은 성과를 낼 유능한 사람이라고 생각하는 마음이다. 또 성과를 이루어내지 못한다 하더라도 자기 자신을 있는 그대로 마음에 들어 하는 것이다.

하버드대학교 조세핀 킴 교수는 "자존감은 성공하는 삶을 살아가는 데 꼭 필요한 요소이자, 자존감의 핵심은 자기 가치와 자신감"이라고 말했다. 자존감이 높은 엄마는 아이의 문제를 보더라도 "내 아이가 문제가 있으니 넌 엄마를 힘들게 하는 나쁜 아이야."라고 생각하지 않고, "문제가 있어도 넌 나의 소중한 아이야. 어떻게 이 문제를 해결할까?"라며 긍정적으로 받아들인다. 반면 자존감이 낮은 엄마는 "너는 왜 만날 문제만 일으키니? 공부도 못하는 주제에. 아휴, 내가 쟤 때문에 못살아. 창피해서 죽겠다."라며 스스로 움츠러들고 열등감과 상처의 늪에 빠져 허우적거린다.

또한, 자존감이 높은 아이는 "나는 참 소중한 아이야. 여러 가지 단점이 있지만, 장점도 많이 있어. 열심히 노력한다면 좋은 결과가 있을 거야."라고 말할 수 있다. 자존감이 낮은 아이는 "나는 왜 아무것도 잘하는 것이 없을까? 난 쓸모없는 아이야."라며 자신을 한없이 비하한다.

자존감이 높은 엄마는 마음의 여유가 있기 때문에 자녀에게 일어나는 여러 크고 작은 일에도 쉽게 부화뇌동하지 않는다. 혹시 자녀가 실패하더라도 수용하고 때를 기다릴 수 있다. 자존감이 높은 엄마에게서 자란 아이 또한 자존감이 높다는 것은 당연하다.

에디슨은 만 번 실패 후에 전구를 발견했다. 실패했다고 해서 인생이 끝난 것은 아니다. 우리가 실패했을 때, 실수했을 때 어떻게

생각하느냐가 중요하다. 우리 아이가 인생의 긴 여정을 출발했
는데 아직 갈 길이 멀다. 넘어지고 일어서기를 반복하는 것이
인생이다. 엄마는 넘어졌다 일어서는 아이를 보며 따뜻한 미소
를 보내면 그만이다. 넘어졌는데 일어서길 주저할 때 손을 내
밀어 주면 아이는 힘을 낼 것이다.

그렇다면, 우리 엄마들은 먼 바다까지 빛을 비추는 높은 자존감의 횃
불을 들자. 자녀의 성공은 엄마의 자존감의 양만큼 무한한 가능성의 바
다로 질주한다. 달려라. 힘내라. 이 땅의 엄마들이여.

엄마 안에
상처받은 아이가 있다

"난 이담에 엄마 같은 사람 안 될 거야!"

"너보다 열 배 힘든 딸 낳아 봐라!"

둘째 딸과 언쟁이 있을 때면 항상 되풀이되던 레퍼토리다.

엄마 품에서 젖을 빨다 배가 부르다 싶으면 어느새 곤히 입을 '헤' 벌리고 잠에 떨어지는 아기를 보면 세상을 다 얻은 것 같은 행복이 밀려온다. '이렇게 예쁜 아기가 있을까?' 몸은 힘들지만, 새록새록 아기를 키우는 맛은 뭐라 설명할 수 없을 만큼 짜릿짜릿하다.

하지만 아이를 키우면서 오는 고단함은 몸이 열 개라도 모자랄 초등학교 입학 시기부터 시작하여 사춘기 때 정점을 찍는다. 몸이 고단한 것은 그런대로 버틸 만하다는 걸 나중에야 알았다. 사춘기를 겪는 둘째 딸과의 갈등은 마음마저 아파 나는 엄마로서 심한 열병을 앓았다.

큰딸은 그런대로 무난하게 보낸 사춘기를 둘째 딸은 무던히도 부모속을 태웠다. 일곱 살 차이로 동생을 본 후로 시샘이 엄청나게 컸다. 부모의 사랑을 빼앗겼다는 심리적 외상인 줄 몰랐던 나는 어린 아기를 못살게 구는 딸을 미워했다. 때로는 심하게 화가 내서 매로 때린 적도 있었으니 딸로서는 엄마가 얼마나 미웠을까?

딸에게 매를 대거나 심한 다툼이 있었던 후는 죄책감에 시달렸다. '나는 엄마 자격이 있을까?' 라는 생각으로 괴로웠다. '딸이 오면 잘해 주어야지.' 라고 작정하다가 막상 사사건건 트집을 잡는 딸을 보면 또 같은 일이 반복됐다. 아니 더 심해졌다.

"혁이가 사달라고 하면 다 사주잖아!"

"혁이는 맛있는 것 다 주고… 집에 오니 먹을 것이 없네?"

딸의 이런 말투를 너무 싫어했다. 마치 엄마를 무시하는 것 같았다. 깊은 곳에서부터, 구정물을 휘저으면 더러운 부유물이 둥둥 떠오르듯이 묵었던 상처들이 떠올랐다. 딸을 나무랐지만, 사실은 나의 어릴 적 상처를 마주하기가 힘들어서 '너는 나쁜 딸이다.' 라고 몰아친 것이 아닐까?

친정엄마는 가정을 몰라라 하고 도박으로 가산을 탕진한 아버지를 많이 원망하며 늘 신세타령을 했다. 고만고만한 여섯 남매를 놔두고 서울 가는 버스에 몸을 실었다가 너희가 불쌍해서 다시 내렸노라고 말했다. 그때부터인지 나는 학교에서 돌아오면 엄마가 도망가 없을지도 모른다는 두려움이 있었다. 온종일 시장에서 국밥 장사를 하시고 돌아오시는 엄마가 너무 불쌍했다. 버는 돈 없이 백수로 지내는 아버지에 대한 미움이 마음 깊숙이 도사렸다. 내가 대전 명문여고에 합격했을 때 친정엄마는 등록금에 쓸 돈을 꾸어 장롱에 보관하였다. 그런데 아버지는 그 등록금을 몰래 빼내 도박에 날려버렸다. 그때 감당치 못할 마음속 분노와 미움을 겉으로 드러내지 못하고 점점 마음의 상처가 깊어져 갔다.

최성애 박사는 어릴 때부터 받은 경험을 가지고 뇌 회로가 형성되는데 거의 무의식적으로 정서, 기억, 상처와 같은 것들이 그대로 회로에 영향을 미치면서 그것을 '모성의 대물림'이라고 설명했다. 따라서 그런 정서, 기억, 상처가 싫었다고 하더라도 자신이 어른이 되어서 아이를 낳으면 자연스럽게 그대로 아이에게 행하게 된다고 한다.

친정엄마의 자책과 신세 한탄을 들으면 불안한 마음과 함께 나 때문이라는 죄책감이 들었다. 내가 가장 듣기 싫었던 말이 있다. "어휴, 내가 네 아버지 잘못 만나서 이 모양 이 꼴로 산다." "내가 너희만 아니었으면 벌써 팔자 고쳤을 거다."라는 말이다.

나의 뇌 회로에 '엄마'에 대한 '부정적 모성'이 깊이 박혀 있었다. '엄마'가 되어 상처가 돼는 자극이 자주 발생하면서 상처가 더 곪기도 하고 더 커져서 큰 흉터를 남기게 되었다. 그래서 딸아이와 감정적으로 부딪히는 상황에서 스트레스를 이길 면역력이 결핍되어 심리적으로 지쳐만 갔다.

나와 같은 상처 입은 모성을 가진 엄마들이 많다는 것을 안다. 유교적 관습이 뿌리내린 우리 세대의 친정엄마는 특별한 예를 제외하고 남편의 바람기와 알코올 중독, 또는 나의 아버지와 같은 도박, 이 세 가지의 영적 문제를 가지지 않은 남자는 거의 없었다. 그렇기에 나와 비슷한 연배의 친정엄마는 '부정적 모성'을 대물림할 수밖에 없는 상황이었다.

생각해 보면 친정아버지도 그 시대의 희생양이다. 지금처럼 생산적인 일을 할 기회가 많이 주어지지 않고 유교적인 관습에 얽매어 살던 그 시대 아버지들이 사실 무슨 죄가 있겠는가?

이제 엄마들은 '상처받은 아이'와 대면하고 상처의 실체를 마주해야 한다. '상처받은 아이'와 마주하기가 고통스럽다고 아무 일 없는 것처럼 겉만 그럴듯하게 봉해 놓는다고 해서 문제가 끝나는 것이 아니다. 아직 해결되지 않은 마음속의 분노, 원망이 말투나 눈빛을 통해 아이에게 투사가 되는 근원점이 남아 있다. 그래서 아이가 짜증을 내면, '아이가 짜증을 내는구나? 무엇 때문에 그렇지?' 라고 생각하여 해결책을 찾지 않고, '애가 왜 엄마에게 시비를 걸지?' 라고 생각하게 된다.

엄마와 아이와의 문제는 두 사람과의 문제 이전에 친정엄마와의 미해결된 감정의 찌꺼기 때문임을 알았다. 엄마의 마음속에 상처로 범벅된 아이를 놓아 주자. 친정엄마도 나름대로 최선을 다했지만 무서운 대물림을 알지 못하고 당신의 방법대로 마음속의 한을 풀어 놓았을 따름이다.

친정엄마의 '부정적 모성애' 를 물려받았다고 해서 꼭 '나쁜 엄마' 가 되라는 법은 없다. '좋은 엄마' 가 되기를 원하고 노력하면 그 대물림에서 벗어나 충분히 엄마 마음속에서 '긍정적인 모성애' 를 이끌어 낼 수 있다. 내 아이 또한 행복하기를 원하는 이 땅의 모든 엄마는 가계에 흐르는 영적 대물림을 두 눈 부릅뜨고 직시해야 한다.

행동이나 말로 또는 눈빛이나 말투로 소통을 막는 것은 다름 아닌 자기 생각이다. 내가 상처에서 놓임을 받으면 나와 다른 사람을 이해하게 되고 아이의 감정에 공감하는 힘이 생긴다. 그러면 아이의 짜증 이면에 있는 마음속의 욕구를 눈치채게 되고 물 흐르듯 통하게 된다.

아이를 사랑하면서 '행복하지 못한 엄마' 들은 이제 상처의 허물을 벗고 아이에게로 다가가자. 지금 '내 안의 상처 입은 아이' 의 실체를 똑똑하게 본 엄마는 이제 '좋은 엄마' 가 되는 보증 수표를 받은 것과 같다. 왜냐하면, 상처는 가면과 같아서 실체를 목격한 사람은 속일 수 없기 때문이다. 이제 당신은 충분히 '좋은 엄마' 다. '좋은 엄마' 가 되기 위해 노력하는 엄마는 모두 '좋은 엄마' 이다. 대물림을 끊고 우리 아이에게는 더욱 행복한 미래를 물려주어야 할 책임이 엄마에게 있다.

미안함, 죄책감,
불안감을 벗어던지라

'미안함, 죄책감, 불안감'

이것은 내가 아이를 키우면서 가장 많이 가졌던 감정 단어이다. 돌이켜보면 고등학교 때부터 혼자 자취를 하며 삶을 꾸려간 나는 함께 사는 가정이란 보금자리가 무척 그리웠다. 작가 키이스 페라지는 《혼자 밥먹지 마라》라는 책을 쓰기도 했는데 나는 집에서 매일 혼자 밥을 먹었다. 혼자 자고 혼자 공부하고 혼자 텔레비전을 보았다.

교편생활을 시작한 때는 80년대 초반이었는데 한 반에 무려 70명이 넘었다. 더구나 오전반과 오후반으로 나뉘던 시절이라 학교가 매일 북적거렸다. 지금처럼 체육이나 음악, 영어, 스포츠 강사 등 전담교사라는 용어 자체가 없었다. 그리고 토요 휴무제가 아직 도입 전이라 육체적 피로가 계속 누적되어 집에 오면 녹초가 되어 나자빠졌다. 요즘 학교는 공문이나 잡무 등으로 힘들고 또 예전 같지 않은 아이들을 지도하며 스트레스를 받지만, 당시 고학년은 주당 32시간이라는 거의 살인적인 수업 시간을 어떻게 감당했는지 지금 생각하면 아찔하다.

학교에서 아이들 틈에서 그야말로 부대끼다가, 집에 오면 대화할 수 있는 사람이 없다는 것이 무척 허전했다. 그래서 난 '결혼'이란 걸 하고 싶었다. 단지 마음을 나눌 '한 사람'이 필요했는데 '엄마'라는 이름 앞에 이제까지 겪지 못한 수많은 감정의 파도를 넘나드는 거대한 신드롬의 바다와 직면하게 될지 미처 짐작하지 못했다.

'엄마'가 되기를 원했지만 '엄마 될 준비'를 하지 않은 채 많은 시행착오를 거치며 육아의 바다를 헤엄쳐 왔다. 육아 휴가를 끝내고 우는 아이를 뒤로하고 학교에 출근하는 마음은 참 아프다. 많은 시간을 같이 있어주지 못하고 전업주부들처럼 알뜰하게 챙겨주지 못하는 미안함에 가슴이 쓰리다. 집과 학교를 동동거리며 다니다 보니 육아 정보라고는 동료 선생님들의 경험담이 전부고 제대로 된 육아백과사전이나 도움이 될 자녀교육서 한 권 변변히 볼 겨를이 없었다.

오은영은 그의 책 《불안한 엄마, 무관심한 아빠》에서 '엄마, 아빠의 불안은 아이를 키우는 힘이다.'라고 말했다. 아이가 점점 클수록 '나는 왜 모자란 엄마일까?' 후회와 반성을 하면서 살아간다. 잘해 주지 못해 미안하고 좋은 엄마가 아닌 것 같아서 죄책감을 느끼면서 엄마는 성숙한 어른이 되어간다. 아이를 키우면서 부모도 자라는 것이다.

큰딸이 초등학교 5학년 때 야영을 간다고 이것저것 준비를 했다. 지금은 수영장까지 딸린 현대화된 야영장에서 해주는 식사를 하고 교관의 지시에 따라 훈련만 하면 되지만 그때는 쌀을 준비해 조별로 밥을 지어 먹기도 했다. 아침에 딸을 보내놓고 생각하니 쌀을 보내지 않은 것이 생각이 났다. 그때부터 마음이 불안해진다. '쌀을 가지고 가지 않아 친구에게 무안을 당하지 않을까? 미안한 마음에서 밥도 먹지 않으면 어떡하지? 집에 오면 엄마가 쌀도 안 챙겨 주었다고 짜증내면 어떡하지?' 라는 생각이 꼬리에 꼬리를 물고 계속된다.

잘 못 챙겼다는 미안함. 바쁘다고 무엇이든 대충 때우는 못난 엄마라는 죄책감, 그리고 일이 잘못될 것 같은 불안감까지 자신을 자책하며 괴로움에 휩싸였다. 이틀 후 딸은 햇살같이 밝은 얼굴로 돌아왔다.

"은혜야! 쌀 안 가져가서 어떻게 했어?"

"응, 다른 애들이 많이 가져와서 밥 다 해먹고 남은 걸? 안 가져가도 괜찮았어."

라며 말하는 것을 보고 안도의 숨을 쉬었다. 그러고는 이내 '아무것도 아닌 일로 노심초사하다니, 난 왜 이 모양이지?' 하며 자책한다. 매사에 이런 식이다. 아무 소득이 없는 감정의 모래성을 쌓았다 부셨다 하는 일도 엄청난 소모전이다.

이렇게 생각해 보자. '쌀을 못 챙겨 줄 수도 있지. 나도 사람인데.' '아마 친구랑 같이 잘 해결할 거야.' 라고 생각하면 마음이 한결 가벼워질 것이다. 이미 딸은 떠났고 걱정한다고 해서 상황이 달라지는 것은 아무것도 없지 않은가? 그리고 기회라고 여기자. 엄마가 아이의 모든 결핍을 다 채워 준다면 아이는 오히려 편안함에 익숙하여 조금만 힘들어도 못견뎌 하는 모습을 자주 보아왔다. 어려운 상황에 닥쳤을 때 자신의 힘으로 견디는 것도 중요한 학습이다.

우리 집은 막내가 다섯 살 때 시립도서관 앞으로 이사 왔다. 앞에 공원이 널찍하고 농구장과 아이들 놀이터까지 있는 곳이다. 저녁에 퇴근하면 몸은 파김치가 되고 또 식구들 저녁 걱정 때문에 쉴 수도 없다. 가능한 한 쉽게 인스턴트식품을, 아이가 좋아한다는 핑계로 준비하면서도 마음은 편치 않다. 막내가 배드민턴 하러 나가자고 졸라도 "이따 저녁 먹고 아빠하고 하렴." 하면서 텔레비전을 틀어준다. 아이보다 내가 편하자고 하는 쪽으로 갈 수밖에 없을 때 아이에게 미안한 마음 어쩔 수 없다.

둘째 딸이 배가 몹시 아픈 적이 있다. 웬만하면 병원에 가지 않는데 그날은 배가 아파 허리를 펴지 못하고 웅크리며 괴로워했다. '혹시 나쁜 병이면 어떻게 하나?' 하는 불안한 마음으로 병원에 갔다. 다행히 의사는 '변비'라고 진단을 하였다. 물약을 먹고 잠시 기다린 뒤 화장실에서 대변을 보라고 했다. 그러더니 언제 그랬냐는 듯이 개운해 하며 하나도 안 아프다고 한다. 아이가 변이 딱딱하도록 그냥 둔 것이 엄마의 무관심이 아닌가 하여 죄책감이 살짝 꼬리를 든다.

아이를 키우면서, 잘해 주지 못한 것 때문에 미안하고, 뒤처질까 봐 불안하고, 피곤하다고 함께하지 못하고 밀어낸 것에 대한 죄책감에 자주 사로잡힌다. 엄마와 아이에게 모두 좋지 않다. 부족하면 부족한 대로 감사하며 살자. 아이 또한 스스로 채우며 살아가는 방법을 터득하는 사이 오히려 더 큰 성장의 기회가 될 수도 있지 않겠는가?

또한, 살다 보면 아이가 힘들어하는 순간이 온다. 엄마는 뛰어가서 위로해 주고 어려운 일을 대신해 주려고 하면 아이의 의지력의 날개를 부러뜨리는 것과 같다. 독수리도 새끼를 강하게 키우기 위해 새끼를 물고 높이 올라간 뒤 떨어뜨린 다음 얼른 아래로 내려가 받기를 계속한다고 한다. 강적을 만나도 살아남을 수 있도록 매서운 훈련을 하는 것이다.

뉴질랜드의 나라 새인 키위 새는 날개가 있어도 날지를 못한다. 천적이 없어 오랫동안 날지 않아 퇴화한 것이라고 한다. 아이를 힘들게 하는 것은 꿈의 날개가 퇴화하지 않도록 하는 고마운 천적이라는 말에 공감이 간다.

이 세상의 험한 파도와 풍랑을 헤쳐 나가야 할 우리 아이들이 조금 불편하고 힘든 일도 겪어 가면서 커야 한다. 키위 새처럼 꿈의 날개가 퇴화하지 않도록 부모가 천적의 역할을 하는 것이라면 부모가 조금 못된 구석이 있어도 된다. 이 땅의 위대한 엄마여! 미안함, 죄책감, 불안감을 벗어던지라! 조금 부족해도 괜찮다. 그래도 아이들은 잘 자란다. 부정적인 감정을 버리고 오늘 그 기운으로 아이에게 사랑한다고 말하자.

아이 크는 것도 잠깐이다

얼마 전 《공부, 피할 수 없다면 즐겨라》라는 책을 사서 읽었다. 〈대한민국 대표 명사들이 들려주는 공부 멘토링〉이라는 부제가 달린 이 책을 읽게 된 계기는 단지 제목에 이끌려서이다. '공부를 즐겨라!' 라니? 정으로 뒤통수를 맞는 느낌이랄까? 공부도 즐길 수 있다는 그 깜찍한 발상이 신기해서 단숨에 읽었다. 공부를 즐긴 명사들의 한결같은 말은 '공부란 나 자신을 이기고, 세상을 이기는 것' 그렇다면 공부보다 신 나는 것이 있을까? 공부해야 할 이유가 발견된 사람은 공부를 즐길 수밖에 없다.

"카르페 디엠(Carpe Diem)!", 영화 〈죽은 시인의 사회〉에서 괴짜 키팅 선생님이 외쳤던 이 말은 '현재를 즐겨라' 라는 뜻의 라틴어다. 여기서 현재를 즐기라는 의미는 사람마다 자신의 입장에 따라 다양한 관점에서 볼 수 있다. 엄마의 관점에서 보면, 마지못해 아이가 엄마 손을 떠나기만을 기다리며 의무감으로 하는 양육이 아닌 노력하고 배우며 순간순간 아이와 함께 교감을 나누는 것이다. 그래서 과거나 미래에 대한 후회와 불안을 접고 단지 오늘 행복한 발걸음을 뚜벅뚜벅 옮기는 것을 말하는 것이리라.

아이 셋을 다 키운 마당에 '양육을 즐겨라' 라고 한다면 양육을 즐기지 못한 엄마가 무슨 할 말이 있느냐고 반문할지도 모르겠다. 하지만 그 길을 걸어본 사람은 길을 걷다가 마주친 일, 본 일, 느낀 일, 도중에 위험한 곳, 낭떠러지가 있는 곳을 알려 주면 이제 막 출발한 사람에게는 아주 도움이 된다. 아무런 정보 없이 무작정 출발부터 하는 것보다 소소한 정보라도 알고 가면 왠지 자신감이 생기고 돌발 상황이 생기더라도 대처하기가 쉬울 것이다.

딸 둘을 두 살 터울로 낳고 셋째 아이를 7년 터울로 낳았기 때문에 나의 양육 기간은 무척 길었다. 둘째 아이가 초등학교를 졸업할 때 막내가 입학했으니 나의 아이가 초등학교에 다닌 기간은 무려 14년이나 된다. 터울이 길어 그만큼 양육 기간이 길었다는 말이 된다.

사실 막내아들은 덤으로 키운 것과 마찬가지다. 그야말로 지지고 볶듯이 키웠던 딸들과 달리 순한 성품을 타고났다. 혼자서 유모차에 앉아 놀다 잠이 오면 어느새 쌔근쌔근 잠이 들곤 했다. 잠투정이 없이 잘 자고 이유식이 시작되고부터 어른이 먹는 매운 국도 거뜬히 먹어 치웠다. 놀고 자고 먹는 것이 다 예뻤다.

하지만 딱 하나가 달랐다. 눈에 넣어도 안 아플 자식이지만 나이 든 엄마의 체력은 속일 수 없다. 딸이 자기 일을 스스로 건사할 만큼 키웠는데 뒤늦게 모든 것을 새로 시작해야 하는 것이 버겁고 힘들었다. 셋째 아이의 임신 사실을 알았을 때 노산이 염려스러웠다. 지금은 삼십이 넘어 결혼하는 사람이 많지만, 그 당시에는 그리 흔한 일은 아니었다. 3학년 담임을 한 나는 10월 운동회도 다른 선생님과 다름없이 뙤약볕에 운동장에서 몇 시간씩 열심히 지도했다. 이듬해 2월이 출산일이었기 때문에 제법 배가 불렀는데 나는 부끄러워 임신 사실을 알리지 못했다. 12월 겨울 방학에 들어가면서 2월 출산 휴가와 맞물리게 되었다.

"교감 선생님, 저 내년 2월에 출산 휴가를 받아야겠어요."

"예? 누가 출산을 한단 말인가요?"

"저, 제가요."

그때 놀란 교감 선생님과 같이 있었던 선생님들의 휘둥그레진 모습이 지금도 선하게 떠오른다. 동 학년 선생님은 물론이고 매일 마주 보며 커피를 마시고 수다를 떨던 옆 반 선생님도 눈치채지 못할 정도였으니 오죽하랴. 선생님이 임신하면 가능한 한 어려운 일은 빼주고 운동회 연습할 때도 때로는 교실에서 쉬도록 배려를 해주는데 말이다. 늦은 나이의 임신에도 불구하고 표시 내지 않고 어떻게 열 달을 버텼는지 지금 생각해도 참 신기하다.

막내아들이 벌써 스무 살이 되었으니 정말 잠깐이다. 돌아보면 한순간인데 아이를 양육하는 그 시간이 왜 그렇게 더디고 힘들었을까? 아이가 주는 기쁨은 또박또박 따먹으면서 애들 입맛에 맞는 음식을 하고, 기저귀를 빨고, 때에 맞춰 옷을 사주고 또 아이의 준비물을 챙겨 주는 소소한 뒷바라지는 왜 그렇게 귀찮다고 생각했는지 모르겠다. 그 당시 정말 부러운 선생님은 막내가 중학교에 입학하여 한결 여유를 가진 선생님이었다.

"선생님! 정말 부러워요. 난 언제쯤 아이들에게서 해방될까요?"

"품 안에 있을 때가 좋아요. 머리 크면 말도 안 듣고 저 혼자 큰 줄 안다니까요?"

내가 아는 지인은 중학생이 된 아들이 밤에는 무엇을 하는지 아무리 깨워도 일어나지 않아 아침마다 전쟁이 난 것 같다고 한다. 아빠와 마주치면 싸움이 일어나 부디 두 부자가 마주치지 않기만을 바란다고 한숨을 쉬었다. 아이가 부모의 손에서 벗어날 만큼 자랐다고 해서 저절로 해방되는 것은 아니다. 사춘기 때 빗나간 자식 때문에 말할 수 없는 고초를 겪어야 했던 부모를 자주 보아왔다.

물론 따돌림이나 학업 또는 외모로 인한 스트레스 등으로 벼랑 끝에서 방황하는 청소년이 많다. 하지만 '문제아 뒤에는 문제 부모가 있다.'는 말이 있듯이 아이 나름의 성장 배경이나 부모와의 관계에서 소통의 문제가 있다고 본다.

최근 모 일간지에 〈엄마 신고한 9세 아들, 비난받아야 하나?〉라는 제목의 기사가 실렸다. 자신에게 욕설을 내뱉은 9세 아들의 머리채를 잡고 뺨을 때린 엄마가 불구속 입건되었다는 내용이었다. 가장 친밀하고 사랑해야 할 엄마와 아들 사이에 욕설과 폭력이 오가고 9세 아들이 엄마를 신고했다는 사실은 이 시대의 자화상을 보는 것 같아 마음이 아프다. 많은 국민은 '하극상'을 보는 것 같아 분노했다. 하지만 놓치지 말아야 할 것이 있다. 아이를 바르게 교육해야 할 책임이 어른에게 있지만, 매로 다스리면 아이에게 분노와 모멸감을 주기 때문에 인격 형성은 물론 인간관계에도 위와 같은 심각한 문제로 이어질 수 있음을 기억해야 한다.

아이는 나름대로 성장의 속도가 있는데 부모의 욕심대로 다그치거나 재촉하면 스트레스를 받게 된다. 그래서 틱 장애가 생기거나 놀림을 받기도 한다. 부모의 채근에 억지로 맞추다가 사춘기 때는 억눌린 스트레스가 포화 상태가 되어 폭발하면 가출을 밥 먹듯이 하고 부모에게 욕을 하며 대드는 상황이 발생하게 되면 후회해도 소용없게 된다.

그렇게 바라던, 막내아들마저 고등학교를 졸업하고 집을 떠날 때 달콤한 휴식을 누리는 것이 전부는 아니라는 것을 깨닫게 된다. 이미 나이가 더 들었고 아이들은 다시 어린 시절로 돌아오지 않는다. 엄마 품에서 어리광부리며 꼬물꼬물 거리던 모습이 그립다. 부족한 엄마지만 나름 잘 자라서 자신만의 길을 걸어가는 아이들이 대견스럽지만 다만 즐기지 못하고 의무감으로 해낸 것 같아 아쉬움이 더 크다.

공부가 피할 수 없는 거라면 즐겨야 하듯 '카르페 디엠' 아이와의 육아 전쟁을 놀이하듯 현재를 즐겨라. 지난 과거를 후회하지 않고 미래에 올 걱정을 미리 하지 않고 지금 아이가 보는 것, 듣는 것, 하고 싶은 것에 집중하라. 눈과 마음으로 교감하라. 어떻게 하면 아이와 교감을 잘 할 수 있는지 애써 배우라. 그러면 엄마와 아이 모두 행복하다. 지금 행복하다면 그 행복은 내일로 이어진다. 아이의 가슴 속에 사랑과 행복의 씨앗을 심으면 반드시 축복의 열매를 거둔다. 그러니 아이만 닦달하지 말고 양육을 즐겨라. 아이 크는 것도 잠깐이다.

엄마의 스트레스

"잠을 자는 동안에도 스트레스를 겪으며, 스트레스의 부재는 곧 죽음"

오스트리아 태생의 헝가리계 내분비학자 한스 셀리에 박사의 말이다. 스트레스는 인간의 삶에서 늘 함께하는 현상이며 스트레스 없는 삶은 없다. 사람들은 나쁜 일, 힘든 일뿐 아니라 행복한 일, 좋은 일에도 스트레스를 받는다. 죽음이나 이별은 물론 결혼이나 출산, 입학이나 인간관계 등에서 스트레스를 겪는다. 수능을 앞둔 수험생, 맞선을 앞둔 처녀의 외모 스트레스도 그 양을 가늠 못 할 만큼 클 것이다.

내가 지금까지 살면서 겪은 일 중에 가장 큰 스트레스는 무엇일까? 남편과의 갈등? 가난? 외모? 다 맞다. 하지만 '육아 스트레스'를 이길 만큼 강한 놈은 없다. 아무리 '눈에 넣어도 안 아플 자식'이지만 해도 해도 끝이 없는 워킹맘의 일과는 힘들고 고되기만 하다.

젖만 먹고 종일 잠을 자는 유아 시기라고 만만한 것은 아니다. 기저귀

빨고 말리고 개는 것도 예삿일이 아니다. 지금은 바쁜 엄마들이 사용하도록 다양한 팬티 기저귀 같은 일회용 기저귀가 나오지만, 첫 아이를 기를 때는 보편화하지 않았다. 출산 선물이 들어오면 외출할 때 아끼며 사용하곤 했다.

하얀 광목을 사서 몇 번이고 삶아 적당한 길이로 잘라 천 기저귀를 장만한다. 너무 삶아 천이 너덜너덜하고 구멍이 생겨 못 쓸 때까지 쓴다. 연년생을 낳으면 동생도 사용할 수 있어 아주 경제적이고 위생적이긴 하지만 삶는 수고로움이 너무 크다.

이유식이 시작되면 우유병 소독하는 일까지 더해진다. 아이가 낮과 밤이 바뀌면 큰일이다. 캄캄한 밤이 낮인 줄 알고 눈을 말똥말똥 뜨며 옹알이를 하면 '잠보'인 나도 깊이 잠이 들지 않는다. 걸음마를 할 정도로 크면 레고 블록을 쌓고 부수며 노는 것을 좋아한다. 옆에서 노는 것을 보다 선잠을 들라치면 와서 눈꺼풀을 뒤집는다. 자고 싶을 때 잘 수도 없는 엄마이다.

아이가 초등 고학년이 되고부터는 먹고 자는 문제가 아니라 입고 공부하는 문제가 불거진다. 두 딸이 가장 입고 싶은 옷이 많은 시기다. 반면 우리 가정이 경제적으로 가장 어려워서 한 푼이라도 아끼고 살았다. 둘째 딸은 언니가 입은 옷을 매번 물려받아 입으니 그것이 스트레스였나 보다. 하루는 울면서 생떼를 썼다.

"나도 예쁜 옷 사줘. 엄마 나랑 시장 가서 내 옷 사줘. 응?"

"알았어. 엄마랑 시장 가자."

'한 벌 사준다고 뭐가 달라지나?' 큰맘을 먹고 둘째 딸과 같이 시내버스를 타고 가는 발걸음이 가볍지만은 않았다. 매달 정기적으로 세금이 빠져나가면 5식구 생활비가 빠듯했기 때문에 새 옷을 산다는 것은 사치였다. 나중에 둘째 딸이 중학교에 들어가면서 재임용 시험에 성공해서 학교에 나갔다. 하지만 그때는 막내를 출산하고 휴직과 퇴직에 이어 전업 맘으로 있었던 시기다.

"엄마 이 옷 이쁘다. 입어 봐도 되지?"

"응, 그래! 네가 입고 싶은 옷 사면 돼."

나도 딸이 기쁜 마음으로 옷을 고르는 모습이 보기 좋았다. 그러더니 다른 옷을 또 고르면서 "엄마, 이 옷도 사줘." 하는 것이었다. "안 돼, 한 벌만 사자." 나와 딸은 몇 번 승강이를 벌이다 결국 한 벌 값만 계산하고 나오니 딸이 보이지 않았다. 그 복잡한 사장 바닥을 아무리 찾아봐도 딸이 보이지 않아 한 시간을 헤맨 후 할 수 없이 혼자 집에 왔다. 밖이 어두워질 때쯤 딸이 들어오기까지 화가 나고 마음도 불안했다. 딸은 엄마가 옷을 한 벌밖에 사주지 않아 속이 상해서 한 시간 걸리는 거리를 울면서 걸어왔다. 그러고도 모자라 집 주위를 뱅뱅 돌다가 어둑어둑 해거름에 집에 들어온 것이다.

"지혜야, 아빠가 다음에 더 멋진 옷 사줄게."

라며 아빠가 딸을 달랬지만 자신의 욕구를 채우지 못한 씁쓸함과 속상함이 컸는지 대답도 없이 제방으로 들어갔다. 풀이 죽어 방으로 들어가는 모습을 보니 들어오기 전까지 화난 마음은 온데간데없고 딸이 그렇게 입고 싶은 옷을 못 사준 것이 참 미안했다.

고백하건대 내가 학교에 나가고부터 아무래도 형편이 좀 나아졌지만, 가정경제와 상관없이 백화점에 가면 아이들 옷보다 내 옷이 먼저 눈에 뜨였던 것이 사실이다. 물론 교사니까 몇 벌의 정장이나 블라우스 같은 출근할 때 입는 옷이 필요하지만, 문제는 '남편 옷'이나 '아이 옷'보다 '내 옷'이 먼저였다는 점이다.

고등학교부터 집을 떠나 자취 생활을 하였는데 용돈이 넉넉하지 않아 단 한 벌도 옷을 사 본 적이 없었다. 물론 교복을 입고 다니니까 크게 옷이 필요하지는 않다지만 참고서도 사기 어려운데 옷을 사는 것은 언감생심 생각도 못 했다. 누군가 말했다.

"가난하다는 것은 부끄러운 것이 아니다. 다만 조금 불편할 뿐."

하지만 나에게 가난은 불편할뿐더러 부끄럽기까지 했다. 고3 때 하얀 눈이 펑펑 내리는 날 운동장 조회할 때 모두 교복 위에 코트를 걸쳤는데 혼자 코트가 없어 벌벌 떨었던 일, 서울에서 교대에 다니면서 겨울에 여름 바지를 입고 다녔던 일, 호주머니에 차비가 떨어져 버스 안내양에게 "저 차비가 없어요."라고 말하고 그냥 탄 일. 돌아보면 내 삶에서 다시 마주하고 싶지 않은 일이었다.

그래서 그런지 교사가 되고부터 그동안의 결핍을 채우느라 바빴던 것 같다. 엄마가 되어도 남편과 아이들보다 나를 먼저 챙기는 것에 대한 이유는 그동안 억눌렀던 욕구를 충족하는 시기였다. 충족하는 시간이 좀 길었지만, 어느새 내가 이해가 갔다. 그 후 나는 의도적으로 남편과 아이를 돌아보려고 노력했다. 어릴 때 충족되지 않은 욕구는 어른이 되어서도 허전해서 그것을 채우려고 한다. 내가 그랬다.

이런 생활 속에서 소소한 것들에 대한 스트레스뿐 아니라 우리의 교육관을 확고히 하지 않으면 아이들 학업 문제가 엄마의 큰 스트레스 요인이 된다. 단언컨대 초등학교 공부는 절대적인 것이 아니다. 나는 올해 5학년 담임을 맡게 되었다. 기초학력 검사를 제외하고 1, 2학기 두 차례 기말시험이 있다. 시험 범위가 발표나자 아이들은 학교에서, 학원에서 문제집을 몇 권씩 사서 풀고, 교과서에 빨간 줄을 치면서 달달 암기하고 난리이다.

즐겁게 공부하는 것이 아니라 무슨 암기의 달인 뽑는 대회에 나가는 아이들 같다. 신발 끈을 꽉 매고 출발선에 선 아이처럼 하나라도 틀리면 안 된다는 비장한 각오로 임한다. 이 시험에 부모와 약속한 점수를 받으면 초등학생의 로망인 스마트폰을 새로 바꿀 기회를 놓치지 않으려고 눈에 핏발이 선다. 시험이 끝나면, 그동안 암기했던 것이 이제 쓸모없다는 듯이 내동댕이쳐진다.

"와! 이제 지겨운 시험 끝났다!"

라며 환호를 지르는 아이들을 보면 나도 선생이지만 참 안타깝다. 누가 우리의 아이들을 벌써 무한 경쟁시대로 몰아갔는가? 암기는 암기일 뿐이지 진정한 공부는 아니다. 암기해서 만점 받았다고 해서 공부를 잘하는 것은 아니다. '내 아이 점수보다 다른 아이 점수'가 궁금한 엄마, 내 아이가 공부를 잘하면 어깨에 힘이 들어가는 엄마, 내 아이 점수가 나의 점수인 것처럼 울고 웃는 엄마는 열등의식에 젖은 엄마라고 나는 감히 말한다.

'소를 물에까지 끌고 갈 수는 있어도 물을 먹일 수는 없다.'는 옛 속담이 있다. 그런데 우리나라 엄마들은 소를 물에까지 끌고 가서 억지로 물을 먹이려고 한다. 소가 목이 마르면 시키지 않아도 물을 먹을 것이다. 아이가 자발적 동기가 생길 때까지 좀 더디더라도 기다려야 한다.

초등학생은 인생의 주춧돌을 단단히 다지는 것이 중요하지 건물을 몇 층 올리는 것의 성과를 기대해서는 안 된다. 기초 인성과 공부에 대한 올바른 동기, 흥미의 발견, 원만한 친구 관계, 기본 체력, 독서 습관 등의 기초 작업을 하는 시기이기에 엄마가 마음을 유연하게 가져야 스트레스를 적게 받는다. 잠을 자는 동안에도 스트레스를 겪는 이 세상인데 퍼런 눈을 뜨고 아이의 점수에 불꽃을 튀긴다면 엄마도 아이도 어떻게 살아남겠는가.

세계 최고를 자랑하는 우리나라 교육열, 일등만이 목표가 아니라 공부하는 과정을 사랑하는 것이 교육이라면 할 만하다. 공부는 지겨운 것이 아니라 인생을 알아가는 행복한 여정이다. 아이와 함께 자라고, 아이와 함께 공부하는 엄마는 육아가 스트레스가 아니고 성장의 기쁨을 맛보는 삶의 여행이다. 엄마들이여! 행복한 여행을 즐기자.

행복한 엄마, 성장하는 아이

남편이 "당신, 엄마 맞아?" 라고 말할 때가 종종 있었다. 조선 시대 여자처럼 자식을 위해 헌신하는 엄마가 아니라는 뜻인 것을 말해 주지 않아도 잘 안다.

젖먹이 아이에게 밤에 수유하는 것은 '잠보'인 내게 예삿일이 아니었다. 배가 고파 밤에 '응애응애'라고 우는 소리에 일어나 젖병에 우유를 타 수유를 하는 것은 언제나 남편 몫이었다. 가끔 아이 울음소리에 깨도 '아빠가 하려니' 하고 모른 척 잘 때가 있지만 웬만해선 업고 가도 모를 정도로 '쌔근쌔근' 아이보다 더 잘 잤다. 배가 고파 울어도 젖을 주지 않으면 아이는 귀를 당기고 깨물고 뺨을 '찰싹찰싹' 때려야 비몽사몽간에 겨우 일어나 우유를 주는 엄마이었으니 오죽하랴.

방학에는 영어 연수, 상담 연수 등 자기 계발을 게을리 하지 않았고, 대학원에서 초등 상담을 전공하여 논문까지 써서 석사학위를 받았다.

그만큼 아이에게 쏟는 시간은 줄었을 테니 "당신, 엄마 맞아?" 라는 남편의 말에 충분히 공감이 간다.

다른 엄마는 아이가 "끙" 하는 소리만 들어도 벌떡 일어난다는데 내 몸에는 모성 인자가 부족하냐는 생각도 들지만 어쩐지 이 말 앞에서는 죄책감이 들지 않는 것을 어쩌랴. 아이는 부모가 물리적으로 붙어 있어야 그것이 헌신이라고는 생각하지 않는다. 오히려 일정한 거리를 두어야 부모와 자녀 사이에 틈이 생기고 그곳에서 아이는 자유롭게 숨도 쉬고 창의성의 꽃이 자라지 않겠는가?

아이가 학교에 간 동안에 볼일을 보고 하교할 때쯤엔 어김없이 집에 들어가는 엄마가 있다. 아이 간식과 학원 갈 시간 놓치지 않고 태워 보내는 등 정성을 다한다. 아이가 집에 와서 게임이나 텔레비전을 보느라 시간을 허비하지 않는지 체크하려는 마음도 있을 것이다. 하지만 엄마가 아이를 혀의 침처럼 따라다니는 것은 의존성을 길러주지는 않을지 곰곰이 생각해 보라고 하고 싶다.

가뜩이나 엄마가 집에 붙어 있는 시간이 적다 보니 항상 어질러 있는 것은 기본이고 라면을 상자 채로 사다 놓아도 금세 없어진다. 그토록 순한 막내아들이 고3인데도 밤 11시에 집에 와도 먹을 간식이 없다고 짜증을 낼 때가 많았으니 나도 참 웬만하다. 간식을 준비해 놓으려고 애를 쓰는데도 잊어버릴 때가 많다. 나는 한마디로 살림보다 책 읽는 것을 좋아하는 엄마였다. 그런데 아이들이 어느 정도 자라서 유일하게 엄마를 칭찬하는 것이 한 가지 있다.

"엄마, 무슨 책 읽어? 나는 엄마가 책 읽는 모습이 보기 좋아."

나는 이 말을 들을 때 참 기쁘다. 내 손에는 조리 칼보다 책을 드는 일이 많은데 아이들이 인정해 주니 웅크리고 있던 자아가 기를 펴는 것 같다.

"당신, 엄마 맞아?"라며 빈정대던 남편도 어느새 "당신 참 대단해. 뭐라도 할 것 같다."라며 칭찬 무드로 바뀐 것을 보니 아무래도 이 여자는 남편하고는 못 살아도 책하고는 떨어져 살 수 없는 여자라고 포기한 모양이다.

세 아이 모두 초등학교 때부터 고등학교 다니는 동안 올백이라던가 하다못해 반에서 1등이라던가 하는 아이는 한 명도 없었다. 그나마 첫딸이 제법 공부를 잘하고 전교 임원을 한 적이 있지만 지독한 공부벌레는 아니었다. 그다지 공부하라고 닦달은 안 했지만, 텔레비전을 끄고 책을 읽으라는 잔소리를 많이 했다. 좋은 책을 사서 주거나 시간이 나면 같이 서점에 가서 책을 샀다. 집 앞 도서관에서 2주마다 5권씩 빌린 책은 집 안 여기저기 굴러다녔다.

올해 막내아들 고등학교 졸업식은 우리 부부가 같이 사진도 찍고 식이 끝난 후 모처럼 외식도 했다. 드디어 막내가 마지막으로 초중고 학업을 마치는 날이라는 의미도 있었지만, 아들이 꼭 오라는 성화도 있었다. 두 딸의 고등학교 졸업식은 모두 참석하지 못했다. 졸업식 끝나고 친구들끼리 놀러 간다고 막무가내 간다는 부모를 오지 말라고 말렸기 때문이다.

그런 두 딸의 대학졸업식에는 함께했다. 두 딸 모두 대학에서 수석 졸업을 했기 때문이다. 큰딸은 4년 내내 거의 학점 만점을 받아 국제학부 수석을 하고 작은딸은 인문 사회 전체 수석으로 졸업했다. 보통 아이들은 고등학교까지 죽으라 공부하고 대학교 가서는 슬슬 하는데 우리 아이들은 반대다. 오히려 뚜렷한 소신껏 대학교에서 공부에 집중력과 몰입을 최대한 발휘하는 모습이 의외다.

사실 아이가 학교 다닐 때 공부하고 책 읽는 양으로 치자면 아이들보다 엄마인 내가 더 많았던 것 같다. 아이들에게 공부하는 모습을 보여 주려고 일부러 한 것은 아니다. 내가 공부하면 행복했기 때문이다. 책 읽는 재미에 푹 빠져 저녁 지을 시간을 놓칠 때가 많고 청소하는 시간이 아까워 대충할 때가 많았다. 나는 '죽을 때까지 공부해야 한다. 공부를 안 한다는 것은 늙었다는 의미이다.' 라는 격언을 좋아한다.

그 의미는 '엄마'인 나로서가 아니고, '자연인'인 나로서 진정 성장하는 기쁨을 맛볼 때 행복하기 때문이다. 아이가 공부하는 것을 지켜보거나 공부를 보류하는 엄마는 되지 말라고 조언하고 싶다. 무슨 공부든 배운다는 것은 우리를 성장시킨다. 책 읽기는 우리의 사고를 확장하고 미래를 통찰하는 힘도 길러진다. 나는 그렇다. 그렇다면 당신을 진정 행복하게 하는 일은 무엇인지 생각해 보라. '아이는 부모의 말을 듣고 크는 것이 아니라 등을 보고 큰다는 말이 있다.' 무엇을 할 때 진정 엄마의 얼굴에 행복한 미소가 깃드는지 깊이 생각해 보라. 엄마가 행복할 때 아이도 행복하다. 행복한 아이는 꿈이 쑥쑥 자란다. 엄마가 행복한 만큼 아이도 성장한다.

제2장
가정교육
자녀교육의 뿌리는 가정교육이다

세계적으로 성공한 사람은 특별히 다른 점이 하나 있다. 바로 좋은 습관을 가졌다. 독서 습관, 운동 습관, 기록하는 좋은 습관은 자녀를 성공으로 이끄는 지렛대가 된다. 부모가 좋은 습관을 가지고 있으면 자녀는 자연스럽게 모방한다. 톨스토이처럼 꾸준히 글을 쓰는 습관이 세계적인 대문호가 되었고 자녀들도 같은 길을 가며 명문가로 이끌었다. 이렇듯 좋은 습관은 자신을 성공으로 이끌 뿐 아니라 자녀도 성공으로 이끌게 된다.

감사의 잔물결 효과

유대인의 대표 자녀 교육서인 《탈무드》는 엄마를 '집안의 영혼'이라고 표현한다. 보이지 않는 구석구석에서 엄마의 현명함과 아이에게 끼치는 영향을 두고 하는 말이다. 유대인은 어머니가 유대인이어야 유대인이다. 어머니가 유대인이면 그 자녀는 무조건 유대인이지만 아버지가 유대인이 아니면 그 자녀는 유대인이 될 수 없다. 유대 격언에 '신은 곳곳에 가 있을 수가 없으므로 어머니를 만들었다.'는 말처럼 가정에서 어머니의 중요성을 단적으로 표현하고 있다.

잔잔한 냇가에서 얄팍하고 둥근 돌로 물수제비를 뜨면 참방참방 잔물결을 일으키는 것처럼 가정에서 엄마의 영향은 한없이 퍼져 나간다. 엄마가 편안한 얼굴로 식탁에서 아이를 대하면 아이의 정서 상태도 편안해질 것은 당연하다. 그렇다고 아버지의 존재가 작은 것은 아니지만, 엄마 품에서 젖을 먹고 말을 배우고 세상을 배웠으니 엄마의 숨결과 눈빛에 아이는 더욱 예민하지 않겠는가.

아이가 공부를 못하면 못하는 대로, 늦되면 늦되는 대로 엄마가 편견 없이 대한다면 감사가 저절로 나오는 것은 당연하다. 부모가 눈높이를 조금만 낮추어도 아이의 장점이 보이고 함께 하는 시간이 저절로 행복할 것이다. 아이를 키울 때 엄격한 잣대를 들이대고 엄한 얼굴을 가진다면 아이는 위축되고 주눅이 든다.

어떤 말이나 행동을 하든지 아이를 인정하고 수용하는 가정에서 자란 아이는 표정이 밝고 자신감이 넘친다. 혹시 실수하더라도 부끄러워하지 않고 "뭐 실수할 수도 있는 거지!" 하며 거뜬히 그 상황을 뛰어넘는다. 하지만 사사건건 간섭을 받고 야단을 많이 하는 가정에서 자란 아이는 눈치를 보고 불안해 한다. 작은 실수에도 자신을 비하하고 "난 왜 이 모양일까? 잘하는 게 하나도 없어." 하며 열등의식을 가진다.

'그 자식에 그 부모'라는 말이 있다. '국화빵 틀에서 국화빵 나오고, 붕어빵 틀에서 붕어빵 나온다.'는 말과 상통한다. 물론 부모보다 더 훌륭한 사람이 나오기도 하지만 적게는 20년, 많게는 30년 동안 젖어온 가정 분위기 속에서 자신도 모르게 인격과 성품이 결정되어 나온다. 부모라는 이름으로, 아니 엄마라는 이름으로 지나온 세월이 후회되는 이유이다. 랠프 월도 에머슨이 쓴 '성공한 인간'이란 시가 생각이 난다.

자주 그리고 많이 웃는 것

현명한 이에게 존경을 받고

아이들에게 사랑을 받는 것

자신이 한때 이곳에 살았음으로써

단 한 사람의 인생이라도 행복해지는 것

이것이 진정한 성공이다

'자주 그리고 많이 웃는 것'이란 구절이 가슴에 다가온다. 아이들이 어릴 때, 자주 그리고 많이 웃음을 주지 못했다. 그만하면 괜찮은 아이인데도 엄마가 힘들다고, "엄마, 된장 맛이 왜 이래?"라고 불평하는 둘째 딸에게 엄마 입장에서 "대충 때워!" 하면서 인상을 찌푸리곤 했다. "그래? 엄마가 오늘 피곤하다고 정성이 안 들어가서 그런가 봐. 우리 딸이 음식 맛을 보는 데는 일등이야! 다시 맛 좀 볼까?"라며 미소라도 지으면 아이도 금세 "엄마, 괜찮아! 먹을 만해." 할 텐데 말이다.

위로 언니와 아래로 동생이 있어 둘째 딸은 유난히 까다로운 성격이었다. 무엇이든 트집을 잡아 시빗거리를 찾는 통에 마음속에 '애가 오늘은 뭐라고 트집을 잡을까?'라는 고정 관념이 있었다. 그래서 "엄마, 밥이 좀 질어."라고 하면 '밥이 좀 질구나.'라고 생각하면 되는데 "어이구, 그냥 넘어가는 법이 없네. 넌 왜 그렇게 까다롭니? 엄마가 힘들어 죽겠다." 하며 아이를 꾸짖었으니 지금 생각하면 나쁜 엄마를 용케도 버텨준 둘째 딸이 고맙다.

성경에 '자녀를 노엽게 하지 말라'라는 구절이 있다. 자주 아이를 노엽게 하고 있지 않은지 돌아보자. 아이는 엄마 마음대로 해도 되는 소유물이 아니다. 완전한 인격체로 존중해야 한다. 아이도 자신만의 생각, 행동, 감정이 있다. 비록 아이의 생각, 행동, 감정이 미숙하다 하더라도 자신이 볼 때는 최선이다. 하지만 엄마는 "네까짓 게 뭐 안다고!" 하면서 무시하기 쉽다. 아이는 좌절하고 자존감에 상처를 입을 뿐만 아니라 마음속에 분노를 경험하게 된다.

그리스 신화에 있는 이카로스와 다이달로스의 이야기가 생각이 난다.

아버지 다이달로스의 간절한 충고에도 불구하고 이카로스는 너무 높이 날아올랐다. 결국, 날개에 붙인 초가 햇빛에 녹아 바다에 추락하여 죽는다는 내용이다. 가끔은 부모의 진심 어린 충고를 듣지 않고 곁길로 가는 아이도 있지만, 부모가 믿고 기다린다면 분명 빙 돌아서 올 것이다.

돌이켜보면 엄마의 한마디가 아이의 성품과 인격을 좌우하는 것을 볼 때 엄마는 신이 아닌 이상 두렵기까지 하다. 김난도는 《천 번을 흔들려야 어른이 된다》에서 가정에서 엄마는 '섬'이라고 했다. 자기만의 왕국이 될 수도 있고 창살 없는 감옥이 될 수 있다는. 아이가 왕자, 공주라면 엄마는 여왕이 될 것이고, 아이가 죄수라면 엄마는 간수가 될 것이다.

아이는 '흰 도화지'란 말이 있다. 그림을 어떻게 그리느냐에 따라 아이의 운명이 달라진다. 그리고 아이의 흰 도화지에 그림을 가장 많이 그리는 사람은 분명 '엄마'이다. 엄마의 따뜻한 말 한마디, 부드러운 목소리, 다정한 눈빛은 흰 도화지 같은 아이의 마음에 '아름다운 세상'을 표현할 것이다. 하지만 짜증스런 말, 신경질적인 목소리, 독소를 머금은 눈빛은 '어둡고 칙칙한 못 믿을 세상'을 그릴 것이다. 자, 이제 어느 편에 설 것인가는 엄마의 몫이다.

'엄마'가 먼저 행복해야 온몸에서 행복하게 숙성된 미소, 눈빛, 말투가 저절로 우러나온다. 엄마는 자신의 정체성을 찾을 때 진정 행복할 수 있다. 성공하는 남편과 공부 잘하는 아이한테서 행복을 찾는 것은 주체가 엄마 자신이 아니므로 진정한 정체성을 갖기 어렵다.

그렇다면 어떻게 엄마의 정체성을 찾을 것인가? 원대하고 근사한 것이 아니라도 좋다. 전업맘이라면 시간의 여유를 가지고 아이와 함께 즐거움을 만끽하고, 워킹 맘이라면 자기 일을 가지고 성취하는 기쁨을 함께 누린다. 엄마 나름대로 확고한 정체성이 있을 때 진정 감사의 잔물결을 일으킬 수 있다. 엄마는 비로소 진정한 섬의 주인이 되어 아이들과 함께 기쁨을 만끽할 것이다.

항상 배우고 가르치라

오랜만에 돌잔치에 간 적이 있다. 예전에 돌잔치는 집에서 음식을 차려 놓고 가까운 일가친척이나 직장 동료를 초청해서 조촐하게 치렀다. 잔치가 끝나면 약 일주일은 몸살이 났다.

근래에는 큰 뷔페식당이나 한정식 레스토랑에서 돌 전문 도우미의 사회로 근사하게 행해지고 있다. 엄마 아빠는 물론 아기도 화려한 개량 한복을 입고 사회자는 추첨 행사를 통해 선물을 주며 아이에게 덕담 한마디씩 하라며 분위기를 고조시킨다. 미리 준비한 엄마가 임신했을 때부터 돌이 되기까지 자라는 모습을 프레젠테이션이나 동영상으로 보여주면 한 생명이 잉태되어서 오늘까지 자라는 귀여운 모습에 저절로 감탄이 나온다.

처음 돌잔치에 초대받아 갔을 때는 참 신선하다 싶었는데 이제는 어디를 가도 비슷한 프로그램으로 판박이 같다. 돌잔치가 형식적으로 또는

66

상업적으로 흘러가는 것 같아 약간 씁쓸한 마음마저 들 때가 간혹 있다.

그런데 옛날이나 지금이나 변하지 않는 것이 있다. 바로 돌잡이이다. 실, 대추, 돈, 붓, 자 등이 돌잡이 물품으로 올라갔지만, 근래는 청진기, 마우스, 골프공, 마이크 등이 추가되기도 한다. 첫째 딸이 척하니 '붓'을 잡았을 때 우리 부부는 "와, 우리 딸 공부 잘하겠네?" 하며 함께 손뼉 치고 기뻐했던 기억이 새롭다.

모든 부모가 그렇듯이 아이가 공부 잘하기를 원한다. 공자는 논어의 '학이(學而)' 편에서 '배우고 때때로 그것을 익히면 또한 기쁘지 아니한가?'라며 배움의 즐거움을 적었다. '맹모삼천지교'란 말이 있듯이 맹자의 어머니는 자식의 공부를 위해 세 번 이사했다고 한다.

나 역시 막내아들이 다섯 살 때 도서관 코앞으로 이사했다. 내가 책 읽기를 좋아해서 도서관을 자주 출입했지만, 일부러 '아이를 위해 도서관 근처에 집을 사야지.'라는 생각은 없었다. 전에 살던 집도 도서관에서 걸어서 5분 거리였으니 그리 먼 곳도 아니었다. 그런데 모든 것이 아귀가 맞듯 맞아서 이사했는데 지금 생각해도 참 옳은 선택이라고 자부한다.

사실 도서관 덕을 본 것은 아이보다 나였다. 추위와 더위를 유난히 탔던 나는 방학이면 아침을 먹은 후 출근하는 곳이 도서관이었다. 열람실에서 창문 너머 사철 다른 모습으로 공원의 나무들이 보이는 나만의 자리가 있다. 책을 읽고 대학원 상담 공부나 논문을 쓰던 곳이다. 작년에 차로 10분 거리가 되는 곳으로 이사 왔지만 올 여름방학에도 이 도서관을 매일 이용하다시피 했다.

우리 아이들은 내가 기대한 만큼 책벌레는 아니라서 도서관 출입을 그다지 많이 하지 않았다. 도서 대출을 하면서 내가 읽을 책과 아이 수준에 맞는 책도 두세 권씩 따로 빌렸다. 그래서 거실이나 아이 방 또는 식탁 한

구석에 여기저기 손에 거치적거리게 놓았다. 이리저리 가다가 책 제목이라도 보고 "무슨 책이지?" 하며 한 장이라도 펼쳐보길 바라면서 말이다.

막내아들이 6학년 때로 기억된다. 교회에서 독후감 쓰기 대회가 있었다. 거기에서 최우수상을 받았다. 아들이 글쓰기 실력이 없는데 상을 받아 하도 신기해서 독후감을 읽어보았다.

《아들아, 머뭇거리기에는 인생이 너무 짧다》는 책을 읽었다. 나는 그동안 꿈이 없이 살아왔다. 그 책을 보니 나도 꿈을 가져야 한다는 것을 느꼈다. 그리고 이제라도 그 꿈을 향해 노력한다면 어떤 일도 해낼 수 있음을 알게 되었다. 이제부터 열심히 공부해야지.'

대충 이런 내용이었는데 그냥 얼렁뚱땅 쓴 글이 아니라 마음이 묻어 나오는 것을 느낄 수 있어서 눈물이 날 정도로 흐뭇했다. 그 책은 아들이 꼭 읽어보았으면 하는 마음에 도서관에서 빌리지 않고 서점에 들러 샀던 책이다. '책이 사람을 만들고 사람이 책을 만든다.'라는 격언이 있듯이 한 권의 책이 일생을 바꾼 사람을 자주 보았다.

막내아들은 요즘말로 늦게 트여서 맘고생을 많이 했다. 이해력이 부족하여 성적이 하위권에 맴도는 데다 '꿈이 없는 십 대는 틀린 문장의 마침표와 같다.'는 말처럼 꿈이 없이 삐뚤빼뚤 걸어가는 것 같아 참 안쓰러웠다. 그런데 그 후부터 눈에 띄게 참 많이 변했다. 늘 "엄마! 왜 나는 공부를 못하지? 해도 소용없어!"라며 자신감이 부족한 아들이었는데 "엄마! 나 공부 열심히 할래. 포기만 안 하면 된대." 점점 긍정적인 말로 변하는 아들이 무척 대견스러웠다. 나중에 우연히 책장을 정리하다 이 책 곳곳에 줄이 많이 그어져 있는 것을 보았다. 아마도 마음에 든 문장,

꼭 기억하고 싶은 문장이 많았던가 보다.

주부의 삶. 결혼하고 아이 낳고 언제부터인가 책과는 멀어지는 삶을 살기 쉽다. 시계추처럼 매일 해야 하는 똑같은 일을 반복해야 하는 아플 수도 없는 엄마인데 하물며 언감생심 공부하는 여백이 있으랴. 마치 영화 '설국열차'처럼 17년 동안 계속 궤도 수정 없이 앞만 보고 달리지만, 그 안에서는 별의별 일들이 일어나듯이 말이다. 가끔 갓난아이를 키우면서 박사학위를 받고, 육아 휴직을 하면서 책을 두 권이나 집필했다는 소식을 듣기도 한다. 하지만 대부분 엄마는 뚜렷한 집념이 없으면 맘 편히 실컷 잠을 자보는 게 소원이다.

나도 이렇게 '부모도 공부해야 한다.'고 외치고 있지만, 말처럼 그리 쉬운 일은 아니다. 갓난아이를 키울 때는 맘먹고 월간지 한 권 산다면 그나마 잘한 일이다. 하지만 안방에 굴러다니는 것을 집어서 글 한 줄 읽을라치면 아이가 책 위에 올라타 앉는다. 마구 찢는 것도 모자라 때론 입에 넣기도 하는 애물단지가 되어 이리저리 찢긴 채 유치원이라도 가게 되면 오려 붙이기 감이 되는 것이 아닌가.

몇 년 전에 용산 국립박물관에 가서 신선한 충격을 받은 적이 있다. 선사 시대부터 통일 신라, 고려, 조선 시대 유물 전시관을 관람하였다. 내가 보기에 언뜻 너덧 살밖에 안 된 유아의 손을 잡고 젊은 엄마는 어른에게 하듯 자세히 설명하는 것이 신기해서 한참 바라보았다.

그런데 당시 동유럽문화 특별전시관을 관람하는 동안 어린아이와 함께 산 역사를 함께 체험하는 그런 젊은 엄마를 심심찮게 보았다. '저 아이가 얼마나 알아들을까?' 하는 궁금증이 생겼지만, 가끔 고개를 끄덕이며 엄마의 설명을 듣는 아이의 진지한 모습에 한 번 더 감탄했다. 아는 깊이는 깊지 않겠지만, 두뇌 곳곳에서 무엇인가 알고 싶은 상상력과 통찰력이 반짝반짝 빛이 날 것이라 여겨진다. 인간 시대 역사의 한가운데에 서서 공부하는 방법을 그냥 몸으로 느끼는 것만 해도 어딘가.

엄마가 되었다고 해서 배움이 끝나는 것은 아니다. 누군가, 배움이 끝 난다는 것은 노인이 된다고 하지 않았는가. 사실 배움의 시각으로 본다 면 내 주위에 일어나는 모든 것들을 통하여 배우고 익히게 된다. 나는 오 랫동안 남편과 아이들이 텔레비전을 보며 재미있어라, 웃고 떠들면 "아 휴, 저런 시간에 책이나 보고 공부나 하지." 하며 혀를 찼다.

하지만 지금은 생각이 많이 바뀌었다. 예를 들면 "아빠, 어디 가?"라는 프로그램을 통해 '부모와 자녀와의 소통하는 법'을 배울 수 있다. 요즘 거의 팔백만 명이 보았다는 '설국열차'를 남편과 같이 관람했다. 주말 에 큰딸이 집에 왔는데 자기도 보았다고 한다. 그 날 식사를 하면서 우리 가족은 '설국열차'에 대해 서로의 관람 소감을 나누느라 바빴다. 내가 가장 궁금했던 '왜 남궁민수와 요나가 서랍에서 나왔을까?'라는 점이 었는데 서랍은 사람을 선동하던 지도자를 가둬 놓는 감옥이란다. 설국 열차에 탄 사람은 '기차 밖에 나가면 죽는다.'는 고정관념을 가지고 있 는데 송강호가 다른 칸을 열려고 할 때 눈이 바깥을 향한다는 것은 그 고 정관념을 깨뜨리려는 시선이라는 딸의 예리한 통찰력에 놀라기도 했다.

일기장을 검사하다 보면 '오늘 영화를 보았다. 참 재미있었다. 영화를 다 보고 맛있는 돈가스를 먹었다.'라고 쓰는 아이가 많다. 영화를 보았 다면 엄마는 아이랑 식사하며 자연스럽게 소감을 나누길 바란다. 영화 든 텔레비전이든 아이와 가족 간의 소통 목적을 가지고 본다면 그것을 통해 배울 것이 많다.

엄마가 공부한다는 것은 '인문 고전'이나 '전문 도서'를 통독하는 거 창한 것을 말하는 것이 아니라는 사실을 눈치챘으리라 믿는다. 무엇이든 '배우는 자세'를 가지라고 주장하는 것이다. 엄마가 아이를 공부하라고 방에 가둬 놓고 재미있는 일일연속극을 배꼽 잡으며 본다면 아이는 방에서 무슨 생각을 할까? 밖에서 나는 소리에 집중은 안 되고 어서 커서 텔레비전을 실컷 보았으면 하는 생각을 가질지도 모르겠다. 최소한 아이가 공부하는 시간이라면 엄마도 책을 한 권 읽었으면 하는 바람이다.

마트에 가면 공공장소에서 조심해야 할 일을 가르치고, 결혼식에 가면 가족의 촌수나 인사성을 가르칠 수 있을 것이다. 마트에서 장보고, 결혼식에 가서 축의금 내고 밥 한 끼 거나하게 먹는 것에 그친다면 배우고 가르치는 기회를 놓치고 사는 거다. 부모라면 항상 배우고 가르쳐라. 모르면 모른다고 말하고 사전을 찾아보라. 그것이 배우는 것이고 '모르는 것은 그냥 지나치지 말고 사전을 찾아보는 것'을 가르치는 것이다.

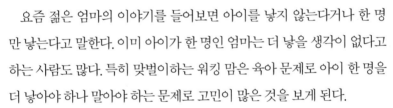

교육방식
아이마다 다르게 적용하라

요즘 젊은 엄마의 이야기를 들어보면 아이를 낳지 않는다거나 한 명만 낳는다고 말한다. 이미 아이가 한 명인 엄마는 더 낳을 생각이 없다고 하는 사람도 많다. 특히 맞벌이하는 워킹 맘은 육아 문제로 아이 한 명을 더 낳아야 하나 말아야 하는 문제로 고민이 많은 것을 보게 된다.

이러다가 머지않아 대한민국은 무자식이거나 독자를 가진 가정으로 이루어질지 모르겠다. 왠지 삭막하다. 부부가 가정을 이루는 목적이 굳이 종족 보존이 아니더라도 '자식은 부부 사이를 이어주는 끈이다.' 라는 말처럼 부부 사이를 이어주는 끈이 많을수록 가정이라는 울타리는 더 튼튼하지 않을까?

나는 '아들딸 구별 말고 둘만 낳아 잘 기르자!' 라는 표어가 한창일 때 딸 둘을 낳았다. 아들이 귀한 집안이라서 서운함을 달래며 나름대로 딸 키우는 재미에 빠져 있었다. 때로는 사내아이처럼 천방지축 뛰어다녀

아들 키우는 이상 힘들 때도 잦았지만 말이다.

둘째가 초등학교 입학 즈음에 셋째를 낳았다. 아들을 낳았다는 기쁨도 잠시 이때부터 그야말로 이차 육아 전쟁이 시작되었다. 철없는 엄마였던 나는 아이를 잘 키우겠다는 욕심만 앞섰지 자녀의 수와 출생 순위가 성격 형성에 영향을 준다는 사실을 미처 알지 못했다. 아들인지 딸인지, 그리고 첫째, 둘째, 중간 아이, 막내, 독자라는 출생 순위에 따라 아이의 성격 유형이 다른 만큼 양육방식도 달라야 한다는 이치도 미처 깨닫지 못했으니 시행착오의 어려움이 얼마나 컸을까.

첫딸은 맏이라서 그런지 항상 씩씩하고 의젓했다. 막내를 업어주고 엄마가 외출할 때는 잘 돌봐 주었다. 모두 단잠을 잘 때 새벽 기도에 다녀오면 어쩌다 아기가 깰 때가 있다. 둘째는 나 몰라라 쿨쿨 잠을 자도 큰딸은 엄마 아빠가 올 때까지 어르고 달래며 진땀을 뺐다.

맏이답게 책임감이 강한 첫딸, 그리고 운동 중에 특히 장거리 달리기를 학년 대표로 나가서 매번 상 타는 둘째 딸, 특별히 뛰어나게 잘하는 것은 없지만, 성품이 온화하고 차분한 막내. 한 배에서 나온 아이라도 성격, 학습 능력, 발달 속도, 또는 좋아하는 음식 등 모두 다르다.

항상 큰 애가 기준이다 보니 자꾸 비교하게 되고 작은딸이 튕길 때는 이해가 안 되는 부분이 많아 엄마로서 애가 탔다. 아이가 모두 다른 것이 이상한 것이 아니고 지극히 당연하지만, 나의 고정관념이 문제였다. 나의 틀을 내려놓으면 모든 것이 개성인데도 주어진 틀에 꿰맞추려니 더 어긋날 수밖에 없었다.

류소의 《각인각색 심리이야기》에서 보면 심리학자 아들러는 한 개인의 동기를 권력을 통해 우월해지고 싶어 하는 욕구 때문이라고 보았다. 이 이론은 형제끼리도 일련의 권력을 추구한다고 본다. 아울러 그는 출생 순위와 가족 구도가 가족의 생활양식 형성에 미치는 영향과 형제간 경쟁의 결과로 인한 성격 경향에 주목했다. 아들러 학파 치료에서는 가족 역동 특히 형제간의 관계를 다루는 일을 매우 중요시한다. 출생 순위의 특성을 정리하면 이렇다.

첫째 아이는 부모의 사랑과 관심을 듬뿍 받고 자라 동생이 태어나기 전에는 '군림하는 지배자'로 안정, 성취, 기쁨으로 사회화된다. 부모 부재 시 책임을 느끼고 보수적인 경향이 있다. 그러나 둘째 아이가 태어나면서 지위를 상실하여 '폐위된 왕'에 비유되기도 한다. '지위에 내몰리는' 경험 때문에 홀로 생존해 가는 전략을 습득해 간다.

둘째 아이는 태어나면서 주목의 대상이 되지 않는다. 경쟁 상대가 이미 앞서서 뛰고 있는 것처럼 여기기 때문에 야심이 있고 튀는 행동을 많이 한다.

중간 아이, 즉 가족의 중간에 태어난 아이는 형제들의 중간에 끼어 있다는 점에서 압박감과 불공평한 대우를 받는다고 느낀다. 스스로 연민을 느끼며 가족 내에서 소위 '문제아'가 될 가능성이 높다. 갈등이 발생할 경우 조정자 역할을 하기도 하며 자신이 원하는 것을 얻기 위해 상황을 조정하기도 한다.

막내는 어려서부터 사랑과 관심을 한 몸에 받을 뿐 아니라 지위 상실의 경험이 없어서 매력적인 귀염둥이로 자랄 수 있다. 게다가 손위 형제들에 대한 모델링을 통해 큰 성취를 이루기도 한다. 한편 과잉보호를 받아 버릇없고 의존심이 많을 수 있다.

독자는 경쟁할 형제가 없으므로 의존심과 자기중심성이 현저하게 나타나는 응석받이가 되기 쉽다. 첫째와 같이 관심의 초점이 된다는 이점이 있고, 일찍 성숙하며 높은 성취를 이루는 특징이 있다.

어쩜. 우리 집 세 아이 성격의 모델을 보는 것 같다. 첫째 아이, 둘째 아이(중간 아이), 막내 아이. 모범 답안처럼 판박이다. 그래서 나는 상담학에 무한 신뢰를 하게 되었다. 한편 엄마의 무지가 아이를 힘들게 했다는 자책감의 무게를 이기지 못해 남몰래 눈물을 흘릴 때도 있었다. 특히 둘째에게 "너는 왜 맨 날 그 모양이니?"라고 야단을 친 내가 참 부끄러웠다. 민감한 더듬이로 아이 마음을 살피지 못했구나. 아픈 마음을 혼자 꾸리다가 그 스트레스를 가족에게 풀라치면 더 큰 상처를 받고 돌아서며 느꼈을 소외감이 얼마나 컸을까. 노르웨이 화가 뭉크의 '절규'처럼 혼자 얼마나 외로웠을까.

둘째는 첫째와 막내보다 지지와 사랑이 더 필요하다. 일곱 살 터울 동생의 출현은 자신에게는 난데없는 침입자와 다름없다. 자신의 위치를 위협하는 존재로 받아들이기 때문에 '너도 소중한 아이'임을 인식시켜야 불공평한 대우를 받는다는 생각에서 벗어날 수 있다.

첫째는 책임감이 강하고 믿음직하다는 이유로 과중한 부담을 주어서는 안 된다. 또한 "넌 맏이니까 참아야 한다."는 말도 조심해야 한다. 가까운 지인의 맏딸이 스트레스성 위염으로 병원에 입원한 적이 있다. 한 살, 세 살 아래 두 동생이 있는데 "네가 참아라!"라는 부모 말 때문에 할 말도 꾹 참다가 병이 났다고 한다.

막내는 결정을 힘들어하고 남에게 미루는 경향이 있기 때문에 스스로 선택하고 그 선택한 것에 책임을 질 수 있도록 해야 한다. 서른 살이 넘어도 부모에게 용돈이나 타서 게임방에 전전하는 사람으로 키우지 않으려면 말이다.

물론 심리학으로 설명할 수 없는 특성이 있을 수 있다. 나의 경우는 가족 구도와 출생 순위의 아이 특성을 알고 난 후 세 아이를 이해하고 교육하는 데 많은 도움이 됐다. 한 가지 분명한 것은 엄마가 하나의 같은 기준을 가지고 대하지 말라는 것이다. 왜냐하면, 아이는 모두 다르기 때문이다.

부부가 먼저
아끼고 배려하는 모습을 보여주라

'부모는 자녀의 거울'이란 말이 있다. 부모는 자기보다 더 낫기를 바라는 마음에서 자신도 지키기 어려운 것을 강요하곤 한다. 그러나 자녀는 부모의 말보다 부모의 등을 보고 더 많이 배운다.

사실 내가 인생의 중반쯤에서 느낀 것은 세상에서 가장 어려운 일이 '부모 노릇'이다. 한편 부모가 된다는 것은 진정한 어른이 되는 것이라고 단언한다. 가정이라는 공동체는 철없는 부부가 철든 부모가 되는 학습장이라는 표현이 어떨까? 부모가 되어도 철들지 않은 사람도 많지만 말이다. 《내 영혼의 닭고기 수프》에 '어린 눈이 당신을 보고 있다'는 시의 구절이 마음에 소록이 와 닿는다.

어린 눈이 당신을 보고 있어 당신을 지켜본다.

밤이나 낮이나 당신을 보고 있다.

여기 어린 귀가 있어

당신이 하는 모든 말을 재빨리 주워듣는다.

당신이 하는 일이면 무엇이든 하고 싶어 한다.

그리고 여기 당신처럼 될 날을 꿈꾸는

어린 소년이 있다.

(중략)

'여기 당신처럼 될 날을 꿈꾸는 어린 소년이 있다'는 말이 가슴을 '쿵' 하고 찍는다. 늘 아이의 행동을 보고 채근하고 잔소리할 줄 알았지 아이의 눈으로 부모인 나를 바라본 적이 얼마나 될까? 아마 다섯 손가락도 채 접히지 않을 것 같다.

우리나라 이혼율과 자살률이 경제협력기구(OECD) 회원 중 첫 번째로 높다는 통계가 나왔다. 요즘 젊은 부부들은 가사를 분담하고 친구처럼 오순도순 지내는 것을 보면 참 보기 좋다. 그러나 아직도 가부장적인 권위에 젖어 아내와 자녀 위에 군림하려는 아버지가 많다는 것을 부인할 수 없다. 자신은 술에 찌들어 자정이 넘어 귀가하는 일이 다반사인데 아내와 자녀에게 손찌검이나 강압적 명령만을 일삼는다면 올바른 자녀 교육은커녕 가정의 울타리를 지키기만도 버겁지 않겠는가?

남편은 자상하고 세심한 데가 있어 뒤처리가 꼼꼼하다. 무슨 이야기든 조곤조곤 재미나게 이야기를 잘한다. 올해 난생처음 시골의 텃밭에 농사를 지었는데 첫 농사치고 대박을 터뜨렸다. 고추, 상추, 가지, 오이, 토마토, 옥수수, 참외, 고구마, 깻잎, 콩 등 거의 매주 한 아름 바구니에 담아오면 따로 장 볼 일도 많지 않다.

하루는 그렇게 많은 가지를 일일이 다 썰어 말린다. 잘 말려서 겨울에 먹으면 그렇게 맛있다나? 빨간 고추도 "빨리 말리지 않으면 썩는다."라면서 가위로 반을 쪼개 거실의 창문 쪽에 신문을 깔고 예쁘게 널어 놓는다.

신혼 때는 남편이 대학원생이라 시간이 좀 넉넉한 편이었다. 그때는 지금처럼 급식이 없어 교사도 도시락을 싸다니던 시절이었다. 일주일 결혼 휴가를 마치고 남편이 싸준 도시락을 가지고 출근을 했다. 김치는 물론 햄과 시금치, 멸치에다 밥 위에 달걀을 얹고 그 위에 토마토케첩까지 얹었으니 영양은 물론 얼마나 보기 좋게 도시락을 쌌던지 놀랐다.

그뿐만 아니다. 서울에서 살았으니 시댁인 경상도 시골에서 된장을 공수받기가 어려웠다. 남편은 된장은 꼭 담아 먹어야 한다면서 한식조리백과사전을 뒤져가며 된장을 담가 그런대로 잘 먹었다. 된장 담기는 그해 한 번으로 끝났지만 '남편이 된장을 직접 담갔다.'는 말에 동료 선생님들은 감탄에 또 감탄을 했다.

그뿐만이 아니다. 김장하려고 같이 시장에 가면 남편이 배추를 고르고, 장독을 사러 가도 자기가 고른다. 나는 남편이 배추나 장독을 고르는 동안 주인 의자에 앉아 흥정하는 것을 지켜보다가 한마디씩 거들기만 하면 된다. 그러면 상점 주인은 "새댁은 참 팔자도 좋수." 하며 부러워한다. 경상도에서는 나이가 많아도 '새댁'이라고 부르는 경향이 있다. 집안 꾸미기도 남편 몫이다. "당신은 책이나 볼 줄 알지 눈썰미가 없어." 하면서 말이다.

처음엔 가뜩이나 바쁘고 살림에 재미를 못 느낀 나로서는 참 편하고 좋았다. 그런데 어느 때부터인가 '누가 이 집의 안주인인가?'라는 생각이 들었다. 남편이 하는 것이 참견처럼 보이고 남자답지 않은 쬐쬐한 일로 치부되면서 불평이 일어나기 시작했다.

"어휴, 자기 일이나 잘하지!"

하지만 뒤집어 생각해 보면 긍정적인 시각으로 볼 때는 장점으로 보이고 부정적인 시각으로 보면 단점으로 보이는 법. 부부는 서로 보는 시각을 바꾸려는 노력이 필요하다.

갓 신혼일 때는 콩깍지가 쓰여서 보이지 않던 허물이, 쏟아지던 깨가 가뭄이 들 즈음부터 신경을 거스른다. 서로 "지나가는 사람에게 물어보라! 당신이 얼마나 이상한 사람인지." 하면서 말이다.

그런데 누구나 장단점이 있게 마련이고 누가 이상한 사람인지는 판단하기가 어렵다. 왜냐하면, 그렇게 말하는 사람의 기준으로 보니까 이상한 것이지 당사자는 아무 이상이 없지 않은가? 자라온 환경과 성장 배경이 다른 두 사람이 살면서 '서로 다른 것'은 어쩌면 당연하다. 그냥 있는 그대로 인정하면 된다.

아이들이 커가면서 부모를 닮은 모습을 보고 깜짝깜짝 놀랄 때가 많다. 가르치지도 않았는데 내가 하던 말, 하던 행동을 그대로 따라 하는 것을 보면서 말이다. 막내아들은 청소기 돌리는 것, 전기 코드를 보는 대로 빼는 것, 밤이 되면 문단속을 꼼꼼히 하는 것까지 아빠를 똑 닮았다. "엄마! 허리 조심하세요. 저번처럼 다치면 큰일 나요." 하며 아빠처럼 챙기는 것까지 말이다. 엄마를 닮아 급하고 덜렁대는 딸들이 다 커서 머지않아 가정을 이룰 시기가 되었는데 때로 걱정이 된다.

유대인 자녀교육서 《탈무드》에는 '결혼식에서 연주되는 음악은 그 기세가 군악대의 음악과 비슷하다.'라는 말이 있다. '결혼식은 두 사람의 전사가 전쟁터로 나가는 것과 같아 서로 싸우고 상처 입을 것이다. 그리고 나이가 들면 부상병처럼 서로 위로할 것이다.' 하고 마빈 토케이어는 말했다.

한창 젊을 때는 단점을 물고 늘어지다가 이제 희끗희끗 흰 머리칼이 보이니 측은지심이 생긴다. 결혼 삼십 년이 다 되어가는데 남편은 아직도 라면 봉지를 뜯은 채 부엌에 그냥 놓는다. 그래도 난 노래를 부르며 라면 봉지를 쓰레기통에 넣는 나이가 되었다니 모든 것이 잠깐이다.

부부가 서로 사랑하고 배려하는 모습을 보고 자란 아이는 절대 비뚤어지는 법이 없다. 아이는 분노에 반항하고 사랑에는 순응하는 존재이다.

형제자매,
경쟁과 우애를 배우게 하라

어느 부지런한 두 농부가 있었다. 형과 아우는 부모님이 물려 준 논에서 열심히 농사를 지어 수확한 볏단을 두 곳에 똑같이 쌓아 놓았다. 형은 밤이 되자 '동생이 결혼한 지 얼마 안 되고 생활이 어려우니 수확을 더 주어야겠다.' 라고 생각하고 한밤중에 몰래 자신의 볏단을 동생의 볏단에 옮겨 놓았다. 동생도 '형은 아이들이 많으니 나보다 더 생활이 어려워. 형이 더 많이 가져야 해.' 라고 자기 몫의 볏단을 형의 볏단에 옮겨 놓았다. 그런데 아침에 보니 밤새 옮긴 볏단의 양이 똑같아 이상하다고 생각했다. 이튿날, 어젯밤처럼 지게에 볏단을 지고 옮기다가 마주 본 두 형제, 보름달이 흐뭇하게 바라보고 있었다.

초등학교 때 교과서에서 읽은 '의좋은 형제' 라는 글이다. 국어책인지 도덕책인지 기억이 나지 않지만, 마땅히 읽을 책이 없던 시기에 마음에

잔잔한 감동이 밀려오던 글이다.

육남매 중에 셋째로 태어난 나는 위로 오빠와 언니, 아래로 여동생만 셋이 있었다. 다섯 자매가 모두 두세 살 터울이니 변변치 않은 옷이며 신발, 양말, 내복까지 누구 것인지 분별이 안 가 아무나 먼저 입고 가면 그만이었다.

티격태격 싸우기도 많이 했지만, 우리 형제자매가 다른 아이와 싸울 때는 어김없이 한편이 되는 것이 참 신기했다. '피는 물보다 진하다'고 했듯이 어려움에 처할 때 형제자매를 지지하는 것이 인지상정인가 보다.

초등학교 다니던 때이다. 나와 두 살 차이인 동생과 싸웠는데 엄마는 동생 편을 들고 나를 심하게 나무라셨다.

"언니가 참고 양보해야지!"

나는 무조건 동생 편을 드는 엄마 때문에 더 화가 나서 동생 가방을 열어 국어책을 찢어버렸다. 지금 같으면 서점에서 사면 되지만, 책이 귀한 시기라서 동생은 기억할지 모르지만, 그때를 생각하면 참 미안한 생각이 앞선다.

우리 아버지는 초등학교 3학년을 중퇴하시고 친정엄마는 서해안 안면도에서 비단 장수를 하시는 아버지 덕분에 초등학교를 졸업하셨다고 한다. 교육 수준에 상관없이 뿌리 깊은 유교 관습에 의해 불합리한 교육을 하던 시기였다. "네가 맏이니까 양보해라!", "네가 여자니까 참아라!"라며, 단지 '맏이', 여자'라는 이유로 참는 것을 강요했다. 이처럼 나뿐만 아니라 4, 50대 부모들은 어렸을 때부터 단지 우애만 강조했지 공정한 경쟁을 통한 승패를 배우기 어려운 환경에서 자랐다.

고재학이 쓴 《부모라면 유대인처럼》에서 보면 유대인들이 동기간의 싸움을 다루는 방법은 특이하다. 당사자로 하여금 자신의 의사를 충분히 표현할 기회를 준다. 부모가 재판관 입장이 되어 피고인들이 된 동기간의 논쟁을 들어보고 누가 잘못했는지를 가려준다. 일단 부모의 심판이 내려지면 이상의 언쟁이나 싸움은 허용되지 않는다고 한다.

내가 세 아이를 키우면서 시행착오를 많이 한 것은 어쩌면 당연하지 않겠는가? 첫 아이를 키울 때는 모든 부모가 같은 심정이겠지만 '누구보다 잘 키워야지!' 라고 생각하며 기쁨으로 키웠다. 여덟 달 만에 걷고, 돌 때 접시에 떡을 날랐던 첫 딸은 다른 아이보다 모든 면에서 빨라서 키우는 재미가 있었다.

둘째를 낳고부터는 자연히 첫 아이와 비교하게 되는 것 같다. "첫 애는 몇 살부터 발걸음을 뗐는데", "첫 애보다 말이 늦네?" 등 부모에게는 자연스럽게 형제자매를 비교하는 DNA가 있나 보다.

아이들이 어느 정도 자라 사리분별을 할 수 있는 시기에는 우애는 물론 적당한 경쟁도 필요한 것 같다. 작은딸은 지지 않으려는 악착 같은 데가 있어 언니가 양보할 때가 많았다. 이럴 때 부모의 지혜가 필요하다. 자칫 아이들의 견해를 들어보지 않고 일방적으로 화를 내거나 싸운다고 매를 대면 감정이 격해지기 마련이다. 어떤 일이 있었는지 차근차근 말을 하도록 하면 말하는 동안 감정이 차분히 가라앉게 되고 잘못도 인정하게 된다. 부모는 행동의 옳고 그름을 정확하게 가려 주어 올바른 행동을 하게 이끌어주어야 한다.

첫 딸은 어릴 때부터 언어를 익히는 데 타고난 소질이 있었다. 중학교 2학년 때는 3학년을 제치고 학교 대표 영어 연극대회에 나가는 행운을 얻어 이 방 저 방 다니며 영어대사를 외울 때 싹수가 보였다. 고등학교 때는 교환학생으로 미국에 다녀온 후 영어를 무척 잘하여 동생들의 부러움과 자랑의 대상이었다.

언니의 영향이었을까? 작은딸도 영문과에서 영어영문학을 전공하였다. 큰딸은 방학 때 집에 와 있을 동안에는 동생들에게 영어를 가르쳐 주는 모습이 참 흐뭇했다. 이제 세 아이가 서로 세워 갈 만큼 성장한 것 같아서다.

늦은 걸음으로 최선을 다하는 아들도 "누나처럼 잘해야지!"라고 마음을 다잡곤 한다. 두 누나에게 긍정적인 도전의식을 접붙임 받았나? 아무튼, 누나에게 열등감을 가지기보다 자랑스럽게 생각하는 아들이 기특하기만 하다.

형제자매는 서로 경쟁하지만 친구처럼 지내기도 한다. 때로는 경쟁을 통해서 놀라운 발전을 하기도 한다. 가정에서 우애와 협동심을 배우도록 부모가 지도한다면 최고의 인간관계를 가정에서 배우게 된다.

"어렸을 때 우리는 라이벌이었다. 그러나 서로 가진 것을 비교하는, 지나친 경쟁 관계는 아니었다. 우리 두 사람은 하는 일과 좋아하는 일이 달랐기 때문이다."

미 국무장관을 지낸 유대인 헨리 키신저의 동생 월터 키신저의 말이다. 동생 월터 키신저는 앨런 전기 설비 회사 CEO가 되었다. 사람들은 헨리 키신저에게 더 관심을 가졌지만, 동생 월터 키신저는 열등감을 가지기보다 자신의 능력에 대한 자부심이 컸다고 알려졌다. 이들의 부모는 능력이 다른 형제를 비교한 것이 아니라 각기 자신의 재능을 살릴 수 있도록 도와주었다고 한다.

형제자매는 태어나서 만난 최초의 라이벌이다. '자녀의 두뇌는 서로 비교하지 말되, 개성은 서로 비교하라.'는 유대 격언대로, 아이의 재능과 개성을 비교하고 부추기면서 자신만의 독특한 색깔을 낼 수 있도록 늘 격려하는 부모가 되자. 선의의 경쟁과 따뜻한 우애를 가진 형제자매보다 더 큰 축복이 있으랴.

아이와 소통하는 밥상머리 교육

'세상에서 가장 따뜻한 곳은 가족과 함께하는 밥상입니다
세상에서 가장 훌륭한 교실은 가족이 함께 둘러앉은 밥상입니다'

얼마 전 20대 아들이 도박 빚 때문에 엄마와 형을 죽이고 결국 자신의
부인도 자살에 이르게 된 끔찍한 뉴스가 있었다. 치매에 걸린 어머니를
구타해 숨지게 하고, PC방에서 게임을 할 돈을 주지 않는다는 이유로
어머니를 학대한다는 뉴스도 심심찮게 접하는 세대가 참으로 안타깝다.

또한, 청소년 자살률이 세계 1위인 불명예스러운 통계가 아니더라도
한창 뛰어놀고 싶은 초등학교 시절부터 학원과 과외로 몰아넣고 있는
교육 열풍이 대한민국 아이의 인성을 삐뚤게 하고 있음은 부인하지 못
할 것이다. 새벽밥을 먹는 둥 마는 둥 하고, 가족 모두가 잠든 밤 11시쯤
귀가하는 고등학생을 둔 가정은 주말 오후라야 겨우 밥상에 마주 앉게

86

되는 현실이다.

2010년 〈어린이-청소년 행복지수 보고서〉에서 우리나라 어린이와 청소년은 '행복하기 위한 조건'의 일 순위로 '가족'을 손꼽았다. 그리고 부모와 일주일에 3, 4회 식사를 하는 어린이와 청소년은 58%로 OECD 평균 78%보다 현저하게 낮은 수치이다. 우리나라 어린이, 청소년의 가족과의 식사 횟수와 삶의 만족도가 낮다는 것을 말해 준다.

예로부터 우리나라는 밥상머리 교육을 중요시해 왔다. 조부모와 부모, 아이에 이르기까지 두루 밥상에 둘러앉아 가족이 함께할 때 식사예절을 지키는 것이 교육의 기본이다. 어른이 먼저 수저를 들 때까지 기다려야 하는 절제, 음식 먹을 때 소리 내어 먹지 않는 배려, 어른의 말에 공손하게 대답하는 예절까지 모든 교육이 밥상머리에서 이루어졌다고 해도 과언이 아니다.

밥상은 마주 앉은 부모와 아이의 '소통의 공간'이다. 같이 밥을 먹는 횟수의 문제가 아니라 얼마나 많이 대화하고 서로 알아가는가에 있다.

요즘 한창 유행하는 텔레비전 프로그램에 〈아빠! 어디 가?〉가 인기다. 지난 3월에 제주도에서 성동일이 아들 성준이와 미역국으로 밥상을 차린 장면은 참 감동적이었다. 무엇이든 잘하지 못했던 성동일이 아들과 함께하면서 의젓한 아들에게 배우고, 또 아들을 칭찬하면서 부자지간에 돈독한 정을 쌓아간다. 그렇다. 아이와 밥상을 마주하다 보면 이런저런 할 말도 생기고 대화로 스트레스를 풀다 보면 삶의 지혜도 생기는 법이다.

어릴 때 우리 아버지는 온 가족이 식사할 때면 오빠에게 잔소리를 많이 하셨다. 평소에 마주 앉아 오순도순 대화하는 법이 없으셨던 아버지는 식사 때가 되면 이때다 싶으셨던지 "야, 재봉아! 너 어제 어디 갔다 오느라 밤늦게 왔어?"

"친구랑 놀다 왔어요."

통명스런 오빠의 대답.

"인마! 밤늦게 어디를 다녀? 일찍 다니지 않고. 알았어?"

"···."

"이 자식이 왜 대답이 없어?"

"에이 씨!"

이미 사춘기에 접어들어서 반항기가 있었던 오빠는 밥을 먹다 말고 수저를 '탁' 놓은 채 일어서고 만다.

"저런! 버릇없는 놈! 저 싸가지 하고는. 저놈 들어와도 밥 주지 마!" 하고 버럭 소리를 지르셨다. 노름으로 가산을 탕진하고 집에 안 들어오시는 날이 밤하늘의 별처럼 셀 수 없었던 아버지가 오빠에게 일찍 다니라는 말은 이미 타고 있는 양초에 기름을 붓는 거와 매한가지다. 무거운 손수레에 짐을 가득 싣고 장날을 쫓아다니며 음식을 팔아 여섯 자식의 입을 건사했던 어머니에 대한 애틋함, 아무것도 도와 드릴 수 없는 마음에 장남이 지녀야 할 책임감, 무력감 등에 스트레스가 많았으리라 짐작이 된다.

딸에게 잔정은 없어도 크게 나무라지 않으신 아버지는 유독 아들에게 야단을 호되게 치셨다. 하나밖에 없는 아들이 당신처럼 되지 않기를 바라시던 아버지의 속뜻을 이제야 알 것 같다. '나는 희망이 없지만 네가 잘 되기를 원해!' 라는 마음을 에둘러 표현한 것이다.

하긴 지금 아버지 이야기할 때가 아닌 것 같다. 그 피를 이어받아 그런지, 나도 여간해서는 아이에게 칭찬하거나 "고마워", "미안해"라는 말이 잘 나오지 않았다. 밥상머리에서 한다는 말이 기껏 "반찬 골고루 먹어라.", "국 흘리지 마라.", "학교 늦겠다. 빨리 먹어라.", "준비물 챙겼니?" 등이 고작이었다.

상담학을 공부하면서 아이의 마음을 이해하고 공감과 경청을 하려고 노력했다. 친정아버지는 아들과 소통하는 방법을 몰라 아들과 점점 더 멀어졌다. 따라서 아이와 어떻게 하면 마음을 여는 대화가 될지 부모도 꾸준히 공부해야 한다. 아이가 밥상머리에 앉으면 낯색을 살피며 "오늘 힘들어 보이는데 무슨 일 있었니?" 하고 물어보기도 하고, 때로는 "딸아, 오늘 엄마 기분 짱이다?"라며 대화 분위기를 이끄는 것이 무엇보다 중요하다.

만약, 가족 간의 정을 나누어야 할 밥상머리가 단지 예절 교육이나 잔소리하는 수준이라면 아이들은 밥상머리를 가능한 한 멀리할 것이다. 부모가 없는 틈을 타서 몰래 한 끼를 때우고 방에 들어가 문을 잠글 것이다.

그럼에도 불구하고, 밥상머리에 모여 식사할 시간이 부족한 지금은 일주일에 두세 번이라도 가족이 함께 식사할 것을 캠페인하고 있다. 일본 아키타 현의 연구에 의하면 가족과 함께 식사하는 아이들의 문제 해결 능력이 높다는 연구 결과가 나왔다.

또한, 가족과 식사를 자주 하지 않는 청소년은 가족과 함께 식사를 자주 하는 청소년에 비해서 흡연하는 비율이 4배 높고, 음주하는 비율이 2배 높고, 마리화나 비율이 2.5배 높다고 미국 컬럼비아 대 CASA 연구에서 밝혔다. 미리엄 와인스타인이 쓴 책 《가족 식사의 힘》에서는 아이가 책을 통해 배우는 단어보다 가족 식사를 통해서 배운 단어가 9배 많고 장차 이해력을 높이는 데 크게 이바지한다고 썼다.

컴퓨터와 스마트폰이 대중화되어 영상 매체에 중독되어 가는 사람이 많다. 심지어는 유아까지 게임 중독이 되어 어린이집에 가지 않으려 한다고 하니 참으로 안타깝다. 결국, 사람과의 소통이 멀어지면 점점 은둔형 외톨이인 '히키코모리'가 늘어갈 것이다. 가장 가까워야 할 가족끼리의 소통만이 답이다. 슬프고 답답할 때, 기쁨을 나누고 싶을 때, 마음의 짐을 나누고 싶을 때, 가족이 모여 대화를 통해 사랑과 인성을 키워가는 곳이 바로 '밥상머리'이다.

경제 교육 빠를수록 좋다

어릴 때 책에서 '개미와 베짱이' 이야기를 재미있게 읽었다.

개미는 더운 여름날에 뙤약볕에도 아랑곳하지 않고 땀을 뻘뻘 흘리며 일을 한다. 겨울철에는 일할 수 없으므로 미리 양식을 준비하기 위해서다. 한편, 베짱이는 시원한 나무 그늘에서 기타를 치고 노래를 부르며 즐겁게 지낸다. 이 더위에 일하는 개미를 비웃으면서 말이다. 어느덧 여름이 지나고 연둣빛 사과가 빨갛게 익어가고 귀뚜라미 우는 가을도 지나 추운 겨울이 왔다. 미리 양식을 준비하지 못한 베짱이는 개미네 집에 가서 먹을 것을 달라고 사정을 한다는 내용이다.

어린 마음이지만 미래를 준비하지 않고 '현재의 즐거움만 추구하고 미래를 준비하지 않는 삶을 산다면 결국 남에게 손을 빌릴 수밖에 없다.'는 교훈을 감명 깊게 받은 기억이 난다. 어찌 보면 '부지런함과 게으름'으로 생각할 수 있지만 결국은 '부와 가난'으로 연결된다고 볼 수 있지 않겠는가? 《성경》의 잠언에서도 '좀 더 자자, 좀 더 졸자, 손을 모으고 좀 더 누워 있자 하면 네 빈궁이 강도같이 오며 네 궁핍이 군사같이 이르리라.'라고 기록하고 있다.

젊은 날 도박으로 전답을 날리던 아버지는 돈이 떨어지면 방안에서 구들이 꺼지라고 한숨을 '푹푹' 쉬거나 누워서 빈둥대거나 하셨다. 아무리 돈이 없어도 담배는 외상을 해서 하루 한 갑씩 피워대셨다. 엄마는 일해도 매일 모자라는 생활비와 학비를 대려고 돈을 빌리거나 옆집에서 쌀을 꾸는 모습을 자주 보았다.

소위 '통장'이라는 것을 언제 처음 보았는지 기억에도 없다. 명절에 세뱃돈을 받거나 가끔 심부름하고 생긴 돈을 빨간색 커다란 플라스틱 '돼지 저금통'에 모은 것이 기억이 난다. 아마도 그 저금통은 학교에서 '저축' 교육 차원에서 나누어 주었던 것 같다. 그런데 그 '돼지'의 배가 부르기도 전에 엄마는 '돼지'의 배를 가위로 잘라 궁핍한 살림에 보태느라 바빴으니 나는 한 번도 배부른 '돼지'를 보지 못했다.

어릴 때, 수입 일부를 먼저 떼서 저축하고 남은 돈을 알뜰하게 저축을 한다든지 하는 것을 본 적이 없었다. 내가 통장을 만들어 적은 금액이나마 저축을 하기 시작한 때는 교사가 된 이후였다. 이른바 '황금알을 낳는 거위'인 '은행 이자'의 자그마한 기쁨을 맛보기 시작한 때가 벌써 이십 대 중반이었으니 너무 늦게 경제 공부를 시작한 것이 무척 아쉬웠다.

우리 아이들이 초등학교에 들어가고부터 집에서 심부름을 시킬 때 가격을 매기고 용돈을 준 적이 있다. 일에 대한 수고를 적게나마 느끼게 하고자 심부름 하면 300원, 자기 방 청소 하면 500원, 아빠 구두 닦으면 200원 등으로 가격을 써서 냉장고에 붙여놓았다. 아이는 돈을 모으려고 열심히 하여 자기 저금통에 모았다. 고학년이 되고부터 시들해졌지만,

이것이 노력해서 돈을 버는 것을 체험한 경제 교육이 아니었나 싶다.

나중에는 아이 이름으로 된 통장을 하나씩 만들어 주었다. 그 전에는 명절에 친척이 준 세뱃돈을 받으면 "엄마가 가지고 있을게." 하며 살림에 보태 썼지만, 그 후에는 아무리 어려워도 아이 통장에 넣어 쥐꼬리만큼이라도 이자가 붙는 재미를 느끼도록 했다.

미국의 석유 재벌 록펠러는 늘 근검절약을 강조했던 어머니의 영향으로 10대 때부터 꾸준히 용돈 관리장에 썼다. 얼마를 벌었고, 얼마를 썼는지 록펠러는 이 용돈 관리장에 용돈으로 받은 돈, 지출한 돈, 헌금으로 낸 돈을 매일매일 일기장처럼 죽을 때까지 작성했다고 한다. 그리고 자신도 자녀들에게 용돈 관리는 물론 지출 내용을 기록하게 했다고 한다. 지출 내용이 정확하고 합리적이면 용돈을 더 주고 그렇지 않으면 벌을 주고 용돈을 깎았다고 한다. 록펠러는 자녀에게 어렸을 때부터 용돈 관리를 하도록 했고, 용돈 교육을 통해 성공 법칙을 가르쳤다.

매년 세계 최고 갑부로 이름을 올리는 빌 게이츠도 당시 아이들에게 주는 용돈은 매주 1달러였다. 대신 집안일을 도와주면 그 일의 가치에 따라 용돈을 줬다고 한다. 세계 최고의 주식 투자가인 워런 버핏은 자녀에게 넉넉한 용돈을 주지 않았다. 이유는 자신이 어렸을 때부터 남의 도움 없이 돈을 벌어 왔기 때문에 현재의 부를 축적했다고 믿기 때문이다.

이렇듯 부자 아빠일수록 자녀에게 엄격한 경제 교육을 했다는 것은 부자 아빠들의 경제 교육법에 대한 블로그 〈조인스〉에서 밝히고 있다. 넉넉한 용돈을 주어, 돈 귀한 줄 모르게 키우는 요즘 부모들이 한 번 새길 만하다.

어릴 때부터의 올바른 경제관을 심어주는 것은 매우 중요하다. 돈을 '나쁜 것'이라고 인식하는 것은 좋지 않다. 돈에 대한 탐욕과 이기심을 가지고 사치스럽다거나 부도덕하게 쓰는 사람도 있다. 그러나 인간의 기본적인 욕구를 충족시켜 주는 자원이나 시간을 제공해 주는 촉매제 역할을 하는 것을 부인할 수는 없다.

부모들은 아이들에게 용돈을 언제부터 줘야 하는지 고민한다. 하지만 중요한 것은 '몇 살부터 시작해야 한다.' 보다는 자녀가 돈의 크기에 대한 개념이 서고, 돈으로 살 수 있는 것들에 대한 가치를 이해할 수 있을 때부터 주는 것이 맞다.

용돈의 적정 금액도 아이와 함께 정하는 것이 좋다. 아이에게 사용할 목록을 적게 하고, 저축 금액도 용돈에 포함해 주고 나름대로 지출 계획을 세워보게 한다.

용돈은 저학년이면 짧은 기간으로 나누어 주고, 고학년으로 갈수록 기간을 늘려준다. 보통 저학년은 3일이나 일주일 단위로 주고 고학년은 보름이나 한 달 단위로 주는 것이 보통이다. 그리고 용돈이 부족한 경우에는 일명 '홈 알바' 로 용돈을 벌게 하는 것도 권장할 만하다. '홈 알바' 는 가족들에게 도움을 줄 수 있고, 작으나마 노동의 대가에 대한 수고를 느낄 수도 있기 때문이다.

요즘 문방구에서 문구를 외상으로 하는 학생을 보면 참으로 우려스럽다. 어릴 때부터 외상 하는 습관을 지니는 것은 올바른 것이 아니므로 유의해야 한다. 외상으로 사면 된다는 생각으로 미리 준비물을 챙기는 일을 게을리 할 수 있기 때문에 금해야 한다.

무엇보다 아이가 용돈을 잘 관리할 수 있는 환경을 만들어 주어야 한다. 부모와 아이와 함께 은행에 가서 통장을 개설하고, 저축하는 것은 경제 활동을 가르쳐주는 데 아주 유용하다. 부모는 저축과 이자를 통해서 투자의 개념을 이해시켜 주고, 월말이 되면 용돈 사용 이야기를 들어

주면서 바람직한 저축과 소비를 칭찬해 주면 된다. 부모는 아이가 어릴 때부터 탄탄한 경제관을 가질 수 있도록 도와주는 멘토가 되어야 한다.

　돈은 현악기와 같다. 그것을 적절히 사용할 줄 모르는 사람은 불협화음을 듣게 된다. 우리는 돈의 주인이 되어야지 돈의 노예가 되어서는 안 된다. 적은 돈이라도 '나눔'에 대해 생각해 보는 것은 어떨까? 어릴 때부터 어려운 사람을 돕거나 기부할 수 있다면 자신이 성공했을 때 다른 사람을 위해 더 위대한 일을 하리라 여겨진다.

좋은 습관이 뿌리내리게 하라

　'세 살 적 버릇이 여든까지 간다.' 라는 속담이 있듯이 어린 시절의 습관은 매우 중요하다. 어릴 때 몸에 밴 습관은 어른이 되어도 고치기 어렵다. 아이가 태어나서부터 길들이기 시작한 모든 습관이 아이의 미래를 결정한다.

　사회의 출발선이 가정인 만큼 엄마는 젖을 먹이는 어린 아이 때부터 좋은 습관이 길러지도록 힘써야 한다. 어릴 때는 씨앗을 심는 것과 같다. '콩 심은 데 콩 나고, 팥 심은 데 팥 난다.' 는 말처럼 뿌린 대로 거두게 된다. 중국 도학가 증자의 교육편에 나오는 이야기이다.

　큰 도둑이 잡혀 교수형을 당하러 가는 길에 마을 사람들이 구경하고 있었다. 도둑은 집행관에게 저 마을 사람들 중에 내 어머니가 있으니 마지막으로 어머니의 젖을 먹게 해달라고 부탁하였다. 집행관은 수레를 멈추고 그 엄마를 불러 젖을 먹게 해주었다. 아들은 어머니의 젖꼭지를 물어뜯어 그 얼굴에 뱉으며 "어릴 때 바늘을 훔쳐 왔을 때 엄마가 나를 때려만 주었더라도 난 오늘 이렇게 죽지 않았을 겁니다."라고 울부짖었다.

증자는 이 끔찍한 일화를 통해 무슨 말을 하고 싶었을까. 어머니가 아이에게 젖을 물리는 것보다 더 중요한 것은 올바른 생각과 좋은 습관을 가지게 하는 것이라고 믿는다. 옳고 그름을 아직 분별하지 못하는 아이에게 분별력을 키워 주지 못한다면 그릇된 행동을 반복할 것이다. 그 후에 어떤 결과가 올 것인지는 자명한 일이다. 나폴레옹은 다음과 같이 말했다.

행동의 씨앗을 뿌리면 습관의 열매가 열리고,
습관의 씨앗을 뿌리면 성격의 열매가 열리고,
성격의 씨앗을 뿌리면 운명의 열매가 열린다.

또한, '습관은 나무 껍질에 새겨 놓은 문자 같아서 그 나무가 자라남에 따라 확대된다.'고 새뮤얼 스마일스는 말했다. 아이를 키워 좋은 열매를 맺으려면 좋은 씨앗을 심어야 한다. 좋은 씨앗은 좋은 습관을 말한다. 최효찬이 쓴《세상을 뒤흔든 위인들의 좋은 습관》에 보면 '케네디에게 배우는 반복 학습의 힘'이라는 이야기가 있다.

"친애하는 미국 국민 여러분! 조국이 여러분을 위해 무엇을 할 수 있을지 묻지 말고, 여러분이 조국을 위해 무엇을 할 수 있는지 물으십시오."

이 연설로 유명한 케네디 대통령은 처음부터 말을 잘하는 사람이 아니었다. 말이 너무 빨라서 많은 사람들이 알아듣지 못했다. 그리고 청중

앞에 연설을 하려면 두려움이 앞섰다고 고백했다. 하지만 케네디는 반복하여 연습하고 또 연습해서 자신감을 얻고 연설을 잘 하게 되었다. 또한 케네디는 아이들과 식사 시간 지키기를 제일의 원칙으로 했다. 약속과 시간의 중요성을 일깨워주기 위해서라고 한다. 아이가 학교나 사회에 나가기 전에 좋은 습관이 몸에 밴다면 어디를 가나 인정과 사랑을 받을 것이다.

또 유명한 작가인 톨스토이는 자기 성찰을 위한 일기 쓰는 습관을 가졌다. 그는 열아홉 살 때부터 자신이 무엇이 부족한지 꾸준히 일기를 쓰며 반성하고, 계획을 세우며 실천했다. 그는 《부활》과 《전쟁과 평화》 등 수많은 걸작을 남겼다. 이 걸작을 남기게 된 데는 다름 아닌 일기라고 할 수 있다. 60년간 하루도 빠짐없이 일기가 그의 문학적 결실을 이루게 했다. 톨스토이는 자신만 일기를 쓸 뿐 아니라 아내와 아이들까지 일기를 쓰게 했다. 톨스토이 사후에 9명의 자녀들이 쓴 회고록에 밝힌 바와 같이 부인 소피아를 비롯해 온 가족이 일기를 썼다고 적었다.

"아빠는 우리에게 벌 준 일이 거의 없다. 하지만 내 눈만 보고도 아빠는 내가 무엇을 생각하고 있는지 알았고, 나는 그것이 무서웠다. 나는 엄마에게 거짓말을 했지만 아빠에게는 그럴 수가 없었다. 왜냐하면 아빠는 금방 알아내기 때문이다. 그래서 우리는 아빠에게 거짓말을 하지 않았다."

톨스토이 자녀가 쓴 일기문이다. 아울러 톨스토이의 후손 중 100여 명이 작가와 예술가로 러시아와 유럽 등지에서 활동하고 있다고 최효찬은 《세계 명문가의 자녀 교육》에서 밝혔다.

초등학생 아이를 둔 학부모라면 아이에게 일기를 쓰라고 승강이를 하는 일이 많다. 부모가 일기를 쓰지 않으면서 아이에게 일기를 쓰라고 한다면 설득이 쉽지 않을 것이다. 내가 담임을 맡는 동안에는 꼭 하는 것 중의 하나가 '일기 검사'이다. 일주일에 두 번 정도 검사하는 데는 그 이유가 있다. 가장 중요한 이유는 자신의 생각을 적어보면서 생활을 반성하고 표현의 즐거움을 맛보게 하는 데 있다. 하루 24시간 많은 일과 생각을 기록하지 않는다면 기억 속에 묻히지만 일기를 쓰면 남게 된다. 하지만 그것보다 더 중요한 이유가 있다. 바로 기록하는 습관을 가지도록 하기 위해서다.

내가 어릴 때 종종 일기를 썼지만 남은 일기장이 없어서 참 아쉽다. 아이를 키우면서도 육아 일기를 남기지 못했다. 내가 다시 일기를 쓰기 시작한 것은 지금으로부터 약 8년 전부터이다. 하지만 그것도 어떤 때는 한 달에 한 번 쓴 적도 있다. 갈수록 일기를 쓰는 날이 많아지고 있다.

'습관을 바꾸면 인생이 바뀐다.'는 말이 있는데 지금 내가 가진 습관 중에서 가장 소중하게 여기는 것이 있다. 바로 아침에 일찍 일어나는 '아침형 인간'이라는 것이다. 나는 원래 늦게 자고 늦게 일어나는 '저녁형 인간'이었다. 늦게까지 공부하거나 책을 읽을 때는 물론이거니와 초저녁에 일찍 자도 아침에는 늘 허둥지둥 학교에 가기 바빴다. 실컷 자고 새벽에 눈을 떠도 이런저런 잡생각과 더불어 이불 속에서 빠져나오지 못하고 게으름을 피웠다.

'아침에 일찍 일어나는 새가 벌레를 더 많이 잡아 먹는다.'는 외국 속담이 있다. 일찍 자고 일찍 일어나는 습관은 평생 자산이라는데 이 자산을 가지게 된 것은 사이쇼 히로시의 저서 《아침형 인간》이라는 책을 읽고 나서이다. 아침을 지배하는 사람이 하루를 지배하고, 하루를 지배하는 사람이 인생을 지배한다. 하루를 기준으로 생각하면 아침 9시 이전이

가장 창조적인 시간대라고 볼 수 있다. 이 시간대는 수면 휴식이 끝난 후 이므로 뇌 활동이 가장 왕성한 시간대라고 한다. 따라서 아침 한 시간이 저녁 네 시간과 맞먹는다고 할 정도로 아침에 하는 공부나 독서는 효율성이 높다고 할 수 있다. 또한 아침의 한 시간은 가장 집중력을 발휘할 수 있는 시간이라고 한다.

늦게 일어나는 습관을 고치기가 매우 어려웠다. 몇 년에 걸쳐 노력했지만 잘 되지 않던 아침에 일찍 일어나는 습관이 이제 몸에 익었다. 이 시간에 새벽 기도를 다녀오고 글을 쓰기도 한다. 그만큼 어릴 때 습관이 되지 않으면 어른이 되어서 습관으로 자리 잡기가 매우 어렵다는 것을 실감한다. 초등학생은 아침에 약 30분 일찍 일어나 공부하는 습관을 가진다면 성공 씨앗을 심는 일과 다름없다. 기상 시간을 10분씩 당겨서 일어나고 그것이 잘되면 다시 20분, 30분으로 늘려본다.

아이와 아침에 일찍 일어나는 습관이 왜 좋은지 충분히 의견을 나누고 또한 일찍 일어난 시간에 무엇을 할 것인지가 분명해져야 목표를 이룰 수 있음은 물론이다.

홍자성이 쓴 《CEO 채근담》에 보면 "어린이와 젊은 수재들을 잘 단련시켜야 한다. 어린이는 미래를 이어갈 싹이요, 젊은 수재는 앞으로 나라를 이끌어갈 싹이다. 그런데 이들을 잘 가르치고 단련시키지 못하면 장차 자라서 보잘 것 없는 인물이 되고 사회에 보탬이 되지 못할 것이다."라고 적고 있다.

사소한 것 하나라도 어릴 때의 습관이 위대한 작가를 만들고 정치가를 만들고 철학자를 만든다. 싹이 터서 어린 나무는 지지대를 받쳐주면 곧게 자라듯이 어릴 때 바른 습관으로 자리매김 하도록 해야 한다. 이미 큰 나무는 방향성이 강해서 좀처럼 바른 틀을 갖기가 매우 어렵다. 세계적으로 성공한 사람은 특별히 다른 점이 하나 있다. 바로 좋은 습관을 가졌다. 독서 습관, 운동 습관, 기록하는 좋은 습관은 자녀를 성공으로 이끄는 지렛대가 된다.

부모가 좋은 습관을 가지고 있으면 자녀는 자연스럽게 모방한다. 톨스토이처럼 꾸준히 글을 쓰는 습관이 세계적인 대문호가 되었고 자녀들도 같은 길을 가며 명문가로 이끌었다. 이렇듯 좋은 습관은 자신을 성공으로 이끌 뿐 아니라 자녀도 성공으로 이끌게 된다.

'나쁜 습관을 가지는 것은 잠깐이지만 좋은 습관을 가지려면 오랜 시간이 필요하다.'라는 말이 있다. 토머스 에디슨은 "시도했던 것이 모두 잘못되어 폐기되더라도, 그것은 또 하나의 전진이기 때문에 나는 절대 실망하지 않는다."라고 말했다. 좋은 습관을 가지려면 때로는 잘되지 않을 때도 있다. 그러나 실망하지 않고 꾸준히 노력하면 반드시 몸에 익을 때가 온다. 그러면 노력하지 않아도 저절로 좋은 습관이 내 삶에서 굴러가게 된다. 부모도 자녀와 함께 좋은 습관을 가지려고 노력할 때 명문가의 삶을 이루게 된다.

과보호는 심지를 약하게 한다

캥거루족이라는 말이 있다. 캥거루족이란 학교를 졸업해 자립할 나이가 되었는데도 취직을 하지 않거나, 취직을 해도 독립적으로 생활하지 않고 부모에게 경제적으로 의존하는 20~30대의 젊은이들을 일컫는 용어이다.

캥거루족은 어쩔 수 없이 부모에게 의존하는 경우가 아니라 일을 할 수 있음에도 적극적으로 취업할 생각을 하지 않고 부모에게 빌붙어 사는 철없는 젊은이를 말한다. 2000년 이후 취업문제가 사회문제로 대두되면서 캥거루족이 늘어났다.

이 문제는 우리나라뿐 아니라 세계 각국에서도 다양한 형태로 나타나고 있다. 프랑스에서는 독립할 나이가 된 아들을 집에서 내보내려는 부모와 아들 사이의 갈등을 코믹하게 그린 2001년 영화《탕기 Tanguy》의 제목을 그대로 따서 탕기로 부른다. 또 이탈리아에서는 어머니가 해주는 음식에 집착하는 사람을 일컫는 맘모네(mammone), 영국에서는 부모의 퇴직연금을 축내는 키퍼스(kippers), 캐나다에서는 직장 없이 이리저리 떠돌다 집으로 돌아와 생활하는 부메랑 키즈(boomerang kids)라고 한다.

또한 미국에서는 헬리콥터맘(helicopter mom)이라는 말이 있다. 아이들이 성장해 대학에 들어가거나 사회생활을 하게 되어도 헬리콥터처럼 아이 주변을 맴돌면서 온갖 일에 다 참견하는 엄마를 일컫는 말이다. 헬리콥터맘이라는 개념은 우리나라 교육에 있어 엄마들의 뜨거운 교육열의 단면을 가장 잘 나타내어주는 치맛바람에서 파생된 것으로, 헬리콥터맘은 착륙 전의 헬리콥터가 뿜어내는 바람이 거세듯 거센 치맛바람을 일으키며 자녀 주위에서 맴도는 어머니를 빗댄 용어다. 어릴 때부터 무엇이든 원하는 것을 챙겨 주고 의존적으로 길러 과보호한 부모의 자녀 양육방식이 결국 캥거루족이나 헬리콥터맘이라는 오명을 갖게 되었다.

동화 〈라푼젤〉에서 라푼젤은 18년 동안 깊은 숲 속의 높은 탑 안에서만 갇혀 산다. 계단도 출입문도 없고 오직 꼭대기에 작은 창문 하나만 있을 뿐이다. 단 한 번도 바깥세상으로 나오지 못했던 라푼젤은 성인이 되자 '저 새처럼 자유롭게 날고 싶다.'며 한숨 쉬지만, 세상으로 나갈 방법을 모른다. 엄마 품안에서 세상 물정 모르고 자라는 아이에게 이렇게 말하는 엄마가 있다.

"세상은 너무 무섭고 험하단다. 너 혼자 힘으론 아무것도 못 해. 엄마가 너를 더 잘 알아. 제발 엄마 말을 들어. 이건 다 너 잘되라고 하는 소리야."

라푼젤처럼 부모 품에서 과보호로 자란 의존적인 성격을 가진 새내기 여교사는 최근 집에서 두 시간 거리의 지방에 발령이 났다. 한동안 버스로 출퇴근하다 '이참에 독립하자'며 학교 근처에 원룸을 얻어 자취를 시작했다. 부모 울타리에서만 맴도느라 서른이 넘도록 이성교제 한번 못했고, 이대로라면 영영 결혼도 못 할 것 같아 용기를 냈다. 그런데 막상 자취방에선 잠도 오지 않고 다신 부모를 볼 수 없을 것만 같아 밤새 눈물을 흘렸다. 방학 내내 집에 와 있어도 진정되지 않았다.

부모의 불안에서 비롯된 지나친 헌신이 자녀의 홀로서기를 힘겹게 만든다고 한다. 부모가 일일이 다 해주었기 때문에 혼자서 세상을 헤쳐나가는 방법을 터득하지 못해 두렵다. 공자는 "싹은 났으나 자라지 아니하는 것도 있으며, 자라기는 했으나 열매 맺지 못하는 것도 있다."고 지적했다. 과보호는 종종 부모의 불안과 자식에 대한 집착에서 비롯된다.

몇 해 전, 여성부에서 발표한 〈청소년 의식 조사〉에 따르면 부모가 대학 학자금 전액을 책임져야 한다는 질문에 청소년의 93%가 그렇다고 응답했다. 심지어 결혼 비용에 87%, 주택 마련 비용에 74%의 청소년이 그렇다고 응답했다. 몸은 컸지만, 아직 정신은 미성숙한 채로 독립하기를 주저한다고 본다.

큰딸이 고등학교 때 미국에서 교환학생으로 한 학기 동안 공부한 적이 있다. 대학에 수시입학을 하고 겨울방학이 되자 대학입학금을 자신의 힘으로 해결해야 한다며 전자회사에 들어갔다. 물론 임시직이지만 시급이 높은 야간 근무를 자처해 등록금을 벌었다. 누가 시킨 것도 아닌데 미국 가정에서 홈스테이하면서 의식이 많이 바뀐 것 같다. 바쁜 대학 생활 와중에서도 4년 동안 영어 과외를 하면서 용돈을 벌어 대학을 마쳤다. 고등학교를 졸업하자마자 정신적으로나 경제적으로 독립한 딸이 무척 기특한 것이 사실이다.

정지은, 김민태는 《아이의 자존감》에서 부모가 어떤 양육 방식을 보이느냐에 따라 아이의 자존감과 독립심은 한층 더 발전할 수 있다고 한다.

"어른이 된다는 것은 부모로부터 정신적으로 독립하는 것을 의미한다. 정신적 독립에는 마땅히 경제적으로도 부모의 도움 없이 스스로 자립할 수 있고, 혼자의 힘으로 일어설 수 있다는 자존감이 전제되어야 한다. 그리고 이런 독립심은 어느 순간 갑자기 생겨나는 것이 아니다. 어릴 때부터 부모가 일관된 양육 원칙을 갖고 지속적인 노력을 기울여야 한다.

우선 지나친 간섭, 참견, 잔소리하기보다는 아이가 제힘으로 무언가 하고자 할 때 옆에서 믿고 지켜봐 주는 인내심이 필요하다. 부모의 손을 떨치고 아이가 첫걸음마를 떼는 순간 아이의 내면에는 자존감의 싹이 트고 새순이 자란다."

아이가 발달 단계에 따라 정상적으로 자라지 않는다면 부모의 양육 방식이 적절한지 되돌아보아야 한다. 혼자서 할 수 있는데도 불구하고 자꾸 엄마에게 해달라고 보챈다든지, 또래랑 어울릴 수 있는 나이임에도 혼자서 논다든지, 공중도덕을 지키거나 어른의 지시에 따를 수 있는 상황에서 저항을 보인다면 부모의 양육 태도를 고민해 볼 필요가 있다.

아들러의 개인심리학에서 보면 부모의 양육에 따른 생활양식을 네 가지로 나눈다. 높은 사회적 관심이 많아서 자신과 타인의 욕구를 동시에 충족시키고 다른 사람들과 협동하는 심리적으로 건강한 유형(사회적 유용형), 부모가 지배하고 통제하는 독재형으로 자녀를 양육할 때 나타나는 지배형, 자녀 교육을 할 때 지나치게 자녀의 기를 꺾어버리는 형태로 아이가 부정적인 태도를 보이게 되는 회피형, 마지막으로 부모가 자녀를 지나치게 과잉보호할 때 나타나는 생활방식으로 의존적인 과잉기대형으로 나눌 수 있다.

부부가 맞벌이하거나 자녀가 하루빨리 독립하기를 바라는 과잉기대형의 부모, 또는 아이를 지배하고 통제하려는 부모를 가진 아이에게도 의존적 경향이 있다. 아이에게 너무 이른 기대를 해서 아이가 심리적으로 위축되어, 의존적으로 만들지 않았는지 생각해 보아야 한다.

아이가 초등학교에 입학하게 되면 학습에 필요한 준비물을 챙겨야 할 일이 많이 있다. 아이가 스스로 준비하려면 시간도 오래 걸리고 아이가 하는 일이 답답하게 느껴질 때도 있을 것이다. 이때 엄마가 대신 준비하고 챙겨주는 것이 빠르고 훨씬 잘할 수도 있다. 하지만 그럴수록 아이는 자꾸 엄마를 의존하게 되고 독립심을 기르는데 저해 요소가 된다. 이런 상황이 계속되면 아이는 "엄마가 해 주어야 해. 나는 잘 못하니까."라는 생각을 하게 된다. 아이가 좀 부족하고 느리더라도 인내심을 가지고 지켜보아야 한다.

아이가 잘하고 싶지만, 성공 경험을 할 여유도 없이 엄마가 나서서 해결해 주었는지, 아이가 무엇인가 해보려고 시도했을 때 야단이나 참견을 해서 아이의 기를 꺾어놓지는 않았는지 돌이켜 본다.

그렇다고 아이가 의존적인 모습을 보일 때 단번에 해결하려 한다면 부작용이 있을 수 있다. 부모가 먼저 자신의 양육 방식을 진단한 후에 시간을 두고 천천히 건강한 유형으로 바꾸려는 노력이 필요하다.

아이를 과잉보호하는 엄마의 이면에는 혹시 열등감이 작용하고 있지나 않은지 돌아보고 그런 경우라면 엄마의 자존감을 높이는 것이 먼저이다. 내가 잘하지 못한 것을 아이에게 기대하다 보니 지나친 것을 요구했다면 먼저 기대치를 낮추어야 한다.

아이가 실수하고 잘 못하더라도 기다려주고, 잘하려고 노력하면 노력하는 마음을 칭찬해야 한다. 누군가 '멧돼지도 칭찬하면 나뭇가지에 올라간다.'는 말을 했듯이 아이는 부모의 칭찬에 얼굴에 미소가 번지고 더 잘하려고 한다. 아이의 심지를 굳게 하려면 제힘으로 할 수 있는 작은 것이라도 지지하여 독립심을 길러주어야 한다. 그것이 부모와 아이 모두 행복해지는 길이라고 믿는다.

제3장
학습 능력
스스로 공부하는 습관의 힘

이제 대한민국 엄마들은 생각의 각도를 조금만 바꾸어 보자. 한 발짝 뒤로 가서 멀리 바라보자. 엄마가 끄는 수레에 아이가 타도록 하지 말고 아이 스스로 수레를 끌고 갈 때 칭찬을 아끼지 말자. 수레가 좀 미끄러지고 방향을 잃어도 곧 제자리를 찾을 것이다. 결국, 자기 주도력으로 공부하는 아이가 뒷심이 있어 나중에 탄력이 붙고 스스로 자신의 인생을 이끄는 아이가 된다.

'부모는 질문을 만들고 질문은 기적을 만든다. 기적은 내 아이의 미래를 만든다.'는 말이 있다. 부모는 질문을 통해 아이의 숨어 있는 잠재능력을 꽃피우는 데 촉매가 되어야 한다.

하루 15분 책 읽는 습관

　미국의 심리학자 매리언 울프는 《책 읽는 뇌》라는 책에서 독서가 뇌에 가장 훌륭한 음식인 이유는 풍성한 자극원이기 때문이라고 한다. 글자를 이해하고 상징을 해석하는 측두엽, 상황을 파악하고 활자를 시각으로 상상하는 전두엽, 감정을 느끼고 표상하는 변연계 등 독서의 흔적이 남지 않는 뇌 영역은 거의 없다는 것이다. 그리고 독서는 선천적인 능력이 아니고 불과 수천 년 전에 독서를 발명했으며 그 독서가 인간의 인지 발달을 바꾸어 놓았다고 피력하고 있다.

　매리언 울프가 '독서는 인간의 발명품'이라 말한 것처럼 '스마트폰도 인간의 발명품'이다. 그런데 스마트폰이나 게임 같은 영상매체에 인간의 뇌가 장시간 노출되면 책을 읽을 때와 반대되는 현상이 일어난다. 전두엽이 손상되어 그야말로 '게임 뇌'가 된다. 모리 아키오 니혼대학교 교수는 《게임 뇌의 공포》에서 400명이 넘는 학생들의 뇌파를 측정한 결과 하루 2시간 이상, 일주일에 나흘 이상 게임에 몰두하면 심신의 안정을 담당하는 베타파가 떨어지고 불안, 긴장을 담당하는 알파파가 겹쳐져 전두엽이 거의 활성화 되지 않는 이른바 '게임 뇌'가 된다고 밝히고 있다.

'사람이 책을 만들고 책이 사람을 만든다.'는 말을 수없이 들어왔어도 책을 가까이하는 사람이 드문 것은 왜일까? 기차를 타도 지하철을 타도 스마트폰에 정신이 팔려 있지 책을 펴는 사람은 열에 한 명 있을까 말까 한다.

스마트폰이 초등학교 교실에 들어오고부터 책을 읽지 않는 현상이 더욱 두드러지게 나타나고 있다. 물론 아침에 스마트폰을 거두어 놓기는 하지만, 완전히 자유로울 수는 없다. 감정 조절을 할 힘이 점점 약해져 사소한 일도 참지 못하고 짜증을 내거나 충동적인 말이나 행동을 하게 되니 아이들 가르치기가 점점 힘들어지는 게 사실이다.

영상매체가 불량식품이라면 독서는 뇌에 가장 훌륭한 음식이다. "한 권의 책을 읽은 사람은 그렇지 않은 사람을 부리고, 10권의 책을 읽은 사람은 한 권의 책을 읽은 사람을 다스리며, 100권의 책을 읽은 사람은 세상을 통치한다."라는 말을 굳이 빌리지 않더라도 세계 정상에 우뚝 섰던 지도자들치고 독서에 미치지 않은 지도자는 없다고 한다.

나폴레옹은 전쟁터에서도 책을 읽은 독서광이었고 영국 처칠 수상도 책 읽을 시간이 없을 땐 옆에 두고 만져보기라도 했다. 장서가 많기로 역대 대통령 중 으뜸이었던 미국의 제3대 대통령 제퍼슨은 "나는 하루도 책 없이는 못 산다."고 하였다. 도산 안창호 선생도 "하루라도 책을 읽지 않으면 입안에 가시가 돋는다."고 할 정도로 책을 사랑했다.

책을 읽는 이유 중 가장 중요한 것은 독서를 통하여 생각의 변화를 일으킬 수 있다. 생각의 변화는 행동의 변화를 일으키고 행동의 변화는 곧 삶의 변화를 일으킬 수 있다. 즉 독서는 변화의 첫 출발점이 된다.

아이가 책을 읽게 하려면 부모가 책을 읽는 모습을 보여주어야 한다. 요즘 젊은 엄마는 아예 거실의 텔레비전을 안방으로 옮기고 서재를 꾸미는 모습을 보니 참 지혜롭다고나 할까? 어떤 면에서는 부부가 텔레비전을 보면서 쉴 공간을, 아이를 위해 양보한 것이니 아빠가 이견을 내면 쉽지 않은 일인 것만은 분명하다. 하지만 부모와 자녀가 함께 책을 읽고 토론하며 공부하는 장이라면 그 양보는 모두에게 힘과 즐거움을 주는 탁월한 선택이라고 믿는다.

그런데 하루 15분의 독서는 어떤 의미가 있을까? 그것은 습관을 말한다. 듀크 대학교 연구진이 2006년 발표한 논문을 보면 우리가 매일 행하는 행동의 40퍼센트가 의사 결정의 결과가 아니라 습관 때문이었다.

찰스 두히그가 쓴 책 《습관의 힘》에서 습관은 '우리가 모두 어떤 시점에는 의식적으로 결정하지만, 얼마 후에는 생각조차 하지 않으면서도 거의 매일 반복하는 선택'을 의미한다.

독서가 아이의 인생을 성공으로 바꿀 만큼 위력이 있다는 것을 알면서 책을 읽지 않는 것은 습관의 문제이다. 그래서 하루 15분이라면 결코 초등학생에게 긴 시간은 아니다. 식사 때가 되면 자연스럽게 식탁에서 수저를 들 듯 틈새 시간에 책을 들도록 하는 최소한의 시간이다.

아이들은 틈이 있으면 스마트폰을 들고 게임을 하려 눈이 벌겋다. 하루 수업을 마치고 알림장을 쓰자마자 스마트폰을 선생님께 받으면 게임을 하면서 계단을 내려가는 모습을 심심찮게 본다. 점점 스마트폰 중독이 되어간다. 길을 걸어가면서, 심지어 건널목을 건너면서도 자동차를 주시하지 않고 스마트폰만 보고 가는 것이 위험해 보이기도 한다.

아이들의 손에 스마트폰보다 책이 들려져 있기를 바란다. 습관은 하루아침에 길러지는 것이 아니므로 아이뿐 아니라 부모도 노력해야 한다. 책에서 위인을 만나는 기쁨, 아름다운 글귀에 마음이 찡해오는 감동에 전율이 느껴지는 순간의 경험, 나의 사고가 숨을 쉬고 확장을 하고 큰나무처럼 자라는 그 짜릿함으로 가슴 벅찰 때부터 아이는 밥 먹을 때조차 책을 놓지 않는 아이가 된다.

독서가 습관이 되려면 일정한 시간에 매일 반복하는 것이 좋다. 근래에는 교육청 차원이나 학교 차원에서 '아침 독서'를 운영하는 곳이 많다. 나도 교실에서 매일 '아침 독서'를 운영하고 있지만, 학교 차원에서 실시하지 않으면 그 시간에 방송 조회나 영어 방송 등을 하게 되니까 알차게 운영되지 않는 점이 매우 아쉽다.

일본에서 '아침 독서 대상'을 받은 가미히라이 초등학교에서는 '아침 독서 시간'을 알리는 음악 소리와 함께 아이들은 조용히 독서삼매경에 빠져든다고 한다. 또한, 대구에서는 책 읽기 열풍이 불고 있다고 한다. 대구의 책 읽기 바람은 대구시교육청이 2005년 4월부터 시작한 '아침 독서 10분 운동'이 계기가 됐다. 당시 책을 전혀 읽지 않는 학생이 대구 시내 초·중·고교생 전체 42만 명 중 절반이었으나 이 운동이 시작된 후 모든 학생이 한 달에 2권 이상 책을 읽고 있다. 또 이 운동은 일반·공공도서관 등으로 급속히 확산하고 있다고 〈문화일보〉에서 기고했다.

가정에서는 가족 독서 시간을 가지면 좋다. 저녁 식시를 다 미치고 엄마가 설거지를 끝낸 시간에 가능하면 매일 같은 장소에서 해야 한다. 독서 시간이 되면 조용한 고전 음악을 틀어주고 음악과 함께 자신이 읽고 싶은 책을 가지고 와서 읽도록 하면 된다. 아버지가 몸소 책을 읽어주는 모습을 보여준다면 가족 독서 시간의 성공적인 자리매김은 시간문제라고 볼 수 있다.

책을 읽는 가정은 언젠가 명문가가 될 것이고 책을 읽는 아이는 인재가 될 것임을 믿는다. 세계에서 가장 책을 안 읽는 대한민국의 장래는 어둡다. 세계가 알아주는 'IT 강국'에서 이제는 '독서 강국'으로 자리매김하기를 기대해 본다.

교과서가 답이다

　내가 어렸을 때에는 참고서가 없었다. 시험발표가 나면, 공부할 거라곤 교과서와 선생님이 공부 시간에 칠판에 판서해 주신 것을 베껴 쓴 공책이 전부였다. 교과서는 지금과 달리 표지가 잘 찢어지는 재질이라서 학기 초에 새 책을 받으면 철 지난 달력으로 겉표지를 입히는 것이 다반사였다. 그렇지 않으면 몇 달이 안 가서 책이 너덜너덜해지고 만다.

　더구나 ‘헌책 물려주기’ 라는 절약 캠페인으로 헌책을 물려받는 경우가 많아 새 책을 받으면 보석처럼 아끼고 마냥 좋았다.

　요즘에는 아이들이 가지고 있는 문제집은 교과서보다 화려하고 다양하다. 겉보기에는 그렇다. 교과서는 하나의 장식품 정도로 여기고, 전과나 학원 문제집, 그리고 참고서를 더 끼고 다니는 듯하다. 그리고 교과서를 잃어버리는 아이는 왜 그렇게 많을까?

　매해, 새 교과서는 무료로 받고 참고서나 문제집은 거금을 들여 사서일까, 교과서를 집에 있는 엄마처럼, 꼭 있어야 하는데 그리 귀한 줄 모르는 존재로 취급하는 것 같다. 하지만 공부 잘하는 아이는 반대다. 교과서는 다른 참고서나 문제집보다 더 중요하다고 백번 말해도 지나치지 않다.

박성철이 쓴 《초등 엄마 교과서》에서 밝혔듯이 우선 교과서를 집필하고 심의한 사람은 우리나라 초등 교육, 교과 교육에 정통한 전문가들이다. 그 교과와 초등 교육에 관련된 대학의 교수, 우리나라의 교육 정책을 경영하는 교육과학기술부, 교육과정에 대한 모든 것을 도맡아 하고 있는 한국교육개발원, 한국교육평가원, 그리고 그 교과 교육에서 20년 이상 아이들을 가르치고 있는 현장의 교사들이 만든 것이 초등학교 국정교과서이다.

반면 참고서와 문제집은 그것을 개발하는 역량이 교과서를 만드는 사람의 역량과 비교되지 않을 정도로 미약하다. 상업적인 목적으로 아르바이트 대학생을 고용하여 개발하는 경우도 있다고 하니 검증되지 않은 채 시중에서 팔려나가고 있다.

시험 날짜와 시험 범위가 발표나면 그때부터 교과서를 제쳐 두고 문제집만 푸는 아이가 많다. 시험 칠 날이 가까워져 올수록 "나 문제집 세 권 풀었다! 두 권 더 풀어야 하는데!", "그래? 난 두 권밖에 못 풀었어!" 하는 말을 심심찮게 들을 수 있다. 어떤 아이는 심지어 다섯 권 푸는 아이도 있다. 문제집 풀기 경쟁이라도 하는 걸까?

하지만 교과서가 공부의 중심이 되지 않으면 시험 문제가 자신이 풀었던 문제에서 조금이라도 응용되어 나오거나 다른 각도에서 출제되어 나오면 틀리기에 십상이다. 핵심을 이해하지 않은 채 문제부터 풀었기 때문이다.

따라서 교과서를 먼저 충분히 이해하고 난 후 참고서로 보충하고 문제집을 푸는 것이 좋다. 충분히 이해했다는 것은 아이마다 다르겠지만, 교과서 내용은 물론 주제 관련 그림이나 도표, 지도 등을 두루 살피며 몇 번 반복하는 동안 수업을 연상하게 되고 어느 것이 중요한지가 파악이 되는 단계라고 할 수 있다.

《현근이의 자기 주도 학습법》은 사교육을 받지 않고 한국과학영재학교를 최우수로 졸업한 김현근 군이 쓴 책이다. 미국 최고의 학부 프린스턴대학에 특차로 합격한 수기에서 이렇게 말했다.

"시험을 치기 전에 반드시 다섯 번 이상 교과서를 정독했다."

교과서를 가장 중요하게 생각하는 아이는 공부 시간에 집중할 수밖에 없다. 때로는 선생님이 중요하다고 강조한 것은 빨간 볼펜으로 기록하고 자신이 궁금하다고 생각한 것은 물음표를 해 놓고 선생님께 질문하게 된다.

《아이의 인생은 초등학교에 달려있다》를 쓴 신의진은 봄 방학이 시작되어 아이들이 새 학년 교과서를 들고 오면 아이들과 함께 둘러앉아 책들을 쌓아 놓고 하나하나 읽어 나간다고 밝혔다. 기본적으로 학교에서 무엇을 배우고 있는지는 알아야 하기 때문이라고 한다.

교과서들을 쭉 훑어본 다음, 아이가 이번 학기에 꼭 배워야 할 개념이 무엇인지 과목별로 '감'을 잡아 두고 아이의 수준에 맞추어서 도와줄 방법을 찾는다고 하니 이만하면 고수 엄마라고 할 만하지 않은가?

나도 학교에서 다음 학기 교과서를 받게 되거나 첫 단원을 시작할 때 꼭 하는 말이 있다.

"자, 우리가 무엇을 배우게 될지 책을 주욱 구경해 보자!"
하며 교과서 여행을 하도록 한다. 책갈피를 넘기면서 그림도 보고 인물 사진도 보고 앞으로 배울 내용을 살펴보게 한다. 그러면 실제 공부 시간에 좀 더 친근하게 마음에 와 닿아 이해를 잘할 수 있는 장점이 있다. 전에 한번 가 본 길이나 한번 본 사람을 보면 어쩐지 익숙한 느낌이 들고 낯설지 않아 편안하게 대할 수 있지 않은가?

법학자이며 대학교수인 이호선은 새로운 내용을 배울 때는 수업이 시작하기 전 잠시, 전에 배운 내용을 복습하며 워밍업을 하고, 교과서에서 새로 배울 내용을 큰 줄기만 훑어보는 식으로 예습했다고 《공부, 피할 수 없다면 즐겨라》에서 밝혔다.

초등학교 고학년이 되면 학부모가 가르칠 수 없는 단원이 있다. 교사인 나도 수학을 미리 풀어보지 않으면 바로 답해 줄 수 없는 어려운 내용이 많다. 6학년에서 배웠던 한국사가 5학년으로 내려왔는데, 통일 신라와 고려의 문화재는 물론, 임진왜란과 병자호란 그리고 근대사의 병인양요, 신미양요 사건은 역사 흐름이 한눈에 들어오지 않아 가르치는 데 애로사항이 있다.

교과서 내용을 모두 알 필요는 없다. 하지만 미리 훑어보고 있으면 학부형은 아이에게 줄 실질적 도움이 있는지 생각해 볼 수 있다. 하다못해 방학 때 '용산박물관(국립중앙박물관)'을 시간 내어 갈 수도 있을 테고 아니면 경주 투어라도 한다면 한국의 역사에 남다른 관심을 가질 수 있는 계기가 된다.

아이들은 대부분 교실 책꽂이에 교과서를 보관하고 수업 시간에 꺼내쓴다. 요즘은 교과서 'e-book'을 내려받아 가정에서 펼쳐 볼 수 있도록 하고 있다. 좀 수고를 한다면 해당 교과서 출판사 홈페이지에서 주문하면 아주 싼 값에 구매하여 집에 비치하고 필요할 때 보아도 좋을 것 같다. 아무튼, 교과서를 가까이 두고 친해져서 효과적인 공부를 하도록 도와주기를 바란다.

잘하는 과목부터 시작하라

시선이라 불렸던 당나라의 시인 이백이 어렸을 때의 이야기다. 자는 태백으로 그는 아버지의 임지인 촉나라 땅의 성도에서 자랐다. 5살 때 성도로 가서 자란 이백은 10살 때 어른을 능가하는 글 솜씨를 보여 특출한 재능을 보여주었다. 그의 아버지는 그에게 훌륭한 스승을 찾아 주어 상의산에 들어가 학문에 정진하게 했는데 어느 날부터인가 공부가 따분해지기 시작했다.

그래서 그는 집으로 돌아오기로 결심하고 산을 내려오다가 시냇가에 이르자 한 노파가 물가에 앉아서 바윗돌에 도끼를 갈고 있는 것을 보았다.

이백이 물었다.

"할머니, 왜 바위에다가 도끼를 갈고 계세요?"

"응, 바늘을 만들려고 도끼를 갈고 있단다."

노인의 대답에 어이가 없어진 이백은 할머니에게 반문한다.

"이렇게 큰 도끼가 간다고 바늘이 될까요?"

"그럼, 되고 말고, 중간에 그만두지만 않는다면….'

이백은 할머니의 말에 큰 충격을 받았다.

"그렇다. 중간에 그만두지 않는다면 노력해서 안 될 일이 있겠는가."

생각을 바꾼 이백은 다시 산으로 올라가서 학문에 정진하기 시작했다.

위의 일화에서 '마부작침'이라는 고사성어가 유래되었다. '마부작침'은 '도끼도 갈아 바늘을 만든다'라는 뜻을 담고 있다. 꾸준히 노력하면 어떤 어려운 일이라도 이룰 수 있음을 비유한 말이다. 무엇을 하기 전에 먼저 '나는 못한다'는 선입견을 품는 아이에게 이 말을 해준다.

아이가 무슨 과목이든 공부를 잘하면 좋겠지만 모든 것이 부모 마음대로 되는 것이 아님을 자녀를 키운 부모라면 다 알 것이다. 세 아이를 키운 나 역시, 재능과 기질이 각기 다른 아이들은 제 나름의 속도가 있기에 자신의 속도에 맞게 '도끼'를 갈 수 있도록 격려하는 것이 부모의 지혜라고 믿는다.

우리 집 막내아들은 한글을 겨우 깨치고 학교에 들어갔다. 두 딸을 키우면서 여느 엄마처럼 피아노다 학습지다 영어 학원이다 하며 그야말로 아이들을 닦달하였다. 그래서 내린 결론은 아이들이 스스로 하고 싶어하는 것을 해야 효과가 있고 그래야 투입한 만큼 산출해 낼 수 있다는 경제 원리까지 터득하게 되었다.

지금 생각하면 참 부끄럽다. 큰애가 아마 여섯 살 때쯤 수학연산 학습지를 시작한 것 같다. 셈이 무척 빠르다고 생각한 나는 학습지 선생님께 자꾸 레벨을 올려달라고 했다. 은근히 우리 애가 수학에 천재적인 재능이 있는 것 같은데 왜 몰라주느냐는 생떼를 부렸으니 그 선생님은 속으로 얼마나 난감했을까?

일찍 셈을 배워서인지 아니면 원래 지능이 뛰어나서인지 받아쓰기든 수학계산이든 무엇이든 잘했다. 딸이 2학년 때까지 나는 같은 학교에 근무했는데 그때 딸의 담임선생님이 하신 말씀이 있다. 칠판에 수학 10문제를 판서한 후 "자, 차근차근 풀어라!" 하면 큰애는 선생님이 분필을 놓는 동시에 다 풀고 앉아 있다는 것이다. 받아 올림을 계산할 때는 다른 친구들이 손가락을 폈다 오므렸다 하며 머릿속을 굴리는데 딸은 자동 암산이 되는 모양이었다.

그런데 문제는 너무 일찍 시작한 학습지에 대한 알레르기가 있어서인지 그 후부터는 학습지든 문제집이든 종이로 된 것을 아주 싫어했다. 학교에서 선생님과 공부한 것이 전부다. 시험 기간이 되면 기출 문제집을 한 권이라도 제대로 풀어본 적이 없다. 시험 전날이라도 안달은커녕 노래를 흥얼거리며 컴퓨터로 포토샵을 혼자서 배우느라 온 정신을 쏟는다.

가끔 남편과 하는 말이 있다. "큰애가 조그만 노력했어도 서울대를 갔을 것이다."라고. 책상에 앉아 진득하게 공부하는 모습을 보지 못한 큰애가 중고등학교에 가서도 상위권을 유지한 것을 보면 신기할 정도다.

그래서 막내아들은 '학습지를 시키지 말자.'는 결론을 내렸고 실천했다. 거기에 마흔이 넘은 나이에 초등학교 입학을 시켰으니 게으름도 한몫했을 것이다. 그런데 2월생이라서 일곱 살에 입학한 막내는 공부를 잘못했다. 1학년 담임선생님은 1년 내내 받아쓰기하지 않아서 즐겁게 학교를 잘 다니면 된다는 생각으로 무사히 지나가기를 바랐다. 2학년이 되어서 아들이 받아쓰기가 거의 바닥인 것을 알고 정신이 번쩍 났다. 시험지 푸는 방법을 몰라 국어는 물론 다른 과목도 바닥을 면치 못했다.

처음에는 자신의 점수에 대해 감각이 없던 아들이 어느 날 집에 와서는 울음을 터뜨렸다.

"엄마, 왜 나는 공부를 못해? 친구들이 바보라고 놀린단 말이야!"

나는 그때부터 저녁 식사를 마친 후에 아들을 앉혀 놓고 받아쓰기와 셈을 가르쳤다. 하지만 가르치다가 몇 번 반복해도 이해를 못 하면 답답해서 소리를 지르기 일쑤였다.

"혁아! 너 돌대가리야? 금방 설명해 줬잖아!"

나도 모르게 해서는 안 될 말을 하며 꿀밤을 쥐어박았다.

"으앙, 나 공부 안 해!"

하며 매일 씨름을 하다가 어느 순간 나는 욕심을 놓게 되었다. '아무리 해도 안 되는 것을 억지로 한다고 해서 될까?' 라는 생각이 들었다. 그래도 아들이 운동 신경이 발달해서 태권도를 배우는 것을 무척 좋아했다. 흰 띠, 노란 띠, 파란 띠부터 시작해서 빨강 띠, 품 띠, 검은 띠로 올라갈 때마다 얼마나 자랑스러워하는지 모른다. 그리고 틈나는 대로 집 앞 공원에서 키 큰 형들고 농구를 하면 자신을 농구 신동이라고 한다며 무척 운동을 즐겼다.

'공부가 잘 안 되니 운동 쪽으로 키워볼까?' 라고 고민을 할 즈음 5학년이 된 아들은 근처 수학교습소에서 친구랑 수학을 배워보겠다고 했다. 다른 과목보다 그나마 나은 과목이 수학이었는데 아마 수학만은 해볼 만하다는 생각을 한 것 같다. 난 반가운 마음에 허락했다. 교습소에 다니던 아들은 한두 달이 지날 즈음 얼굴에 함박웃음이 가득한 채 말했다.

"엄마, 수학이 너무 재밌어!"

그동안 공부를 못하는 것에 대해 주눅이 들고 자신감이 없어 걱정이던 아들의 입에서 '공부가 재밌다'는 말은 나를 감동하게 했다. 그때부터 아들은 수학이라는 도끼를 갈고 닦기 시작했다. 차츰 점수가 올라가

더니 중고등학교에 가서 도끼가 바늘이 될 만큼 실력이 향상되었다. 수학에 자신감이 붙으니 다른 과목에도 파급효과가 있어 그런대로 공부 잘하는 아이가 되었다.

때로 공부하고자 마음먹은 아이가 자신이 싫어하거나 흥미가 없는 과목을 먼저 하는 경우가 있다. 그러면 잘 이해하지 못하는 것에 대해 스트레스를 받거나 급기야는 공부를 포기할 수도 있다. 따라서 자신이 잘하는 과목부터 시작해야 자신감이 붙는다.

혹시 잘하는 과목이 하나도 없다고 생각하는 아이는 어떻게 할까. 그 아이는 잘한다는 기준이 높거나 특별히 공부에 대한 흥미가 없는 경우일 것이다. 이런 아이는 반두라가 말한 자기 효능감, 즉 주어진 과제를 성공적으로 수행할 수 있다는 신념이 낮아 공부를 멀리 하고 도전 자체를 싫어한다. 이럴 때는 먼저 작은 성과라도 끊임없이 칭찬과 격려로 "할 수 있다."는 자신감을 심어주는 것이 가장 중요하다.

학습 결과보다
과정을 즐기게 하라

"선생님, 저 몇 문제 틀렸어요?"

기말시험을 마치면 채점이 끝나기도 전에 아이들은 자신이 '몇 개' 틀렸는지 궁금해 어쩔 줄 모른다. 그뿐만이 아니라 엄마들이 마트에서 만나게 되면 상대방 엄마의 아이가 "몇 개" 틀렸는지 물어보기 바쁘다. 아이가 "몇 점" 맞았다고 하면 "그럼 다른 아이는?" "너희 반에 백 점 맞은 애 몇 명이야?" 하고 질문하기도 한다.

아이나 부모가 결과에 너무 집착하거나 남과 비교하게 되면 진정한 공부의 목적과 방향을 잃어버리기 쉽다. 공부를 잘하는 아이는 무엇인가 다른 공통점이 있다. 자신이 왜 공부해야 하는지에 대한 목적이 뚜렷하고 공부 과정을 즐긴다는 것이다. 시험이니까 부득이하거나 누가 시켜서 하는 공부는 뒷심이 부족하다. 즉 공부를 지루하게 생각하여 오래 진득하게 앉아 몰입하지 못하고 '풀 방구리에 쥐 드나들 듯' 냉장고가 있는 주방을 들락거리다가 볼일을 못 본다.

어느 날 갑자기 공부에 흥미가 있는 막내아들이 시험을 앞두고 밤늦게까지 열심이다. 마음이 여린 아들은 등교하려고 신발 끈을 매더니 걱정스러운 표정으로 말했다.

"엄마! 나 오늘 시험 잘 못 보면 어떡해?"

"혁아! 네가 열심히 했으니까 결과는 하나님께 맡기면 돼. 나는 네가 최선을 다하는 모습이 좋아. 시험 못 봐도 괜찮아."

나는 불안해 하는 아들의 마음을 달랬다. 공부를 열심히 한다고 해서 하루아침에 성적이 '쑤욱' 향상되는 것은 아니다. 나는 아들이 생각만큼 성적이 썩 잘 나오지 않아 실망하는 것을 자주 보았다.

"어이구, 그렇게 밤새워 공부하더니 이게 점수냐?"

자칫 나도 모르게 한숨이 나오는 것을 참고, 가능하면 시험 결과에는 '호연지기'의 뜻을 품으려고 노력했다. 늘 자신감이 부족한 아들이 열심히 해도 잘 안 된다고 공부를 포기할까 봐서이다. 하지만 결과에 연연하지 않고 최선을 다하면 언젠가는 공부의 뿌리와 함께 땅속에 숨어 있던 뿌듯한 성취감이 고구마처럼 줄줄이 끌려 나오는 날이 있을 것이라 믿었다.

천재를 넘어선 첼리스트 장한나는 공부의 이유를 '즐거움'으로 표현했다. "무엇보다 '바로 이거다!'라고 이해를 할 때 '공부가 이래서 재미있구나.' 하고 느꼈어요. 남의 지식을 제 지식으로 소화할 때, 또 새로운 감정을 제 마음속에서 느낄 때, 너무나 통쾌하고 마음이 열리는 것같이 시원합니다."라며 정답을 찾는 공부가 아니라 답을 찾아가는 과정을 즐겼다고 고백한 바 있다.

아이가 공부하는 이유가 자신의 뚜렷한 진로관이나 역할 모델이 있어 스스로 내재적 동기에 의한다면 공부에 힘을 쏟고 흥미가 있으며 성취감을 맛보게 된다. 하지만 다른 사람의 강요에 떠밀려서 선물을 받으려는 외재적 동기에 의해 하는 공부는 그 인센티브가 충족이 되면 에너지가 고갈되고 오히려 공부를 중단하게 된다.

교육심리학에서 보면 행동 자체가 주는 만족감이나 성취감 때문에 행동하면 내재적으로 동기화된 것이고, 반대로 외적 보상을 얻기 위해 행동을 하면 외재적으로 동기화된 것이다.

내재적 동기는 성취감, 유능감, 자기 결정, 도전 정신, 호기심, 흥미, 즐거움 등과 연관되어 있고, 외재적 동기는 돈, 인정, 경쟁, 성적, 인센티브 등과 관련되어 있다.

아이가 공부하는 것 자체를 즐기고 좋은 성적을 경험하는 성취감 때문에 공부를 한다면 내재적 동기가 작용한 것이다. 반면에 좋은 성적을 내서 엄마에게 선물을 받거나 남을 이기기 위해 공부를 한다면 외재적 동기가 작용한 것이다.

열심히 공부하는 것에 대한 칭찬으로 평소 좋아하는 피자를 사준다거나 축구화를 사주는 것은 차라리 애교다. 가끔 학습 능력이 많이 뒤처지는 아이 엄마가 시험을 잘 치르면 거액으로 살 수 있는 물건을 상으로 제시하는 것을 보면 안타깝다. 요즘, 최신형 스마트폰을 가진 아이는 자신이 최고인 양 어깨에 힘이 들어가는 것을 본다. 자기 것보다 더 좋은 스마트폰을 가지고 오는 아이가 있으면 우르르 몰려가 구경하느라 정신이 없다. 그런데 아이의 심리를 이용하여 한술 더 뜨는 엄마가 있다.

"올백 맞으면 네가 갖고 싶은 스마트폰 사줄게."

조금이라도 아이가 공부하게 하려는 엄마의 마음인 줄 알지만, 그것이 때로는 아이의 학습동기를 그르칠 때도 있음을 생각해야 한다.

경제협력개발기구(OECD)의 국제 학업성취도 비교평가(PISA)에 의

하면 우리나라는 중국, 핀란드와 함께 최상위권에 속한다.(2009년) 그러나 한국의 평일 기준 전체 공부 시간은 8시간 22분으로 PISA 순위 1위인 핀란드보다 4시간 33분이 더 많다고 밝혔다.(2003년 고교 1학년 대상) 그러나 그 차이는 단순한 순위 차이가 결코 아니다. 우리가 '1등만이 살길'이라는 치열한 경쟁의 결과라면 핀란드는 공부하는 과정을 즐기다 보니 1등을 한 것이다. 바로 '억지로 하느냐, 즐기느냐'의 차이다.

의자에 앉은 시간이 많다고 공부를 잘하는 것은 아니다. 부모의 성화에 의자에 앉아 있지만, 게임 생각이나 하고 있다면 말짱 도루묵이다. 아이를 다그쳐서 의자에 앉힐 수 있지만, 학문을 두뇌에 입력시키는 것은 남이 대신해 줄 수 없다.

엄마가 아이의 성적 결과에만 신경을 쓰고 선물을 주니 마니 하면 아이 또한 성적 결과에 집착하게 된다. '올백을 맞지 않으면 실패한 것이고 올백을 맞으면 성공한 것'이라는 사고에 익숙해져 올백은 '도저히 딸 수 없는 신포도'가 됨을 어쩌랴. 아이가 점점 공부에 흥미를 잃게 되고 공부는 지긋지긋한 것이라는 마음이 들면 공부에 담을 쌓게 되고 만다.

공부하는 과정을 즐기게 하려면 학습 결과에 집착하는 엄마의 조급증부터 바꿔야 한다. 초등학교 때는 앎의 기쁨을 몸으로 익히고 다양한 체험활동을 통해 세상을 보는 시야를 넓혀가는 시기로 인식하는 것이 좋겠다.

초등 1학년 때 받아쓰기가 십 점 맞은 아이, 백 점 맞은 아이가 있다고 하자. 중학교 때쯤 되면 별 차이가 없다. 1학년 때 받아쓰기 십 점 맞았다고 실망하거나 닦달할 필요가 없다. 십 점이 이십 점이 되고 삼십 점이 되는 성취감을 맛보게 하는 기회로 삼으면 아이는 공부가 재미있어진다. 열심히 노력하는 자세를 칭찬하면 아이는 더 잘하려고 귀여운 짓을 하니 엄마도 같이 즐기면 된다.

자기 주도력으로 공부하는 아이가 나중에 탄력이 붙는다

엄마 성화에 여기저기 학원에 다니며 공부하는 아이가 많다. 여러 학원에 다니는 아이는 통학 시간에 맞춰 움직이느라 바쁘다. 한 달에 두 번 하는 교실 당번도 학원 차 놓친다고 동동거리는 것을 보면 정작 중요한 것을 간과하는 것이 아닌가 염려가 된다. 가끔 학원에 다니지 않고 학교 방과 후 수업을 이용하거나 사이버 학습과 같은 온라인 강의를 듣고 공부하는 아이도 있는데 소수이다.

학교는 공부만 하는 곳이 아니다. 친구와의 협동, 그리고 맡은 바 책임을 다하는 것도 그 무엇보다 중요한 공부다. 수업이 끝난 후 긴장을 풀 시간도 없이 학원을 쫓아다니면서 아이는 어떤 생각을 하는지 참 궁금하다.

그런데 여러 학원을 전전하는 아이의 공통점이 있다. 공부 시간에 산만하고 집중이 잘 안 되는 특징이 있다. 학원에서 다 배웠기 때문에 아무래도 몰입이 안 될 수밖에 없다.

초등학교 고학년이 되면 너도나도 입시학원에 발을 들여놓기 시작한다. 학원도 경쟁적으로 성적순으로 반을 나눈다며 시험을 본다. 이에 학부형들이 서로 질세라 이른바 좋은 학원으로 소문난 학원에 보내려고 난리다.

나도 첫 애는 다른 엄마들의 장단에 같이 춤을 추며 입시학원에 시험을 보러 간 적이 있다. 수학 문제는 몹시 어려워 시험 점수가 낮게 나오면 학부형의 마음은 불안하고 조급증이 나온다. 학교에서 치는 시험은 그런대로 좋은 성적이 나오는데 학원에서 치르는 시험 점수는 형편없다. 그것은 학부형의 불안 심리를 이용하여 학원에 등록을 부추기는 수단임을 나중에야 알았다.

엄마의 욕심 때문에 학원에 갔던 첫 애는 한 달이 못되어 그만두었다. 학교에서 공부하는 것이 전부라고 해도 과언이 아니었다. 하지만 둘째 딸은 고심하더니 혼자서 온라인 학습을 하겠다고 했다. 마침 전국을 강타했던 온라인 강의가 우후죽순처럼 번져 나가던 시기여서 자기 주도력으로 공부하게 되었다.

자기가 공부 계획을 세우고 실천하면서 부족하다고 생각한 단원은 반복하여 들을 수 있다는 장점이 있다. 처음에는 반신반의했지만, 초등학교 때 아주 뛰어나지 않았던 둘째 딸은 자기 주도력으로 공부하더니 중학교에 들어가서 진가를 발휘하기 시작했다. 10학급이 넘는 학교에서 영어와 수학은 전교 10등 안에 들 정도로 효과를 보았다.

물론 학원이 필요 없다는 말이 아니다. 무조건 학원에만 보내면 하나라도 공부하겠지라는 막연한 기대로 학원에 떠밀다시피 보내는 경우라면 한번 생각해 볼 필요가 있다. 집에 있으면 게임과 스마트폰에 몰두하니 학원에라도 가야 덜 불안하다는 학부형의 심리도 한몫하고 있다.

아이가 주체적으로, 부족한 공부를 보충하고 실력을 쌓기 위해서 학원에 다녀야겠다고 하면 보낼 수 있다. 하지만 아이의 의도와는 상관없이 억지로 보낸다면 그것이 문제다.

몇 년 전 대학에 '입학사정관제'라는 입시 전형이 난데없이 발표가 난 이후로 자기 주도력이란 용어가 운동회 날 여러 나라 국기처럼 학원가에 나부꼈다. 자기 주도력으로 공부한 학생이 유리하게 작용하는 한 전형인데 '학원' 대신 '자기 주도 학습관'이란 간판이 생기기도 했다.

여기서 분명히 해 둘 필요가 있다. '자습'과 '자기 주도력 학습'은 다르다. 자기 주도 학습(Self-Directed Learning)은 학습자 개인이 솔선수범해서 학습을 계획하고, 실천하고, 평가하는 과정을 말한다. 쉽게 말해 학습자 스스로 주축이 되는 공부를 말하지만, 무조건 혼자서 공부하는 자습과는 엄연한 차이가 있다.

자습은 단지 다른 사람의 도움 없이 혼자서 공부하는 것을 말한다. 자기 주도 학습은 혼자서 공부하는 개념을 넘어 공부하는 방법까지도 스스로 터득하는 것까지 포함한다.

사실 자기 주도 학습이 잘 안 되는 나라가 우리나라다. 고등학교까지 시키는 공부를 하다 대학에 가서 적응을 못 해 자퇴하는 학생도 많다. 특히 한국 학생이 아이비리그 대학 중퇴율 1위라고 MBC 라디오 〈세계는 우리는〉 프로그램에서 《유학의 정석》 저자 최승광은 밝혔다.

"돌아가는 길이 가장 빠른 지름길입니다. 자신의 역량과 실력을 갖추는 데 집중을 해야 합니다."

학원이나 과외를 하며 선생님이 풀어주는 수학 문제를 반복해서 푼 아이는 인내심이 부족하다. 수업하다 보면 많은 시간이 소요되는 어려운 적용 문제가 나온다. 그때 아이들은 문제가 잘 풀리지 않으면 재빨리 답안 해설을 보거나 선생님께 답을 알려 달라고 성화다. 여러 가지 방법으로 풀어 스스로 답을 찾아내려고 하지 않는다. 최승광이 말한 것처럼 지름길만 찾으려 하지 돌아가려고는 하지 않는다.

내가 고등학교 1학년 겨울 방학 때였다. 수학이 너무 어려워 방학 동안에 도전하기로 마음먹었다. 그 당시 부여에 학원이 있었는지 모르지만, 형편이 어려워 학원은 꿈도 못 꾸었다. 부여 도서관에 매일 통학하다시피 다니며 《수학 정석》이라는 두꺼운 문제집을 꾸역꾸역 풀었다. 그야말로 한 시간이든 두 시간이든 풀릴 때까지 푸는 수밖에 다른 방법이 없었다. 누구한테 물어볼 사람도 없었고 지금처럼 인터넷이 없던 시기라서 질문할 곳도 없었다.

칡넝쿨처럼 얽혀서 풀릴 것 같지 않은 문제를 끌어안고 끙끙거리다 어느 순간 답이 보일 때의 그 섬광 같은 기쁨과 성취감은 말로 다할 수 없었다. 그 방학 동안에 반드시 《수학 정석》을 독파하리라는 다짐이 이루어졌음은 물론이다. 2학년이 되어 첫 시험에 전교 100등을 붙여 놓은 복도 현수막에 입학 후 처음 내 이름 이·화·자가 똑똑히 쓰여 있었다.

자기 주도 학습이라고 명명을 하지 않았지만 나는 그때 자기 주도 학습을 한 것이다. 다른 사람의 힘을 빌리지 않고 스스로 터득한 방법은 그대로 살갗이 되었다. 내 몸에 붙어 있어서 고스란히 실력으로 자리매김했고 어떤 문제가 나와도 응용이 쉬웠다. 그보다 가장 귀중한 교훈은 '나도 할 수 있다'는 자신감과 도전 의식이 지금의 나를 이끌어왔다고 자부한다.

한국과학영재학교를 최우수로 졸업하고 미국 최고의 학부 프린스턴 대학에 특차로 합격한 김현근이 《현근이의 자기 주도 학습법》에서 자신의 공부 비법을 소개하고 있다. 이 책에서 그는 자기 주도 학습을 '공부의 주체가 되어 스스로 계획을 세우고 적극적으로 공부하는 학습법'을 의미한다고 적었다. 현근이는 자신에게 주어진 시간을 본인 스스로 효율적으로 관리하면서 주도적으로 공부한다면 사교육에 의존하지 않아도 충분히 최상위권이 될 수 있다고 강조한다.

너무 흔해서 의미가 퇴색되지 않았나 걱정이 될 정도로 자기 주도 학습은 매우 중요하다. 지름길로 간 아이는 조금이라도 험하거나 삐뚤어진 길이 닥치면 당황하거나 주저앉는다. 하지만 돌아가는 길로 간 아이는 이미 이 길 저 길 다니며 자주 실패를 경험했기에 낙오하지 않고 꾸준히 잘 간다. 오히려 가면 갈수록 탄력이 붙어 누가 도와주지 않아도 인생의 주체로서 꿋꿋이 걸어가게 된다.

이제 대한민국 엄마들은 생각의 각도를 조금만 바꾸어 보자. 한 발짝 뒤로 가서 멀리 바라보자. 엄마가 끄는 수레에 아이가 타도록 하지 말고 아이 스스로 수레를 끌고 갈 때 칭찬을 아끼지 말자. 수레가 좀 미끄러지고 방향을 잃어도 곧 제자리를 찾을 것이다. 결국, 자기 주도력으로 공부하는 아이가 뒷심이 있어 나중에 탄력이 붙고 스스로 자신의 인생을 이끄는 아이가 된다.

컴퓨터 게임, 스마트폰은 집중력의 적이다

컴퓨터에 이어 최근에는 초등학생까지 스마트폰 열풍이 불고 있다. 유아가 밖에서 부모의 스마트폰으로 게임이나 재미있는 만화를 보려고 엄마와 실랑이를 하는 모습도 심심찮게 볼 수 있다. 얼마 전에는 어린이집 원장으로부터 세 살 된 아이가 스마트폰 중독에 빠져 어린이집에 안 가려고 한다는 이야기를 들었다. 늦게까지 일하고 피곤한 어머니는 스마트폰을 주면 보채지 않으니까 자주 아이 손에 쥐여 주다 보니 급기야 중독 현상이 일어난 것이다.

스마트폰이 불과 2, 3년 사이에 급속히 번져나가기 전에는 컴퓨터와의 전쟁이었다. 컴퓨터를 가족이 쓰는 거실에 놓기도 하고 심지어는 시장에 나갈 때 텔레비전과 컴퓨터 코드를 들고 다닐 때도 있었다. 인터넷은 정보를 찾아 숙제하거나 교육방송을 들으며 공부할 경우가 있기 때문에 유익하게 사용하기에 편리하다. 하지만 과도하게 사용할 경우 그

폐해가 너무 심각한 경우가 많다.

초등학생 인터넷 중독의 수준은 세 가지로 나눈다. 인터넷 사용을 하루 약 1시간 정도의 접속시간을 보이며 심리적 정서문제나 성격적 특성에서 특이한 문제를 보이지 않는 일반 사용자 군이다. 다음은 약 2시간 정도의 접속시간을 보이고 학업에 어려움이 나타날 수 있으며 심리적 불안감과 자기 조절에 약간의 어려움을 보이는 잠재적 위험 사용자 군이다. 마지막으로 고위험 사용자 군은 인터넷 사용으로 인하여 일상생활에서 심각한 장애를 보이면서 내성과 금단 현상이 나타난다. 인터넷 접속이 3시간 이상이며 심하면 잠도 자지 않고 컵라면으로 식사를 때우며 밤새 하는 경우도 있다.

몇 년 전에 3학년인 우리 반에 심각한 인터넷 중독 증상을 가진 아이가 있었다. 한눈에 보아도 '멍' 한 상태가 계속되고 공부에 집중하지 못하여 상담한 적이 있다. 한 부모 아이인데 엄마가 야근하는 사이 혼자서 밤새 게임을 하고 학교에 오면 칠판도 안 보이고 선생님 말씀도 들리지 않으며 교실 천장에 컴퓨터 모니터만 아른거린다고 하였다.

생활 전선에서 일하는 엄마가 미처 챙기지 못하는 사이에 아이는 사람이 아닌 기계와 접촉을 많이 하게 된다. 그러면 조절 능력이 없는 아이는 쉽게 헤어나지 못하고 학업은 물론 대인관계에 심각한 어려움을 느끼게 된다. 불안, 짜증이 일어나고 충동성도 높은 편이다. 성인이 될 때까지 방치하면 은둔형 외톨이로 전락할 수 있다. 방안에 틀어박혀 인터넷만 하고 가족이 없는 사이 주방에 나와 허기를 채우곤 한다. 가족과 대화와 식사도 하지 않는 사람, 즉 히키코모리가 있는 가족의 답답함과 고통은 이루 말할 수 없을 것이다.

과도하게 인터넷 게임에 노출된 아이는 빠르게 변하는 화면에 익숙하여 정지된 일상 장면이나 활자 매체에는 반응하지 않는다. 말하자면 '게임 뇌'가 된다.

모리 아키오가 쓴 책 《게임 뇌(腦)의 공포》에서 뇌신경과학자인 저자는 게임, 인터넷 등이 뇌의 변이를 초래한다고 경고한다. 게임중독자의 뇌파가 치매 환자와 비슷하고 뇌 단층촬영 사진은 알코올 중독자와 닮았다고 한다. 뇌 발육기인 유아기나 초등학교 저학년 때 게임에 집착하면 뇌신경 회로가 바뀌므로 중독되기 쉬우니 좋아하는 운동으로 이를 극복하라고 권한다.

2011년 3월, 여성가족부가 마련한 〈인터넷 중독 예방 기금 마련을 위한 기업의 역할〉 토론회에서 놀이미디어 교육센터 권장희 소장이 한 발언은 매우 충격적이었다. "게임 중독에 빠진 아이들은 전두엽의 발달이 늦어져 모든 일에 반사적이고 공격적인 성향을 보이는 짐승과 비슷한 상태로 변한다. 지금 교실에는 게임 때문에 얼굴은 사람인데, 뇌 상태는 짐승 같은 아이들이 있다."며 청소년 게임 중독 예방의 시급성을 강력하게 토로한 바 있다. 이른바 '짐승 뇌 이론'이었다.

요즘 뉴스에 종종 나오는 끔찍한 사건 이면에 게임 중독이 도사리고 있음을 알 수 있다. 돌도 안 된 갓난아기를 집에 두고 부부가 밤새 PC방에서 게임을 하다 아기가 돌연사 한 일, 그리고 세상을 떠들썩하게 한 만삭 부인 살해 의사도 게임 중독이었던 사실이 밝혀져 충격을 주었다.

'컴퓨터의 황제'로 군림하는 마이크로소프트사의 공동창업자인 빌게이츠 역시 자녀의 컴퓨터 게임중독 문제로 골치를 앓았다고 한다. 큰딸이 컴퓨터 게임에 빠져 게임중독 증상을 보이자 평일에는 45분, 주말에는 1시간으로 제한하되 숙제를 위해 컴퓨터를 사용하는 시간은 예외로 인정해 주는 등 규칙을 만들었다. 또한 윈도우 내에 '자녀 보호' 기능을 탑재하게 해 아이들의 컴퓨터 사용 시간을 관리할 수 있도록 했다.

막내아들이 중학교 때에 반 아이들 거의 휴대전화를 가지고 있었지만 나는 아들을 설득하여 고등학교 입학 때까지 사주지 않았다. 영상 매체에 노출이 빠를수록 산만해지고 집중력이 약해지는 단점이 더 많다고 생각해서이다. 빠르게 돌아가는 영상 매체에 익숙한 아이는 정지 상태의 종이 매체나 선생님의 설명이 지루하고 답답하여 '멍' 한 상태가 되기에 십상이다. 한마디로 집중이 안 되는 것이다. 그리고 아직 휴대전화를 통제할 수 있을 만큼 충분히 준비되지 않았다는 이유도 있다. 가능한 한 친구들과 대화도 하고 같이 운동할 것을 권했다.

근래에는 초등 저학년조차 스마트폰을 가진 아이도 있다. 초등 5학년인 우리 반만 보더라도 선생님보다 더 크고 근사한 스마트폰을 가진 아이가 많다. 나는 아이에게 스마트폰을 가능한 한 늦게 사주라고 권한다. 예전에 나이키 운동화를 신어야 어깨가 으쓱했듯이 요즘엔 스마트폰이 신분과 자존심을 내세우는 수단이 되었다. 따라서 무조건 안 사줄 수는 없지만 자기 조절력이 약한 초등학교 시기에는 가능한 한 스마트폰을 사주지 않는 것이 좋다. 중학생 이상이더라도 스마트폰 사용 시간과 스마트폰에 해로운 프로그램을 내려받지 말 것, 그리고 문자를 주고받는 시간 등 어느 정도 부모와 합의한 후 사주어야 어느 정도 부작용을 막을 수 있다.

나는 아들이 친구 만날 때 휴대전화가 없어 약속 시각이나 장소를 변경할 때 연락이 잘 안 될 경우 미안하기도 했다. 한번은 넌지시 물어보았다.

"혁아! 네 친구는 다 있는데 너만 없어서 창피하지 않니?"

"아니? 괜찮아! 휴대폰이 있으면 문자 보내느라 시간 낭비할 것 같아."

나는 아들이 대견했다. 고등학교 졸업하는 날 아들에게 최소한의 기능을 가진 휴대전화를 사줬다. 얼마나 고맙게 생각하던지 사주는 내가 더 미안할 지경이었다.

아이에게 스마트폰은 손안의 장난감이 되었다. 아침에 교실에 들어오면 스마트폰을 걷어서 서랍에 넣고 자물쇠로 잠근다. 학교에서 공부 시간에는 통제되는 셈인데 이제 가정에서도 관리가 필요하다. 잠잘 때, 식사할 때, 공부할 때 또는 가족이 함께하는 시간에는 부모든 아이든 스마트폰을 둘 수 있는 '스마트폰 기지'를 정하는 것이 어떨까.

또한, 아이에게 스마트폰을 사줄 때 무조건 사주지 말고 어느 정도 제한점을 정해야 한다. 가족의 소통을 방해할 만큼 스마트폰만 붙잡고 있다면 가족회의를 통해 방법을 찾아보는 것이 좋다. 이것은 기계에 의존하여 수동적으로 사는 것이 아니라 내가 주체가 되어 사는 삶을 가르치는 기회가 될 수 있기 때문이다.

아이가 게임과 스마트폰이 학업과 자신이 하는 일에 대해 집중력을 방해하기도 하지만 가족 간의 친밀감이나 대화도 줄어들기 마련이다. 특히 자존감이 낮은 아이가 중독에 빠지기 쉽다고 한다. 현실 세계에서는 보잘것없는 자기가 온라인 세계에서는 캐릭터가 자신을 대신하고 아이템이 많으면 부러움의 대상이 되므로 점점 중독의 나락에 빠져들기 쉽다.

그래서 아이가 컴퓨터 게임이나 스마트폰 같은 영상 매체에 중독되는 것을 막고 자기 조절력을 키우려면 가족 간에 많은 대화나 칭찬으로 아이의 자존감이나 유능감을 높여주는 노력을 함께 기울여야 한다.

질문의 힘

"2% 유대인, 미국을 쥐락펴락"

2007년 일간지 전면에 나온 기사 제목이다. '올해 3월 워싱턴 시내 중심가에 있는 워싱턴 컨벤션센터. 유대계 미국인 중 지도급 인사 5,000여 명이 한자리에 모였다. 친(親)이스라엘 로비단체인 이스라엘 공공정책위원회(AIPAC) 연례총회에 참석하기 위해서였다. 행사에 참석했던 김동석 뉴욕·뉴저지 유권자센터 소장은 "마치 미국 의회가 통째로 워싱턴 컨벤션센터로 옮아온 느낌이 들 정도였다."고 말했다'는 소식이 실렸다.

미국 내 유대계 인구는 약 600만 명이고, 미국 전체 인구의 2%가 되지 않지만, 정치, 법조, 언론 등 각 분야에서 광범위한 네트워크를 형성해 영향력을 발휘하고 있다. 세계 인구의 0.25%에 불과한데, 역대 노벨상 수상자의 22%를 점한다. 유대인 노벨상 수상자는 180여 명으로, 개인 수상자 5명 중 1명꼴이다. 또한, 미국 아이비리그 학생의 4분의 1, 미국 억만장자의 40%가 유대인이다.

그렇다면 오천 년 유대교육의 비밀은 무엇일까?

바로 '질문'이다. 한국의 어머니는 아이가 학교 갔다 오면 "오늘 무엇을 배웠니?"라고 한다면, 유대 어머니는 "오늘 선생님께 무엇을 질문했니?"라고 한다. 질문은 배우고자 하는 의욕이 있기에 가능하다.

세계 최대 강대국인 미국을 쥐락펴락하는 2% 유대인을 상징할 만한 단어는 "질문하라"이다. 나의 학창 시절은 '질문'이란 것이 없었다. 가만히 앉아서 선생님이 가르쳐 주시는 설명을 듣고 칠판 가득 선생님이 쓰신 판서를 공책에 빼곡히 적었다. 가끔 선생님께서 "국어 20쪽 읽을 사람 손들어 봐!"라고 하시면 손을 들을까 말까 몇 번 망설이다 결국 부끄러워 손도 못 들고 말았던 기억이 난다.

부끄럼 많던 내가 교사가 된 지 삼십 년이 지난 지금, 참 많이 변했다. 교실에 컴퓨터나 텔레비전이 들어오고, 선풍기가 없어 푹푹 찌던 교실이 거의 에어컨 시설이 다 완비되어 있다. 선생님이 계신 교실에 아이들은 쥐 죽은 듯이 조용했는데 지금은 선생님이 계셔도 떠드는 아이들이다. 많게는 70명이나 되는 콩나물 교실이 지금은 많아야 30명 정도이니 교실이 가장 많이 변했다고 할 수 있겠다.

그런데 예나 지금이나 변함없는 것이 있다면 바로 '질문'하는 아이가 많지 않다는 것이다.

아기 때는 "엄마! 아빠는 왜 수염이 많이 나?", "이 꽃 이름이 뭐야?", "자전거는 왜 바퀴가 두 개야?" 하며 쉴 새 없이 질문하는 아이가 초등학교 고학년이 올라갈수록 점점 질문이 없어진다. 궁금한 것이 더 많아

140

질 텐데 말이다.

김연우가 쓴 《기적의 질문법》에 '잘못된 부모는 없다. 잘못된 질문을 던지는 부모가 있을 뿐'이라는 글이 있다. 저자는 "아이들을 변화시킬 수 있는 가장 좋은 방법은 질문이다. 아무리 능력이 뛰어난 아이라 할지라도 적절한 시기에 그에 맞는 질문을 던지지 못하면 아이는 생각만큼 발전하지 못한다. 늘 부정적인 태도로 다른 아이들에게까지 나쁜 영향을 주던 아이가 긍정적인 아이로 변한 것도, 책임감과는 담을 쌓던 아이가 자신이 맡은 일을 해결하려고 노력하는 아이로 변한 것도, 가공할 만한 체벌이나 핀잔이 아닌, 그저 하나의 질문이 아이의 삶에 스며들어 미래를 바꾸는 기적을 만든 것"이라고 적고 있다.

잘 키우고 싶은 마음이지만 방법을 몰라 아이에게 상처를 주고 성급한 마음에 명령이나 답을 주려고 하는 마음을 가지지 않았나 돌아보아야 한다. 예를 들면 아이가 막 울면서 집에 들어온다고 하자. 아이의 찢어질 듯한 울음소리를 들으면 눈물 콧물이 된 아이부터 꾸짖기 쉽다.

"뚝 그치지 못해? 언니하고 또 싸웠니? 어이구, 넌 왜 만날 그 모양이니? 하루도 그냥 지나가는 날이 없구나! 얼른 화장실에 가서 세수하고 나와! 그만 울고!"

엄마는 매일 싸우는 아이가 못마땅한 나머지 아이의 말에 귀를 기울이지 않고 냅다 소리를 지른다. 엄마는 시원할지 모르지만 아이는 속상한 마음을 계속 담아두게 되고 더 스트레스를 받게 된다. 눈에 보이지 않지만, 마음의 상처가 차곡차곡 곳간에 곡식이 쌓이듯 쌓여 시간이 지나면 공격적이 되든가 분노를 많이 가진 아이로 자라게 된다.

하지만 막 울고 들어오는 아이에게 속상한 마음을 누르고 침착하게 "무슨 일이 있었는지 자세히 말해 줄래?"라고 질문하면 어떤 상황이 올까 생각해 보자.

"언니가 때렸어!"

"언니가 왜 때렸는지 말해 줄래?"

"언니가 과자 먹는 것 뺏어 먹었다고 때렸어!"

"그래서 넌 어떻게 했어?"

"인제 안 뺏어 먹는다고 했는데 그래도 때렸어!"

"그래? 그럼 어떻게 하고 싶어?"

"먹고 싶으면 언니한테 달라고 해야겠지. 내가 뺏어 먹은 것은 잘못된 행동인 것 같아."

아이는 엄마가 질문하는 동안 화나고 억울한 감정이 가라앉게 되고 스스로 답을 찾아간다. 엄마가 조금만 올바른 질문을 던져도 아이는 자신의 그릇된 행동을 반성하고 최고의 선택을 하게 된다. 그리고 그 질문이 미래를 바꾸는 기적의 시발점이 된다는 것을 안다면 엄청난 축복이지 않겠는가?

집에서 가족과 함께 텔레비전을 보거나 책을 읽다가 궁금한 것을 아이가 질문할 때가 있다. 이때 부모는 귀찮다고 생각하지 말고 기회로 여겨야 한다. 때로는 엄마가 설거지하는데 와서 말을 붙일 때가 있다. "지금 엄마 바쁜 것 안 보여? 저리 가 있어." 하면 안 된다. 이 세상에 우리 아이보다 더 귀중한 것은 없다. 설거지를 중단하고 아이의 눈을 바라보라. 한창 궁금할 때 미루지 말고 그 즉시 대화에 응해야 한다.

송진욱의 저서 《부모의 질문법》에서 아이의 사고력을 키워주는 질문법에 대해 이렇게 말했다.

"아이들은 모르는 것이 많기 때문에 수없이 "왜?"라는 질문을 퍼부어대고,

부모는 가능한 한 많은 것을 가르쳐주고 싶은 마음에 얼른 답을 알려주곤 한다. 때로는 아이가 질문을 던지기도 전에 곁에 붙어 있으면서 계속해서 잡다한 지식을 알려준다. 그런데 아이에게 단편적인 정보나 사실을 알려주는 것보다 더 도움이 되는 것은 아이 스스로 궁금해 하고 답을 찾아내고자 하는 마음과 그 기술, 그리고 생각하는 방법을 가르쳐 주는 것이다. 아이 스스로 질문을 던지고 답을 생각해 보고 찾아내는 기술이 바로 사고력이라고 할 수 있다.

아이 스스로 질문하고 답을 생각하고 찾아보게 하는 기술은 매우 간단한 질문을 통해 아이가 "왜?"라고 질문할 때 다음 질문을 활용하면 된다. "너는 어떻게 생각하니?"라고 질문하면 된다. 이 질문은 아이 스스로 생각하게 만든다. 처음에는 아이의 대답이 만족스럽지 않다고 느낄 수도 있지만, 시간이 지나면서 더 깊이 생각하고 다양한 측면에서 생각하는 능력이 생겨난다. 이 질문은 우리 뇌의 사령부, 즉 사전에 계획하고, 상황을 다양한 각도에서 바라보고, 문제 해결을 위한 책략을 생각해내고, 자신의 행동을 모니터링하고, 결국 목표를 달성해내는 전두엽의 집행기능의 발달을 돕는다."

아이의 사고력은 훈련과 연습에 의해 키워지는 것이기 때문에 부모는 아이에게 사려 깊고 적극적인 관심을 보여야 한다. 아이는 일방적인 명령보다 쌍방향의 대화를 원한다. 무엇을 원하는지, 어떤 생각을 하는지, 질문을 통해 아이의 숨은 재능과 사고력을 키워주는 것이 부모의 몫이다.

또한 세계적인 동기부여 전문가 앤서니 라빈스는 저서 《네 안에 잠든 거인을 깨워라》에서 질문이야말로 잠재능력을 발휘할 수 있는 성공의 열쇠라고 강조하며 이렇게 말했다.

"질문은 우리 마음속에 있는 요정들에게 우리의 소망을 알려주는 마술도구입니다. 그것은 우리가 가진 커다란 잠재능력을 일깨워주는 자명종 역할을 하지요. 자신의 소망을 구체적으로 신중하게 생각한 후에 그것을 질문으로 표현한다면, 그 질문은 우리를 이끌어줍니다. 가치있는 삶을 살기 위해서는 자기 자신에게 질문을 꾸준히 던져야 해요. 우리의 뇌는 마치 요정처럼 우리가 무엇을 요청하든지 그것을 얻게 해 줄 것입니다. 그러므로 신중하게 생각해서 요청하십시오. 자신이 찾는 것을 발견할 수 있을 것입니다."

아이는 한 분야에서 성공할 수 있는 능력을 가지고 있다. 그 능력은 '질문'을 통해 이끌어낼 수 있다. '부모는 질문을 만들고 질문은 기적을 만든다. 기적은 내 아이의 미래를 만든다.'는 말이 있다. 부모는 질문을 통해 아이의 숨어 있는 잠재능력을 꽃피우는 데 촉매가 되어야 한다.

예습 복습,
수업 전후 5분을 활용하라

학습에서 가장 우선적이고 기본적인 것은 예습이다. 특히 이해하기 어려운 과목일수록 수업 이전에 예습은 필수이다. 예습은 배워야 할 내용을 미리 살펴보는 것으로 낯선 길을 안내하는 내비게이션과 같다. 낯선 길을 내비게이션이 없이 간다면 목적지에 가는 동안 내내 불안하며 길을 잘못 들어 시간을 낭비하기도 할 것이다. 마찬가지로 예습은 공부해야 할 내용을 미리 보는 것으로 공부의 방향을 설정하는 데 큰 도움을 준다. 오늘 배워야 할 내용을 미리 알고 수업에 임하면 훨씬 집중이 잘되고 몰입도가 높게 된다.

예습은 보통 전날 하는 것이 좋지만 여의치 않으면 수업 시작 전 5분을 활용하는 것이 좋다. 교과서 위주로 오늘 배울 큰 제목 중심으로 보고 이번 시간에 배울 내용을 머릿속으로 그려본다. 주요 개념이 무엇인지 보고 중요하다고 생각되는 부분은 줄을 그으면서 한번 주욱 읽어본다. 혹시 잘 이해하지 못한 부분이나 질문할 내용이 있으면 적어 놓는다. 이렇게 하면 이미 뇌가 공부할 준비가 되어 있어서 선생님의 말씀이 귀에 쏙쏙 들어오고 더 이해가 잘된다.《공부는 내 인생에 대한 예의다》를 쓴 이형진은 '100번의 복습보다 1번의 예습법'에 대해 이렇게 적었다.

"학창 시절 내내 아침 시간을 활용해서 예습했다. 학교에 가기 전 한 시간 동안 한 번 훑어보는 정도였지만, 같은 시간을 투자했을 때 얻을 수 있는 효과는 200% 이상이었다. 더욱이 예습을 하다 보면 내가 무엇을 알고 무엇을 모르는지 파악할 수 있기 때문에 수업 시간에 집중해서 보아야 할 부분이 명확해진다. 그런 의미에서 예습은 가장 적극적인 형태의 공부라고 할 수 있다. 그 누가 알려주기도 전에 스스로 내가 모르는 것, 내가 알아야 할 것을 찾아내는 과정이니 말이다. 예습을 통해 공부의 주인이자 주체가 될 수 있다. 단순히 누군가에게 지식을 전수받는 것이 아니라 내가 전수받을 지식을 스스로 찾아내는 것이다."

이형진이 중고등학교 때에 아침에 한 시간 동안 예습을 했다고 적었지만 초등학생의 경우 수업 전 5분이라도 위에서 말한 예습을 적용한다면 매우 큰 효과가 있으리라 여겨진다.

반면 뇌 전문가들은 뇌의 효율성을 가지고 예습의 논리를 전개한다.《아이의 뇌 부모가 결정한다》를 쓴 일본의 뇌 전문가 호사카 다카시 박사는 현재 뇌와 잠재 뇌를 가지고 설명한다. 뇌 속에는 우리가 인식할 수 있는 이른바 현재 뇌는 한정되어 있기 때문에 현재 뇌를 통해서 배웠던 부분은 급격히 사라진다.

평소 우리가 의식할 수 없는 '잠재 뇌'의 움직임은 현재 뇌의 몇 배에 이른다. 잠재 뇌는 대충 훑어보기만 해도 내용을 확실히 머릿속에 새겨놓는다고 한다. 배울 부분을 미리 살펴보거나 훑어보면 정확히 이해되지 않을 수 있다. 하지만 수업에서 선생님께 그 부분의 설명을 들으면 이해력이 더 높아진다. 수업의 이해력이 높아지면 공부에도 흥미를 느끼게 되고, 수업 시간에 한눈을 팔거나 딴짓을 하지도 않게 된다. 그것을 '준비 효과'라고 하는데 어떤 내용을 학습하기 전에 관심을 가지면 학습 효과가 증진되는 현상을 의미한다. 수업 전에 5분만 빠르게 내용을 훑어보는 것만으로도 학습 효과가 올라갈 수 있다.

예습의 사전적 의미는 "앞으로 배울 것을 미리 익힘"의 뜻이다. 즉 시간의 흐름이 있다. 언제 배울지 모를 것을 익히는 것이 아니라, 곧 배우게 될 것을 익힌다.

아이의 뇌 용량이 크지 않기 때문에 짧은 시간 안에 배울 것을 미리 보는 것이다. 이와 달리 뇌 발달에 따른 결정적인 시기를 무시하는 선행학습과 다르다.

전성수는《부모라면 유대인처럼 하브루타로 교육하라》는 책을 통해 선행학습의 폐해를 지적하면서 선행학습은 아이의 뇌 발달을 철저하게 무시한다고 밝혔다.

"조기학습과 선행학습은 아이의 뇌 발달을 철저하게 무시한다. 뇌 발달에 따른 결정적인 시기를 전혀 고려하지 않기 때문이다. 국가에서 교육과정을 설계하고 교과서를 만들 때는 각 교육 분야에서 내로라하는 전문가 수십 명, 수백 명이 모여 연구하고 작업한다. 나이별 아이의 뇌 발달과 심리, 그에 맞춰 배워야 하는 내용을 전부 고려한다. 즉 초등 3학년 교과서는 초등 3학년생에게 딱 맞춰 만들어진다. 그러므로 중학교 1학년생이 배워야 하는 내용을 초등 5학년생이 배우기 위해서는 뇌에 심각한 무리가 가는 것을 감수해야 한다. 마음도 힘들고 몸도 힘들고 뇌도 힘들어서 결국 지쳐버린다."

그렇다고 예습을 무리하게 할 필요는 없다. 예습이 아무리 좋은 효과가 있다고 해도 아이에게 부담을 주거나 강요해서는 안 된다. 집에 아이의 교과서가 있다면 관련 단원에 관해 이야기를 나누며 자연스럽게 관련 주제에 대한 대화를 나누는 것도 좋다. 기존의 스키마를 끌어오고 새롭게 배울 내용에 대해 궁금증을 유발하면 뇌가 이미 예습의 단계에 들어온 것과 같은 효과를 가져온다.

그렇다면 복습은 어떤가? 대다수 학생과 학부모들은 예습보다 복습이 중요하다고 생각한다. 인간의 기억 능력을 과학적으로 연구한 독일 학자인 에빙하우스의 망각곡선 이론을 기억할 것이다. 그에 따르면 실험 참가자들은 20분 후에 42%, 1시간 후에 56%, 1일 후에 66%, 1주일 후에 75%, 그리고 1달 후에는 80%가량을 기억할 수 없었다. 그래서 1달 후에 20% 밖에 남는 기억을 유지하기 위해 복습이 필요하다고 배웠다.

공부에 관한 책을 쓴 저자들도 비슷한 생각이다. 《너, 진짜 공부해봤니》를 쓴 이용훈 씨는 "배웠으면 내 것으로 만들기 위해서 스스로 공부(복습)하는 수밖에 없다."고 주장했고, 《엄마가 알아야 아이가 산다》의 전위성 씨 또한 "선행학습보다는 개념 중심, 보충·심화 중심, 복습 중심으로 공부해야 한다."고 주장했다.

뇌 전문가들이 극히 한정되어 있는 현재 뇌를 통해서 배웠던 부분은 급격히 사라진다고 주장한 것은 에빙하우스의 주장과 일치한다. 그것은 현재 뇌가 새로운 현재와 교감하는 과정에서 연결되지 못한 정보를 배출해 버리기 때문으로 보인다.

따라서 예습을 통해 잠재 뇌를 자극하고 복습을 통해 현재 뇌를 자극하는 방식을 함께 사용한다면 학습에 커다란 도움이 될 것이다. 먼저 배울 내용을 미리 학습한다(잠재 뇌 사용). 수업 시간에 선생님께 배우며 이해력을 향상시킨다(현재 뇌 사용). 마지막으로 적절한 복습을 통해서 장기 기억에 저장한다.

단기기억이 장기기억으로 전환하기 위해서는 적절한 휴식과 수면이 중요하다. 아이들의 뇌가 과부하가 걸리지 않도록 무조건 암기하는 것과 무리한 선행학습을 주의해야 한다. 또한, 예습과 복습은 가장 쉽고 기본적인 것 같으면서도 실천하기 어려운 것이 사실이다. 한꺼번에 너무 많은 양의 공부를 하기보다는 매일 조금씩이라도 습관을 들이는 것이 좋다.

'교과서가 답이다'에서 언급했듯이 가정에서 부모가 배울 내용에 관심을 갖고 자연스럽게 대화로 이어진다면 더할 나위 없다. 21세기 통섭형 인재가 되기 위해서는 교과서와 삶이 따로따로 분리되는 것이 아니라 같이 굴러가는 것이다. 학교에서 수업 시간만 공부하는 시간이 아니라 가정, 사회 온 세상이 모두 우리가 배워야 할 예습과 복습의 장이다. 공부를 가르치는 사람은 칠판 앞에 서 있는 교사 한 명이 아니라 부모, 형제 주위에 있는 모든 사람으로부터 배울 수 있다. 부모와 아이가 이런 의식을 가진다면 공부는 우리를 성장시키는 비타민과 같다.

숨어 있는 창의성을 깨우라

어느 시골 농장에서 엄마 오리가 알을 부화하였는데

그 마지막 7번째는 노란 오리들과 다르게 회색 깃털이며

형제 오리들보다 성장도 빨랐어요.

그런 7번째 오리를 모두 밉게만 보았어요.

농장 식구들은 비웃고 심지어 엄마 오리까지

여섯 형제와 다른 미운 오리를 탓하자

미운 오리는 어느 날 밤에 몰래 도망 나왔어요.

자신과 닮은 오리들을 찾아 길을 떠난 미운 오리는

연못에서 만난 새들과 거위에게까지 조롱당하고

늙은 아주머니에게 잡혀 암탉과 고양이의 학대를

피해 도망 나와 혼자 갈대숲에서 숨어 지내지요.

그러다 겨울이 와서 먹이를 찾아 헤매다가 쓰러졌지만

마음씨 좋은 농부 아저씨에게 구조되어

그 아저씨네 농장에서 추운 겨울을 보내고

미운 오리가 덩치가 커져 더는 돌볼 수 없게 되자

따스한 봄에 연못에 풀어주는데

거기서 우아한 백조들을 만나

미운 오리 자신이 백조임을 깨닫게 되었어요.

연못의 백조 중에서 미운 오리였던 백조가

제일 멋지다는 강둑 위 아이들의 환호성을 들으며

미운 오리였던 백조의 마음에 행복이 가득하였답니다.

한스 크리스타인 안데르센의 동화 《미운 오리 새끼》의 줄거리이다. 미운 오리는 다른 오리들과 다르다는 이유로 외톨이로 지냈다. 더구나 아이를 품어주어야 할 엄마 오리까지 미운 오리를 탓하자 농장에서 빠져나오면서 참으로 외로웠을 것 같다. 결국 미운 오리는 자신이 우아한 백조임을 깨닫게 되어 다행이다. 미운 오리의 내면에는 백조가 되어 마음껏 날 수 있는 무한한 잠재력이 숨어 있었다.

단지 여섯 마리의 오리와 모양이 다르다는 이유로 거부당하는 미운 오리를 학교에서도 종종 볼 수 있다. '오리는 이러이러하게 생겨야 한다.'는 기존 사고의 틀을 깨지 않는 한 다른 오리의 출현을 용납하지 않는다. 모난 돌을 인정하지 않고는 자유롭고 독창적인 사람이 설 자리가 없다.

시골 의사 박경철은 그의 저서 《자기 혁명》에서 "좁은 범위에서 습관화된 행동과 생각만 반복하게 되면, 우리는 모든 낯섦을 거부한 채 누에처럼 고치를 짓고 거기에 안주하게 된다."고 말했다.

미국의 뇌 과학자 그레고리 번스는 《상식파괴자》라는 책에서 보통 사람들이 창조를 기존 틀과 통념을 무너뜨리는 일종의 파괴 행위라고 밝혔다. 그런 만큼 창조적 사고를 하기가 쉽지 않다. 우선 인간의 뇌는 익숙한 걸 좋아하고 낯선 것을 싫어한다. 사람들은 자신의 남다른 생각이 조롱받을 수 있다고 지레 두려움을 느낀다고 말했다.

2010년, 공모전 포털 '씽굿'과 취업 경력 관리 포털 '스카우트'가 20·30세대 대학생과 직장인 644명을 대상으로 '창의적인 사람'으로 설문조사를 한 적이 있다.

우선 국내 명사 중 창의성의 롤(Role) 모델을 삼고 있는 이를 꼽아달라는 질문에 응답자의 46.7%가 안철수 한국과학기술원(KAIST) 석좌교수가 압도적인 1위에 꼽혔다. 해외 명사 부문에서는 창조성의 아이콘인 애플 CEO 스티브 잡스가 꼽혔다. 전체 응답자 중 39.1%가 선택했다.

지금 나의 컴퓨터에도 V3 백신이 깔렸다. 안철수 교수는 불과 20년 전만 해도 컴퓨터 바이러스에 무지했던 우리나라에서 V3 백신 프로그램을 최초로 만들어 무료로 보급했다. 그 누구도 관심을 두지 않았지만, 자신의 소신대로 우리나라 모든 국민이 안전하게 컴퓨터를 사용할 수 있도록 하기 위해 안철수 연구소까지 세웠다. 그는 어릴 때 부친이 의사인 집안에서 부유하게 성장했지만, 성격이 내성적이고 특별히 내세울 것 없는 평범한 학생이었다고 전해진다. 다만 호기심만은 대한민국 최고였다. 메추리알을 먹다가 알을 부화하려고 시도하기도 하고 움직이는 시계추를 보고 궁금해서 괘종시계를 뜯어보았다고 한다. 그리고 여러 동식물을 기르는 것을 무척 좋아했다고 한다.

아이폰과 아이패드로 IT의 역사를 새로 쓴 애플의 최고 경영자 스티브 잡스를 기억한다. 스티브 잡스는 어릴 때 문제아였다. 하지만 그는 컴퓨터를 만들거나 전자기기를 만들고 조립하는 것을 즐겼다. 애플의 광고 문구인 "Think Different"라는 문구가 참 인상적이었다. "다르게 생각하라."는 잡스의 창의적 사고를 짐작케 하는 문구이다. 또한, 잡스는 모든 것을 예술이라고 보았다. 심지어 휴대폰의 디자인이나 글씨체까지도 세심히 신경 쓰며 예술적인 것을 만들려 했다.

그는 새로운 아이디어를 대중에게 선보인 상식파괴자였다. 또한, 아이팟을 출시하고 아이튠스라는 뮤직 스토어를 출범시키기도 했다. 그는 디지털 시대의 새로운 문화를 거듭나게 했을 뿐 아니라 거대한 흐름을 바꾸는 인물이 되었다. 그는 언제나 이렇게 말했다.

"나는 우주에 영향력을 끼치는 사람이 되고 싶어요. 우리는 거대한 우주에 아주 조그만 변화를 주기 위해 존재합니다. 그렇지 않다면 우리의 존재 이유는 없습니다."

스무 살 때 스티브는 기술이 세상을 바꿀 수 있다고 믿었다. 그러나 이제 그는 컴퓨터와 기술이 세상을 바꾸지 못한다고 말한다. 대신 '대담한 상상력'이 세상을 바꿀 수 있다고 믿었다. 그러나 신은 모든 인간의 심장에 상상력이라는 선물을 주었지만 꺼내서 사용할 줄 아는 사람이 드물다.

'어린이의 생각은 하늘의 구름처럼 떠다녀야 한다.'는 게 유대인의 오랜 믿음이다. 창의력은 기존 사고의 틀을 깨는 자유롭고 독창적인 사고를 말한다. 어렸을 때부터 독서와 자유로운 사고와 활발한 지적 호기심을 통해 마음껏 상상의 나래를 펴는 유대인들이 뛰어난 창의력을 보이는 것은 당연하다.

고재학은 자신의 저서 《부모라면 유대인처럼》에서 미국의 경제학자 에릭 하누셰크 교수(스탠퍼드)의 말을 이렇게 적고 있다.

"창의력은 학교에서 가르치는 게 아니다. 권위와 위계질서를 극복할 수 있는 문화기반을 만들어야 창의력도 꽃필 수 있다. 내가 가르쳐본 한국 학생들이 너무 예의가 발라 내가 엉뚱한 소리를 해도 이를 지적하지 않는다. 이런 위계질서를 중시하는 문화가 훗날 직장에서도 창의성을 발휘하지 못하게 한다."

창의력은 가르치는 게 아닐뿐더러 공부를 열심히 한다고 절대 길러지지 않는다. 오히려 공부만 강요하다 보니 암기력은 좋을지언정 창의력은 오히려 떨어지게 된다. 2002년 노벨화학상 수상자 쿠르트 뷔트리히 박사는 한국 학생들의 창의력이 떨어지는 이유를 공부만 강요하는 입시 제도 때문이라고 지적한다. (고재학,《부모라면 유대인처럼》에서 재인용)

"한국의 중·고교 학생들은 밤낮없이 너무 열심히 공부만 한다. 대학에 진학하기 위해 공부만 해야 하는 환경에서 학생들이 창의적이 되긴 힘들다. 어린 학생들은 놀아야 한다. 재미있는 일을 해봐야 한다. 그래야만 창의적이 된다. 한국의 고교생들은 낮에는 학교에서 수업하고 밤에는 과외를 한다. 너무 피곤해서 놓친 학교 수업을 따라가기 위해 또 과외를 받아야 한다. 이런 학생들이 대학에 진학하면 진지하게 학업에 열중할 힘을 잃은 상태가 된다. 고등학교 때 너무 힘을 쏟은 나머지, 대학에서의 학업은 그다지 중요한 일이 아니게 된다."

아이들은 태어날 때부터 창의력을 타고났다. 그리고 누구나 저마다 독특한 개성을 지니고 있다. 과학자 알베르트 아인슈타인은 "나는 특별한 재능을 갖고 있지 않다. 오직 열정으로 가득한 호기심을 갖고 있을 뿐이다."라고 말했다. 영국의 시인 S.존슨은 "어느 누구도 모방에 의해 탁월하게 되는 사람은 없다."라고 강조했다.

아이의 내면에 싹트고 있는 무한한 상상력과 창의력을 꽃피우도록 하여야 한다. 부모는 어떤 규격화된 틀에 아이의 사고를 가두지 말고 숨어 있는 아이의 창의성을 일깨우는 사명이 있다. 아이를 학원이다 과외다 일방적으로 내몰지 말고 낯선 것에 대한 즐거움을 만끽할 수 있는 자유를 부여해 주라. 그러면 아이의 창의성은 쑥쑥 자랄 것이다.

외국어는 어릴 때부터
자연스럽게 가르쳐라

　내가 영어, 즉 외국어를 처음 접한 시기는 중학교 때였다. 매일 수업 시간마다 알파벳을 쓰고 외우고 익혔던 기억이 난다. 문법 위주로 배운 영어는 시험을 치면 백 점을 맞았는지 모르겠지만, 막상 외국인과 마주 쳤을 때 "Hi!"조차 입에서 떨어지지 않았다. 요즘은 초등학교 3학년 때 부터 영어를 배우고 있다.

　최근 제2 언어 습득 이론인 크라센의 자연 교수법에 의하면 그는 제2 언어 학습자가 습득과 학습의 과정을 사용한다고 주장했다. 여기서 습득과 학습의 차이를 살펴보면, '습득'은 무의식적으로 습관처럼 익혀져 얻어진 것이며, '학습'은 의식적으로 공부하고 배워서 익히는 것을 의미한다. 말하자면 외국어를 배울 때 문법 익히기가 주가 된다면 그것은 '학습'이라고 할 수 있다. '습득'은 수영처럼 경험을 통해 자연스럽게 익혀져 수영할 수 있는 것과 같다.

이에 비추어 볼 때 예전에는 주로 외국어를 '학습'하다 보니 실생활에서 언어의 기능을 할 수 없었다. 수영하는 법에 대해 배웠지 실제 수영을 할 수 없다면 그 '학습'은 무용지물이나 마찬가지이다.

유대인들은 어렸을 때부터 자연스럽게 외국어를 익힌다. 물론 그 전에 모국어를 중시하고 그 외 2~3개 외국어를 습득한다니 참으로 놀랍다. 그러다 보니 단일어만 쓰는 사람보다 언어 능력도 뛰어나고, 사회에 나왔을 때 모든 분야에서 두각을 나타낸다.

유대인은 전 세계에 흩어져 살고 있고, 박해를 받아 여기저기 떠돌아다녔으므로 필요에 따라 여러 언어를 배워야 했다. 국적이 다양한 친척들과 자주 접촉하다 보니 젖먹이 때부터 여러 다른 나라의 언어를 들으며 성장한다. 자연스럽게 습득이 되는 셈이다.

그러면 외국어를 효과적으로 배우려면 어떻게 해야 할까? 외국어를 익히려면 어렸을 때부터 음악을 듣는 것처럼 자연스럽게 외국어를 접할 수 있는 환경을 만들어 주는 것이 좋다. 유대인들은 베갯머리 15분을 잘 활용하여 자녀에게 매일 탈무드나 외국어 책을 읽어준다.

유대인인 심리학자 프로이트도 라틴어, 그리스어, 프랑스어, 독일어를 자유롭게 구사했다. 전기 작가인 러셀 베이커가 쓴 《프로이트의 사상과 생애》에는 프로이트가 열 살 전후일 때 라틴어의 어미 변화나 그리스어 문법을 익히려고 공부방을 왔다 갔다 했다는 일화가 기록되어 있다. 이것으로 미루어 프로이트가 초등학교 때부터 그리스어와 라틴어를 배웠다는 것을 알 수 있다.

이처럼 외국어는 어릴 때부터 자연스럽게 접하는 것이 가장 중요하다. 읽기나 쓰기보다 듣기가 먼저이다. 아기가 '엄마'라는 단어를 말하려면 '엄마'라는 단어를 수천 번 듣고 난 후라야 되듯이 외국어도 마찬가지이다. 아이가 말을 시작하기 전에 음악처럼 먼저 들려주면서 익숙하게 받아들이게 하는 것이 좋다.

《박현영의 슈퍼 맘 잉글리쉬》의 저자이며 〈영어 교육〉 카페를 운영하고 있는 박현영은 딸 현진이를 6개 국어에 능통한 어린이로 키운 것으로 유명하다. 박현영의 '엄마표 영어' 이야기를 읽어 보면 현진이의 외국어 실력이 우연이 아니라 반복적인 학습의 영향인 것을 알 수 있다.

유명한 방송인이며 강연가인 그는 집에 들어오면 밤 10시였다. 아이와 같이 있는 하루에 단 2시간 동안, 함께 소리 내어 외치고, 노래 부르고, 너무 열심히 외쳐 땅에 주저앉고 싶을 만큼 열성을 쏟았다.

엄마는 최고의 선생님이자 즐기는 영어라는 최고의 선물을 준 박현영은 딸을 학원에 보내지 않았다. 집에서 매일 하루 10분씩 엄마와 함께, 때로는 온라인 외국어 교육 사이트를 활용, 큰 소리로 반복하여 따라 함으로 10년 만에 6개 국어에 능통한 아이로 키워냈다. 그의 말을 들어보자.

"언어란 반복하며 자연스러운 놀이를 통해 서서히 익혀가는 것이지 '학습'으로 인식되는 순간 모든 아이는 흥미를 잃는다. 모국어에 먼저 바탕을 두고 모국어를 좀 더 잘하는 아이들이 이해력도 빠르고, 암기력도 뛰어나서 두 언어를 효과적으로 각인한다.

엄마표 영어는 100m단거리 경주가 아니라 기나긴 마라톤 경주와도 같다. 엄마가 아이에게 사랑과 자신감을 심어줘야 한다.

또한, 어린 시기에는 새로운 것을 더 많이 알려주는 것보다는 반복을 더 많이 하라. 엄마가 포기하는 순간 아이는 오갈 데가 없어진다. 엄마마저 포기해 버리면 말하기 끈은 떨어지는 것이다. 영어 말하기도 입 근육과 목젖을 움직여가면서 계속 말하는 훈련을 오랜 세월 해야 터져 나온다."

박현영은 아이가 외국어를 습득하려면 인내심을 가지고 큰 소리로 반복하는 것과 더불어 사랑과 자신감을 심어주는 일임을 강조했다. 요즘은 영어 전담 선생님이 따로 있고, 거의 모든 학교마다 원어민 선생님이 계시기 때문에 담임을 맡은 나로서는 아이의 영어 실력을 볼 시간이 거의 없다. 하지만 영어도 '언어'이기 때문에 자신감이 없으면 쉽게 큰 소리로 말할 수 없게 됨은 당연한 이치이다.

학교에 원어민 교사나 회화 전문 강사가 배치되어 영어를 친근하게 접하게 된 것은 사실이지만, 학교 외 영어 학습 환경이 마땅찮은 상태에서 어쩔 수 없이 영어 학원에 보내는 경우가 많다. 반면 가정에서도 가족이 외국 영화를 같이 본다든지, 온라인 사이트를 활용하여 하루 10분씩이라도 흥미 있는 외국어를 매일 반복하여 듣고 따라하도록 끝없는 관심과 애정이 필요하다. 이제는 초등학생 중에 중국어나 일본어에 관심을 갖고, EBS 교육방송을 들으며 익히는 아이도 종종 보게 됨은 매우 고무된 일이라고 생각한다.

나는 큰딸이 선교원에 다니기 시작할 무렵부터 영어 동화 비디오를 종종 틀어주었다. 그중 〈인어 공주〉라는 애니메이션 동화는 테이프가 늘어질 정도로 보았다.

덴마크 작가 안데르센의 동화를 각색한 월트 디즈니의 영화로 한글 자막이 나오는 원작 영화를 무척 좋아해서 영어 대사를 다 외울 정도였다. 특히 인간세계를 동경하며 왕자님을 사랑하게 된 공주 에리얼을 바닷가재 세바스찬이 바닷속 세계가 훨씬 더 멋지다며 설득하는 내용의 노래인 'under the sea'는 내 귓가에 지금도 들리는 듯하다.

어릴 때 자연스럽게 외국어를 접하고 흥미를 느낀 딸은 영어뿐 아니라 일본어와 중국어도 관심을 가지고 언어 공부를 꾸준히 하고 있다. 고등학교 때에는 교환학생 프로그램을 통해 미국에 다녀오고 대학 국제학부에서 영어로 국제경제학을 공부하게 된 계기가 되었다.

외국어 공부를 단지 시험 성적을 올리기 위함이라면 동기를 바꾸어야 한다. 언어는 '습득'으로 자연스럽게 익혀야 한다. 언어가 '학습'이 되어서는 흥미를 잃기 쉽고 또 하나의 지겨운 공부라는 선입견이 들어갈 수 있음을 유의해야 한다.

다개국어를 구사한다는 것은 아이의 미래에 굉장한 경쟁력이다. 2, 3개 외국어는 기본이고, 4, 5개 외국어를 구사하는 유대인이 세계 정치 경제 문화를 장악하는 것으로 증명되고 있다.

외국어를 배우는 것은 어릴 때일수록 좋다. 자연스럽게 언어에 흥미를 느끼고 '습득'할 수 있는 환경을 많이 만들어주자. 그래서 머지않아 유대인을 능가하는 대한민국의 인재가 속속 나오기를 기대해 본다.

제4장
인성교육
자존감 높은 아이가 성공한다

우리는 기억해야 한다. 나부터. 잘하는 것을 칭찬해야 강화가 되고 그 잘한 행동을 지속하게 된다는 것을. 그리고 잘못한 것을 자꾸 지적하게 되면 점점 자신감이 없어지고 주눅이 든다는 것을. 다이아몬드가 원석일 때는 빛나지 않지만 갈고 닦으면 보석이 된다. 아이는 원석과 같다. 진정한 관심과 칭찬 그리고 마음을 담은 격려로 원석을 다듬으면 빛나는 보석이 된다. 아이가 어떤 말을 하든 어떤 행동을 하든 너를 믿고 지지하고 있다는 인식이 아이에게 자리 잡을 때 아이는 행복을 느낀다.

칭찬은 아이를 춤추게 한다

그리스 로마 신화에 나온 이야기이다. 지중해 키프로스 섬에 피그말리온이라는 조각가가 살고 있었다. 그는 아름다운 여인상을 조각하고 있었는데 어느 날 자신이 그 조각상을 정말 사랑하고 있음을 알게 되었다. 피그말리온은 그날 이후 매일 조각상에 사랑을 고백하였다. 그러자 피그말리온의 깊은 사랑에 감동한 아프로디테 여신이 조각상에 영혼을 불어넣어 결국 그 조각상은 아름다운 여인이 되었다. 이 이야기에서 '피그말리온 효과'라는 말이 나왔는데 타인의 기대나 관심을 받았을 때 그 것에 부응하고자 노력하고 능률이 오르는 현상을 말한다.

아이는 칭찬을 받았을 때 자신이 인정을 받았다고 느끼고 그것에 부응하려고 애쓴다. 교사도 교장 선생님께 칭찬을 받으면 어깨가 힘이 들어가는데 하물며 아이는 얼마나 으쓱하겠는지 상상이 간다. 아이가 칭찬을 받을 때 얼굴의 행복한 미소를 보면 같이 있는 사람도 행복해진다.

하지만 칭찬이 좋은 줄 알면서 칭찬보다 잔소리가 나오는 게 사실이다. 내가 자랄 때 부모에게 칭찬을 받은 경험이 많지 않아서일까? 칭찬하려면 어쩐지 입이 근질근질한 것 같고 내 몸에 안 맞은 옷을 입은 것처럼 어색하다. '오늘 어떤 일이 있어도 칭찬해야지!' 하고 굳게 마음먹어야 억지로라도 내 입에서 칭찬이 나오는 것을 어찌하랴.

한번은 대학원에서 '가족 중에 가장 관계가 안 좋은 한 명에게 하루에 10번씩 칭찬하고 그 반응을 일주일 동안 적어오기' 라는 과제가 있었다. 한참 사춘기의 반항아로 만나기만 하면 갈등이 일어나던 둘째 딸을 대상으로 삼았다. 매일 야단과 꾸중으로 일관하다 새삼 칭찬을 하려니 보통 난감한 문제가 아니었다.

"지혜야! 오늘따라 머릿결이 더 좋아 보이네?"

"엄마가 깨우지 않아도 일찍 일어났구나!"

"양말을 세탁기에 넣어 엄마 수고를 덜어주어서 고맙다."

칭찬 거리를 억지로 찾아 칭찬하면서도 내 마음 한편에는 '이런 것도 칭찬인가? 내가 지금 제대로 칭찬을 하는 건가?' 라는 의심이 계속 들었다. 그런데 참 놀라운 일이 벌어졌다. 나의 어쭙잖은 칭찬임에도 둘째는 마음 문을 조금씩 열기 시작했다. 말투도 부드러워지고 언니와의 다툼과 동생에 대한 시기심도 눈에 띄게 줄어들었다.

나와 딸과의 사이를 야금야금 갉아먹던 미움과 상처에 새살이 돋기 시작했다. 잘못을 올바르게 지적하는 것보다 칭찬을 어쭙게 하는 것이 더 나음을 깨달았다. 세 아이를 키우면서 가장 어두웠던 밤에 비로소 파란 새벽이 밝아오는 희망의 빛을 보고 가슴이 떨렸다.

하버드 심리학과 교수였던 로젠탈 교수가 발표한 '로젠탈 효과' 가 있다. 그는 샌프란시스코의 한 초등학교에서 두 집단으로 나누어 실험하였다. 한 집단에게는 인정과 칭찬의 언어를, 다른 집단에게는 비관적이며 무시하는 경향의 언어를 사용하는 실험을 했다. 실험이 끝난 후 두 집단을 비교하여 보니 인정과 칭찬의 언어를 사용한 집단이 그렇지 않은 집단에 비하여 어휘와 지적 능력이 훨씬 향상된 것으로 나타났다.

내가 중학교 때였다. 학교에서 백일장이 열리면 항상 상을 타곤 했다. 국어 선생님은 시를 끼적이던 내 공책을 보고 "시 잘 쓰네?" 하며 지나가셨다. 글짓기 상을 받기는 했지만 내가 존경하던 선생님께 개인적으로 칭찬을 받으니 마치 금방이라도 시인이 된 것처럼 기뻤다. 중년의 나이에 국어 선생님의 인정과 칭찬의 언어가 시인의 꿈을 담은 분화구가 되어 내 열망의 깊은 곳에서 뜨겁게 분출되고 있다. 나는 시인이 될 것이고 작가가 되었다.

우리가 알고 있는 책《칭찬은 고래를 춤추게 한다》에 보면 '뒤통수치기 반응'과 '고래 반응'이 나온다. '뒤통수치기 반응'은 사람들이 잘못하는 것을 끄집어내는 것이다. '고래 반응'은 사람들이 잘한 것을 알아내는 것이다.

그때 국어 선생님이 "그걸 시라고 썼나?"라고 뒤통수를 쳤다면 나는 '시' 하고 담을 쌓고 살았을 것이다. 다행히 '고래 반응'을 했기 때문에 나는 지금 기쁨의 춤을 추고 있다. 불행하게도 대부분 사람은 '뒤통수치기 반응'으로 주변 사람들을 대한다. 특히 초등학교 교사는 그런 경향이 강하다. 잘하는 것은 당연하게 생각하고 잘못한 것을 꼬집어 꾸짖게 된다. 우리는 기억해야 한다. 나부터. 잘하는 것을 칭찬해야 강화가 되고 그 잘한 행동을 지속하게 된다는 것을. 그리고 잘못한 것을 자꾸 지적하게 되면 점점 자신감이 없어지고 주눅이 든다는 것을.

아이들은 나무와 같다. 폭풍과 비바람에 쓰러질 때는 "괜찮다"고 격려가 필요하다. 조금이라도 일어서려고 힘을 내면 박수를 쳐주고 칭찬해야 한다. 우리 아이가 아기 때를 기억해 보자. 맨 처음 두 발로 섰을 때 "와! 우리 아기가 섰네?" 하며 환호성을 지른다. 아장아장 걸음을 떼면 그 신기함은 어떤가? 한 발 두 발 내딛다 자주 넘어진다. 그렇다고 아기에게 야단을 치는 엄마는 없다. 왜냐하면, 곧 넘어지지 않고 잘 걸을 때가 올 줄 아니까. 아이의 장점을 찾아내어 칭찬하고 부족해도 노력하는 과정을 칭찬하면 최고의 성취동기를 이끌어낼 수 있다.

격려는 칭찬보다 더 중요하다. 칭찬은 일의 결과가 좋거나 어떤 성취를 이루어 냈을 때 "정말 잘했어!"라고 평가를 하는 것이고, 격려는 일의 결과가 좋지 않거나 어떤 성취를 이루어 내지 못했을 때에도 "괜찮아! 다시 도전하면 잘할 수 있을 거야!"라며 힘과 용기를 불어넣어 주는 것을 말한다. 아이가 격려를 받으면 실패와 좌절 속에서 다시 일어설 수 있는 의욕을 갖게 된다.

아인슈타인은 아홉 살이 될 때까지 말이 서투른 아이였다. 담임선생님조차 "아인슈타인은 어느 한 분야에서도 성공할 확률이 없습니다."라고 냉혹한 평가를 할 정도였다. 하지만 아인슈타인 어머니는 지적 능력이 또래보다 낮은 아들을 여섯 살 때부터 바이올린을 가르쳤고 배운 지 7년 만에 그는 모차르트 작품이 가진 수학적 구조를 깨달았다고 한다.

"아들아! 너는 남과 다른 재능이 있기 때문에 훌륭한 사람이 될 거야."

아인슈타인이 힘들어할 때마다 어머니는 끊임없이 격려하며 힘을 북돋았고 결국 아인슈타인은 1921년 노벨 물리학상을 받게 되었다.

요즘 아이들은 과잉보호 속에서 자라 조그만 일에도 상처를 잘 받고 쉽게 좌절한다. 아이가 실수나 실패했을 때 "아휴! 내가 그럴 줄 알았어.

너는 누굴 닮아서 매일 그 모양이니?" 라고 비난하며 아이의 기를 꺾는다면 아이는 더욱 낙심하고 용기를 잃을 것이다. 아이의 단점을 지적하고 꼬투리를 잡기보다 장점을 찾아내어 칭찬하고 격려하여야 한다. 그래서 성취동기를 가지고 무엇이든 도전할 수 있도록 힘을 실어주는 엄마가 되어야 한다.

'백번 잔소리하는 것보다 한번 칭찬의 효과가 더 크다' 는 말이 있다. 칭찬을 자주 듣고 자란 아이는 자신감이 넘치고, 인간관계가 좋다. 그런데 칭찬할 때 주의할 점이 있다.

첫째, 과잉 칭찬은 버릇없는 아이로 만든다.
둘째, 노력 없이 얻은 성과는 좋아할 일이지 칭찬할 일은 아니다.
셋째, "머리가 좋아서 시험을 잘 봤어."라고 두뇌를 칭찬하는 것은 좋지 않다.
넷째, 결과를 칭찬하지 말고 과정을 격려하라.

다이아몬드가 원석일 때는 빛나지 않지만 갈고 닦으면 보석이 된다. 아이는 원석과 같다. 진정한 관심과 칭찬 그리고 마음을 담은 격려로 원석을 다듬으면 빛나는 보석이 된다.

자존감을 업그레이드하면
다그치지 않아도 잘 간다

몇 년 전에 카이스트에 다니는 '로봇 영재'의 안타까운 자살 소식이 있었다. 카이스트는 전국의 내로라하는 수재만 모인다는 대학이다. '로봇 영재'인 그는 초등학생 시절부터 각종 국내외 로봇경진대회에서 60여 차례 수상했으며, 중학생 시절에는 로봇올림피아드 국가대표로 선발돼 세계 대회에서 3위를 해서 많은 사람의 기대를 한몸에 받았다. 또한, 그는 자신이 좋아하는 분야에 집중하기 위해 실업계 고등학교를 택한 소신 있는 학생이었다. 그가 카이스트에 입학하고 불과 일 년 만에 자살을 택해 그렇게 원하던 꿈이 꽃도 피워보기 전에 이슬처럼 사라졌다.

연이어 같은 해에 세 명의 카이스트 학생이 죽음을 선택해서 카이스트뿐 아니라 교육계에 커다란 파문을 일으켰다. 신문과 방송에서 연일 보도를 하면서 카이스트 총장인 서남표식 운영 방침이 뜨거운 감자로 떠올랐다. 특히 학생의 살인적인 경쟁을 부추기던 '징벌적 수업료 제도'에 대한 논란이 한동안 식을 줄 몰랐다.

나는 학교의 학사 운영 방침이 어떻든지 학생들을 자살로 내몬 그 '문제' 앞에 그들이 맞설 만한 힘이 없었던 것이 교육자의 한 사람으로 마음이 아프다. 그리고 그 힘은 자신이 사랑받을 만한 가치가 있다고 믿으며 실패와 좌절 속에서도 일어설 수 있는 '자존감'이라고 감히 말하고 싶다.

누구든지 세상을 살다 보면 경쟁과 실패를 경험하게 된다. 가까이는 형제와 딸기를 한 개 더 먹겠다고 싸움도 하고, 학교 시험과 인간관계에서도 수없는 실패를 겪게 된다. 예전에 형제가 많던 시절에는 매일 경쟁의 도가니에서 부딪히고 깎여서인지 실패도 문신처럼 몸에 익었다. "까짓 거. 개 아니면 도지."라며 웬만한 문제는 가볍게 넘길 수 있는 면역이 생겼다. 때로는 실패 앞에 오기가 생겨 젖 먹던 힘까지 쏟아 부어 장대높이처럼 굉장한 에너지를 내기도 한다.

요즘에는 한두 명의 아이를 금지옥엽 키우다 보니 아이가 작은 문제도 견디기 어려워한다. 온실에서 자라는 화초처럼 비바람과 폭풍이 불어오면 쉽게 꺾인다. 걸어서 10분 걸리는 학교에 가방이 무겁다고 매일 차를 태워 주는 엄마도 종종 본다. 그것은 아이의 체력을 더욱 약하게 할 뿐더러 의존성만 높이게 된다. 생채기가 나고 고되더라도 가시밭길을 스스로 헤쳐 가도록 해야 강한 아이가 된다.

EBS에서 다큐프라임 〈아이의 사생활〉을 방영한 적이 있다. 아이들의 성장 과정을 심리학적 측면에서 재조명한 프로그램인데 당시 학부형들의 엄청난 선풍을 불러일으켰다. 총 5부작이었는데 그 중 '자아존중감' 즉 '자존감'의 화두가 단연 으뜸이었다. 아이들이 불평할 때 보통 엄마들은 세 가지 방식으로 대처한다. 설득하기와 비판하기 그리고 공감하기이다. 얼핏 보면 설득하기가 가장 효과적인 방법일 것 같다. 하지만 설득하기와 비판하기는 자칫 아이의 자존감을 해칠 수 있다. 공감하기는 아이의 자존감을 손상하지 않고 문제를 해결할 수 있는 일거양득의 효과를 얻을 수 있다.

하버드대 교육학과 조세핀 킴 교수는 이 프로그램에서 "자존감은 자기 가치, 즉 나는 다른 사람의 사랑과 관심을 받을 만한 사람이라는 생각과 자신감, 즉 나는 주어진 일을 잘해낼 수 있다고 믿는 것"이라고 말했다. 그는 이어 부모들이 자존감을 높이려고 무조건 아이의 자아상만 잔뜩 부풀리거나 사실과 다른 말을 하지 말 것을 경고했다. 예를 들면 야구에 분명히 재능이 없는 아이에게 상처를 주지 않으려고 최고의 야구선수라고 과장되게 칭찬하는 것은 좋지 않다고 언급했다. 원광 아동센터 이영애 아동학 박사는 "자신이 사랑받을 만한 가치가 있다고 믿을 때 실패와 좌절 속에서도 일어설 수 있다."고 했다. 숙명여자대학교 교육학부 송인섭 교수는 "공부 잘하는 아이로 키우려면 먼저 자존감부터 높여주라."고 강조했다.

우리 뇌의 전두엽에서 발생하는 도파민이라는 물질이 있다. 사람의 기분, 쾌감, 의욕, 학습과 기억 등을 조절하는 신경 신호 전달물질이다. 이것은 새로운 경험을 하거나 쾌감을 느낄 때 분비된다. 그러면 좋은 기억으로 남게 되고 또 자극을 받으면 도파민이 분비되는 선순환구조가 반복된다. 그걸 통해서 아이는 내가 선택한 일은 내가 해낼 수 있다는 자신감에 이르게 되면 자존감의 형태로 마음속에 굳건하게 자리 잡게 된다. 그래서 초등학교 시절의 성공 경험이 중요하다.

한국생명의전화 하상훈 원장은 기사를 통해 "실패의 경험이 적을수록 면역력이 약해진다."고 했다. 실패와 고통을 이길 힘을 '면역력'이라고 에둘러 표현했다. 아이가 어렸을 때 조금만 열이 올라도 응급실을 쫓아다니며 해열 주사를 자주 맞히게 되면 면역력이 약해진다. 그리고 감기 든다고 방안에만 가두어 키워도 마찬가지다. 자신의 몸에는 병균과 싸워 이길 수 있는 항체가 있다. 주사의 힘을 받기보다 스스로 병균과 싸워 이겨본 경험이 많은 사람은 면역력이 높아져서 다음에 다시 병균이 침입해도 너끈히 이겨낼 수 있다.

공부에서도 마찬가지다. 아이는 자기가 무엇을 좋아하는지 무엇을 잘하는지 스스로 깨닫고 경험을 하기도 전에 엄마의 성화에 이끌려 학원과 과외를 전전한다면 면역력이 약한 아이가 된다. 미술, 피아노, 수학, 영어, 논술, 수영까지 빡빡하게 엄마가 짜놓은 스케줄에 따라 움직이는 수동적인 아이는 끝없는 경쟁의 구도 속에서 심지가 약한 아이로 자라게 된다.

여기서 엄마가 놓친 부분이 있다. 바로 '자존감'이다. 실패와 어려움을 딛고 일어설 힘은 엄마가 끌어당긴다고 생기는 자석이 아니다. 오히려 적당히 떨어져서 넘어지고 자빠지더라도 혼자 해결하도록 틈을 줄 때 아이는 숨을 쉴 공간이 생긴다. 그때 비로소 언덕을 비비며 실패를 딛고 산을 넘게 되는 것이다.

공부를 잘하는 아이가 꼭 자존감이 높은 것은 아니다. 반대로 공부를 못한다고 꼭 자존감이 낮은 것도 아니다. 오히려 공부 잘하는 아이가 수석의 자리를 놓칠 때 엄청난 중압감을 이기지 못해 극단적인 자살을 선택하는 경우도 있다. 한마디로 자존감이 낮은 아이다. 등수와 상관없이 자신은 가치 있는 존재이고 또 충분히 극복할 수 있다는 자신감, 즉 자존감이 높은 아이라면 수석을 놓쳤다고 자신을 저버리지 않는다.

나는 중학교 3년 동안 전교 수석을 몇 번 놓치지 않을 정도로 우등생

이었지만 자존감이 무척 낮았다. 돌이켜 보니 집이 가난하다는 열등의
식이 나를 지배하였고 가정환경과 상관없이 내가 소중하다는 생각을 하
지 못했다. 더구나 초등학교를 졸업하고 중학교 진학을 미룬 채 1년간
이모 집에서 식모처럼 일을 거두어 주었다. 입을 하나 줄인다고 이모 집
에 보내진 것이다. 초등학교 때까지 가난하지만, 엄마의 보살핌 속에 빨
래나 설거지를 안 해 본 나로서는 이모 집 일을 거두는 데 서투를 수밖에
없었다. 그래서 늘 "너는 왜 그렇게 미련하니?"라는 말을 소낙비 내리듯
이 들었다.

　나는 지금도 '미련하다'는 말을 제일 듣기 싫어한다. 말만 들어도 소
름이 돋는 것 같다. 나랑 같은 나이의 이모 딸이 교복을 단정히 차려입고
학교에 갈 때 나는 부엌에서 '미련하다'고 야단을 맞으며 설거지를 했
다. 어린 나이에 남몰래 눈물을 흘리며 내 처지를 한탄했다. '나는 왜 이
렇게 살아야 하지?'라는 생각으로 밤잠을 설치며 '중학교에 꼭 들어가
야 한다.'고 마음을 다잡았다.

　결국, 이듬해 중학교에 입학했지만, 그때 손상된 자존감을 회복하는
데 참 오래 걸렸다. 뼛속 깊이 각인된 자존감을 해친 말들은 그보다 열
배나 많은 '너는 가치 있는 존재다. 너는 무엇이든 할 수 있다.'는 말들이
무의식 속에 채워질 때 조금씩 빠져나갔다. 신앙을 갖고, 공부하는 기쁨
을 누리면서 매일 조금씩 자존감을 업그레이드했다. 내가 하고 싶은 일
을 하고, 하고 싶은 공부를 하면 누가 다그치지 않아도 꿈을 향해 한 걸
음씩 나아간다. 가는 길에 방해물이 있으면 도전할 기회로 삼고 절대 포
기하지 않는다.

172

어려운 결정도 아이가 하게 하라

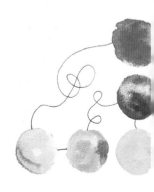

아이가 어떤 결정을 할 때 상당히 망설이며 결정을 미루거나 아니면 미래 상황을 예견하지 못하고 순간의 감정대로 이끌리는 경우가 많다.

제법 수학을 잘하는 아이에게 "너 수학 경시대회 한 번 나가볼래?" 하면 돌아오는 대답은 비슷하다.

"엄마에게 물어보고요."

"엄마에게 물어보는 것은 다음이고 지금 너의 생각을 묻는 거야! 네가 수학 경시대회에 나가고 싶은지."

한국 어머니의 정서는 가능한 한 아이를 돌보고 어려운 일을 대신해 주거나 헌신하는 것에 익숙해서 그런지 아이 또한 어머니에게 기대는 경향이 유독 많음을 경험한다. 심지어 막내아들이 초등 1학년 때다. 학교에서 근무하고 있는데 전화가 왔다.

"엄마! 냉장고에 있는 우유 먹어도 돼?"

"그럼 먹어도 되지. 혁아! 그런 건 물어보지 않고 먹어도 돼."

그때 난 깜짝 놀랐다. 막내아들에게 야단을 치거나 심하게 꾸중한 적도 없는데 우유 하나 먹는 것까지 물어보는 것은 좀 심하다 싶었다. 그러고 보니 매일 "물 먹어도 돼?", "나가 놀아도 돼?", "텔레비전 봐도 돼?" 하고 말끝마다 "뭐해도 돼?" 하고 물어보는 습관을 지녔음을 눈치챘다. 유난히 심성이 약한 아들이라 신경이 쓰였다. 가만히 보니 자신이 결정한 일에 자신감이 부족하고 혹시 야단을 맞을까 봐 지레 두려움을 가진 것 같다. 결정의 주체를 엄마에게 돌림으로써 자신이 결정한 일에 책임을 회피하는 것이다.

나는 반복하여 "네가 생각한 대로 할 수 있고 조금 실수하거나 실패해도 괜찮다."고 아들이 자기 주도적으로 결정할 수 있도록 힘썼다. 내가 먼저 도움을 주기보다 도움이 필요하다고 먼저 말해 올 때까지 기다렸다. '가슴이 시키는 일이라야 오래 할 수 있다.'는 말을 이미 터득했기 때문이다.

큰딸은 피아노를 배우고 둘째 딸은 학교 '관악부'에서 플루트를 불었다. 나는 아들이 초등학교에 입학할 때 '아들은 바이올린을 배우게 해야지?'라는 욕심으로 의사를 물어보지 않고 뿌듯한 마음으로 바이올린을 샀다. 학교에서 방과 후 활동에 '바이올린부'가 있어 등록했다. 그런데 문제는 아들이 바이올린에 흥미가 없었다는 데에 있다. 거의 일 년이 지난 후에 산토끼를 '끼익 끼익' 이상한 소리를 낼 때야 겨우 그만둘 수 있었다. 키가 작은 아들한테 가방도 버거운데 바이올린까지 매고 다니게 한 것이 나중에는 매우 미안한 생각이 들었다.

몇 번의 시행착오를 거친 후 나는 공부를 하든 학원을 가든 아이가 먼저 관심을 가지고 말할 때까지 기다리려고 노력했다. 가능한 한 선택과 결정의 주체를 아이에게 맡겼다. 그리고 자기가 선택한 것은 책임을 지도록 하니 아이도 신중을 기해 결정하고 최선을 다하는 버릇이 생겼다.

교육심리학 이론에 에릭슨의 심리사회 발달이론이 있다. 에릭슨은 인간의 성격발달이 단계별로 진행되고 있다고 밝혔으며, 저명한 저서 《아동기와 사회》에서 아동기의 발달을 8단계로 제시했다. 그중 제3단계를 보면 4~6세의 아이는 자기 주도성과 죄책감의 위기를 경험하게 된다. 이 시기에 아이는 스스로 활동을 계획하고, 목표를 세우고, 이를 달성하기 위해 노력한다. 또래와 함께 놀이에 참여하며 자기 주장을 하게 된다. 만약 부모가 아이가 주도적으로 활동할 기회를 제한하면 주도성이 위축되고 죄책감이 발달한다. 이러한 아이는 자기 주장을 내세우기를 두려워하고 어른에 대한 의존성이 높다고 말한다.

아이들과 함께 외출할 일이 있으면 약속 시각에 맞추려면 애를 먹는다. 딸은 머리까지 빗는 것도 예삿일이 아니다. 둘째 딸이 네댓 살쯤, 혼자 옷을 입고 양말을 신는다고 슬슬 자기주장을 하기 시작한다. 여유 있게 시장에 갈 때는 상관없지만, 병원에 예약하거나 식당에 친구들과 약속이 잡힌 경우는 꾸역꾸역 양말을 신는 것을 보면 답답하기 이를 데 없다.

"지혜야, 시간 없으니까 엄마가 신겨줄게."

"싫어! 내가 할 거야."

"어이구, 이 고집쟁이!"

그때가 에릭슨이 주장한 주도성이 발달하는 제3단계이며 건강하고 자연스러운 발달단계이다. 둘째가 엄마 말을 안 듣는 고집이 센 아이라고 생각하고 고집을 일방적으로 꺾을 때가 있었으니 한동안 의존적인 아이가 된 것도 미련한 나의 책임이다.

"아이가 자기 마음의 주인으로 살 수 있게 키운 엄마 이를테면 자장면

한 그릇을 먹어도 자기 입맛대로 자기가 선택해서 먹는 아이로 키운 엄마가 성공한 엄마다. 주관을 가진 아이가 스트레스에 견디는 힘이 강하고, 후회도 덜하며, 자기가 선택한 것이니 책임감도 강하다."

이무석, 이인수의 저서 《스펙보다 중요한 내 아이의 자존감》에서 말한 내용이다. 나는 자장면 한 그릇도 입맛대로 고르게 하지 못할 때도 잦았다. 내가 자장면 먹고 싶을 때 "얘들아! 우리 오늘 자장면 먹자!" 하고 선심을 쓰듯 말하는 이기적인 엄마였다.

"엄마! 나는 통닭 먹고 싶은데?"

"통닭은 나중에 시켜 먹자!"

아이의 주장을 발달 단계에 맞게 키워주지 못해 선뜻 자기의 선택을 두려워하고 의존적이 되었다고 여기게 된 결정적인 순간이 있었다. 둘째 딸이 대학 입시 문제로 가족이 '어느 대학에 지원해야 하나?'는 문제로 온 신경을 쓰던 때이다.

"엄마! 나 어느 대학에 쓸까?"

이 순간에 나는 또 '아이가 결정의 주체가 되게 하자'던 결심이 온데간데없고 남편과 머리를 짜내 가, 나, 다 3순위까지 정해 주고 말았다. 이과라서 공부할 전공과목은 대충 정해졌지만, 대학이 문제였다. "다 떨어지면 재수하면 돼."라는 말도 덧붙이면서. 문제는 다 떨어지고 재수밖에 다른 길이 없을 때 둘째 딸은 울고불고 난리가 났다.

"엄마 아빠가 쓰라는 데 써서 다 떨어졌으니 엄마, 아빠가 책임져!"

책임진다고 해결될 일이라면 얼마나 좋겠는가? 자기가 결정하기 어려운 것을 부모에게 미뤘는데 같이 장단을 춘 것을 매우 후회했다. 딸은 어쩔 수 없이 일 년을 입시 공부를 더 할 수밖에 없었다. 또다시 희망 대학을 써야 하는 절박한 순간이 왔다.

"엄마! 나 어느 대학에 쓸까?"

어쩌면 작년과 똑같은 질문을 할까? 하지만 나의 대답은 달랐다.

"지혜야. 네가 어떤 대학에 들어가도 좋으니 네가 결정하도록 해."
라고 단호하게 선을 그으니 딸은 할 수 없이 여기저기 대학 사이트나 입시 정보를 뒤졌다. 결국, 문과 쪽에 원서를 내는 것이 불리했지만, 자신이 그렇게 원하는 영어영문학을 전공하고 졸업 후 지금은 임용 고시를 준비하고 있다.

에릭슨 이론에 의하면 아이가 결정하기 어려워하는 것은 자기 주도성이 발달한 시기를 건강하게 잘 거쳐 오지 않았기 때문이다. 어릴 때부터 자기 마음의 주인이 되어 살도록 하며 아이의 주장이 좀 서툴더라도 존중하여야 한다. 자기 주관을 가진 아이를 고집이 세다고 몰아치지 말고 자기 주장에 대한 선택에 책임을 지도록 한다면 행복한 인생을 살아가리라 믿는다.

마음이 따뜻한 아이로 키워라

앞을 못 보는 사람이 밤에 물동이를 머리에 이고, 한 손에는 등불을 들고 길을 걸었다. 그와 마주친 사람이 물었다.

"정말 어리석군요. 앞을 보지도 못하면서 등불은 왜 들고 다닙니까?"

그가 말했다.

"당신이 나와 부딪히지 않게 하려고요. 이 등불은 나를 위한 것이 아니라 당신을 위한 것입니다."

한상복이 쓴 《배려》에서 바바 하리다스의 말이다.

우리가 예전에 학교 다닐 때만 해도 '따돌림'이란 단어가 없었다. 가끔 마음이 맞지 않아 다투는 일이 있긴 해도 일부러 여러 아이가 한 아이를 지속해서 괴롭힌다든지 의도적으로 따돌리는 일은 거의 없었다. 조금 어려운 아이가 있으면 일부러 말도 걸고 "다 같이 사이좋게 놀자."라는 암묵적인 규칙이 있었다. 요즘 "사이좋게 놀아라." 대신 "친구를 따돌리지 마라."는 말이 더 많아지고 있는 현실이다.

불과 몇 년 전 일이다. 지금처럼 '따돌림'의 문제가 크게 이슈화되기 직전이다. 동학년 연구실에서 잠시 임시회의를 막 마치고 있는데 한 아이가 달려왔다.

"선생님 큰일 났어요. 미진이를 애들이 막 때려요."

"뭐라고? 몇 반인데?"

우리는 서둘러 복도로 나가 소동이 일어난 교실에 달려갔다. 부장 선생님 교실에 가보니 미진이는 머리카락이 온통 헝클어진 채 물이 줄줄 흐르고 두려움과 불안한 얼굴로 '끄윽끅' 울음을 삼키고 있었다.

"어떻게 된 일이야?"

부장 선생님은 반장 부반장을 불러 자초지종을 들어보았다. 평소 약간 지능이 모자라 공부도 꼴찌하고 매우 가난하여 옷차림도 형편없는 미진이라는 아이는 늘 혼자였다. 현장 체험 학습을 가도 짝이 없어 맨 뒷자리 차지였다. 그날, 힘이 센 한 아이가 미진이를 가리키며 "애들아! 미진이 때리자."라고 선동을 했다. 그러자 아이들이 우르르 몰려들어 주전자에 있는 물을 가지고 와 미진이 머리에 붓고 때리고 머리채를 잡아당겼다고 한다. 미진이가 울며 소리를 질러도 말리는 친구가 없고 몇몇 방관한 아이가 있었다.

불과 4학년 교실에서 일어난 일이다. 나는 눈앞에서 울고 있는 미진이와 선생님께 혼이 나지만 이미 마음은 피폐해져 있는 아이들의 현장을 보며 분노와 슬픔 그리고 무거운 책임감을 느꼈다. 무엇이 아이들의 마음을 차갑게 얼어붙도록 만들었을까? 하루가 다르게 달라지고 있는 무서운 아이들. 아픔과 두려움에 우는 친구를 때리며 자기 마음속의 분노와 스트레스를 약한 친구에게 푸는 것일까. 우리나라의 인성 교육은 어디에서부터 다시 시작해야 할까? 나는 한동안 마음이 혼란스러웠다.

지금 학교에서는 연 2회 학교폭력 예방 교육을 학부모와 아동들에게 시행하고 있다. 엄격하게 학교 폭력에 대한 기준과 조치 사항을 교육하고 있어 아이들도 '따돌림은 안 된다'는 인식은 하는 듯하다. 하지만 규칙으로 바꿀 수 있는 것은 아이들 마음이 아니다.

대놓고 욕설하거나 여럿이 때리고 따돌리는 것은 학교 폭력임을 알고 이제는 소리 없이, 표시 나지 않게 여전히 '따돌림'의 악마는 건재하고 있다. 겉으로 드러나지 않는다고 해서 사라진 것은 아니다. 소리 없는 총성은 교실 안팎에서 계속되고 있다.

가끔 "너는 다른 친구가 때리면 맞지 말고 너도 때려라. 욕을 하면 너도 욕해라."라고 자녀에게 말한다는 학부형을 본다. 자신의 아이가 약해서 다른 아이에게 피해를 본다고 여겨 속상한 마음에 그렇게 교육하리라 생각한다. 사실 예전처럼 "네가 참아라. 참는 것이 이기는 것이야."라고 말하는 것은 이젠 그야말로 속담으로 남아야 할 것 같다.

하지만 여전히 우리는 모두 아이가 따뜻한 마음을 가지고 자라길 원한다. 혹여 내 아이가 따돌림을 당한다고 해서 내 아이의 가치가 변하는 것은 아니다. 다른 아이를 야단치고 분노를 품는다고 해서 그 누구에게 도움이 되는 것은 없다. 나는 여전히 '악으로 악을 갚는 것보다 선으로 악을 이기라'는 말처럼 진실한 사람이 결국 이긴다는 사실을 굳게 믿고 있다.

우리 딸이 중학교에 들어가자마자 따돌림 문제로 학교에 가니 마니 진통이 있었다. 엄마 마음에 속이 상했지만 나는 딸아이의 마음을 굳게 세우는 데 주력했다. "다른 아이와 놀지 않는 그 시간에 네가 책을 읽고 열심히 공부하면 너는 성장할 것이고 결국 친구들이 너에게 돌아오게 된다."라고 말이다. 물론 그때 딸이 선뜻 동조한 것은 아니었다.

"그래도 나는 지금 친구가 제일 중요하단 말이야!"

라고 울면서 소리쳤다. 물론 그 말이 백번 맞지만 모든 상황이 내 마음대로 되는 것은 아니며 이 상황 속에서 내가 할 수 있는 최선이 무엇인가가 중요했다. 엄마인 나도 마찬가지였다. 딸이 이렇게 힘든 상황에 내가 할 수 있는 일은 딸이 자존감을 잃지 않고 굳건히 대처하도록 힘을 주는 수밖에 다른 방법이 없었다. 다행히 한 달 만에 딸은 다시 평상시 모습으로 되돌아왔다. 그만큼 성숙했고 친구의 소중함도 깨달았으리라.

얼마 전 어느 학부형의 말을 듣고 깜짝 놀랐다. 반에 따돌리는 아이에게 신발이 닿았다고 새로 사달라고 한단다. 마치 따돌림이 전염이라고 되는 것처럼. 요즘 아이들이 악마가 만들어 놓은 틀에 줏대도 없이 흔들리는 모습이 안타깝기만 하다.

혹여 우리 어른들이 다른 사람을 배려하지 않는 이기적인 마음을 보여주지는 않았을까? 아이를 태우고 운전하며 끼어드는 다른 차량에 욕을 하면서 삿대질을 하지는 않았을까? 본의 아니게 아이의 말을 무시하고 편견으로 대해 분노를 일으킨 일은 없었을까?

'아이는 부모의 등을 보고 배운다.'고 한다. 가정에서는 부모, 학교에서는 교사의 말과 행동을 모델링할 것이다. 어미 게가 바닷가 모래밭에서 옆으로 기어가는 새끼 게를 보고 "아니, 그렇게 옆으로 기어가지 말고 나처럼 이렇게 앞으로 기어가는 거야." 하며 시범을 보이는데 자꾸 옆으로 기어간다. 말은 앞으로 기어가라 하면서 자신은 자꾸 옆으로 기어간다면 새끼 게는 혼란스러우면서도 몸은 벌써 어미 게의 행동을 닮아간다.

자기만을 생각하는 이기적인 마음을 가진 아이가 금방은 계산적으로 앞서 갈지 모른다. 수학이 어려운 친구에게 공식을 적용하여 가르쳐 주는 아이가 시간을 뺏기는 어리석은 애라고 생각할 수도 있다. 하지만 이 사회의 정의는 아직 살아 있다. 장애를 가진 친구의 손발이 되어 학교에 다니는 동안 살뜰하게 챙겨준 기특한 학생이 있다. 정말 자신보다 남을 배려하는 아이를 보면 마음이 따뜻해진다. 그런 아이는 누구에게나 인정을 받는다.

사회도 마찬가지이다. 자신만 아는 사람은 이제 환영받지 못하는 시대가 도래했다. 큰딸은 은행에 입사했다. 서류 심사에 통과해도 인성검사는 필수인 직장도 많다. 일대일 면접보다 며칠 숙식을 하면서 협동심, 리더십에 높은 점수를 준다고 한다. 은행뿐 아니라 조직 내 끈끈한 인간관계와 소통이 절실한 직장에서 누가 환영을 받겠는가.

이것은 취업을 위해 면접을 앞두고 며칠 스터디멤버가 모여 머리를 짜낸다고 길러지는 것이 아니다. 어릴 때부터 남을 따뜻하게 배려할 줄 아는 사람으로 체질이 되고 습관으로 자리매김해야 한다. 그러려면 부모요, 선생이요, 어른인 우리가 앞장서서 그런 세상을 만들어가야 한다. 앞을 못 보는 사람이 자신이 아닌 다른 사람을 위해 등불을 준비한 것처럼 마음 따뜻한 세상을 만들어가는 아이들이 많았으면 한다.

약속한 것은 반드시 지키게 하라

　미국 제16대 에이브러햄 링컨 대통령의 일화를 읽은 적이 있다. 링컨이 마차를 타고 켄터키 주를 방문하였다. 이때 한 육군 대령이 링컨에게 얼음을 탄 위스키를 권했지만, 링컨은 정중히 사양하였다. 대령은 잠시 후 담배 한 개비를 꺼내 대통령에게 권했다. 링컨은 거듭 사양의 뜻을 전했다.

　"대령! 성의는 고맙지만 사양하겠소. 아홉 살 때 어머니가 나를 침대 곁에 앉혀 놓고 말씀하셨소. '에이브야! 이제 나는 회복이 불가능하단다. 죽기 전에 나하고 한 가지 약속해야겠다. 평생 술과 담배를 입에 대지 않겠다고 약속해 줄 수 있겠니?' 그날 나는 어머니께 약속했다오. 그리고 지금까지 그 약속을 지켜 왔소. 이것이 내가 술과 담배를 거절하는 이유라오."

　대령은 머리 숙여 링컨의 존경을 표했다. 아주 작은 약속이라도 소중히 여기는 링컨을 국민들은 존경했다.

또한, 한국의 위인 중에서 도산 안창호 선생은 어린아이에게 인형을 사주기로 약속했다. 다음날 일본 순사들이 안창호를 잡으려고 돌아다녔다. 안창호는 아이와의 약속을 지키기 위해 거리로 나서다가 붙잡혔다. 안창호 선생은 어린아이와의 약속도 소중하게 생각한 훌륭한 위인임을 알 수 있다.

철학자 칸트는 자기 자신과의 약속을 철저하게 잘 지키는 사람으로 유명하다. 항상 정해진 시간에 산책하러 나가서 사람들은 시계를 보지 않아도 칸트를 보고 시간을 알 수 있었다고 한다.

어떻게 보면 우리의 삶이 모두 약속이라고 해도 과언이 아니다. 아침에 일어나는 시간, 밥 먹는 시간, 등교 시간, 수업 시작 시간, 마치는 시간, 하교 시간, 학원가는 시간, 잠자는 시간 등. 그뿐이 아니다. 실내화를 신고 밖에 나가지 않는다, 실내에서 뛰어다니지 않는다, 음식을 골고루 먹는다, 지각하면 안 된다, 친구와의 약속은 꼭 지킨다. 등.

자기 자신과의 약속도 있다. '오늘부터 아침에 10분 일찍 일어나야지.', '이번 시험에는 수학 시험 점수를 90점대로 올려야지.', '컴퓨터 게임 시간은 30분만 해야지.' 등이 있다

다른 사람과 약속을 할 때도 자주 있다. 친구들과 세 시에 모여 생일파티에 간다든지, 조별로 모여서 사회 숙제하려고 두 시에 학교 정문에 모인다는 약속이 있다고 하자. 만약 한 아이가 10분 지각을 한다면 다른 사람의 시간을 각각 10분씩 도적질한 것과 같다. 10분씩 다른 사람의 시간을 빼앗았기 때문이다.

이런 일화가 있다. 중동 지역에서 일하는 두 근로자가 있는데 한 명은 한국인이고, 한 명은 미국인이다. 오후 5시 근로 시간이 마감되는 시간이 되면 미국인은 가차 없이 삽을 들다가도 바로 땅에 집어 던지고 훌훌

흙을 털고 간단다. 하지만 한국인은 종이 울리더라고 하던 일을 마무리하고 간다고 한다. 그래서 중동 지역에서는 한국인이 성실하다고 소문이 나서 한국인 근로자를 선호한다는 이야기가 있었다.

내가 고등학교 때 지금은 흔한 원어민 영어 수업에 뽑혀서 간 적이 있다. 난생처음 머리가 노란 미국인을 본 것보다 더 놀란 일이 있다. 원어민 영어 선생님은 강의하다 종이 나니 그 즉시 분필을 사정없이 놓는 것을 처음 본 나는 참 의아했다. 보통 우리 한국 선생님은 종이 나더라도 어느 정도 수업을 마무리하는 것을 보다 그런 모습을 보면서 문화적 차이를 느꼈다.

시작과 끝나는 시간도 일종의 약속이다. 나는 우리 반 아이들과 늘 하는 중요한 약속이 있다. 수업 시간 2, 3분 전에는 '공부할 책을 펴놓고 공부할 단원의 제목을 보고 사진이나 삽화가 있으면 들여다보기'가 그것이다. 하지만 쉬는 시간 복도에서 노느라 정신이 팔린 아이는 시작종이 나면 그제야 슬금슬금 들어오는 아이가 많다.

"선생님! 화장실 좀 다녀오겠어요."

라며 시작종이 나는 동시에 화장실에 가는 아이도 있다. 지각하거나 시간 약속을 늘 지키지 못하는 것도 습관이다. 습관에 대한 유명한 말이 있다. "나를 잡아 길들이고 훈련하고 단호하게 통제하면, 나는 당신의 발밑에 이 세상을 바칠 것이다. 그렇지 않으면 내가 당신을 파괴할 것이다. 나는 누구인가? 나는 습관이다."

지각을 늘 하는 것이 습관이 된 아이가 있다. 그 습관이 아이의 인생을 소리 없이 파괴한다면 마냥 방관할 수 없다. 어릴 때 작은 시간 약속이라도 지킬 수 있도록 해야 한다.

사실 우리나라에는 '코리안 타임'이라는 말이 있을 정도로 시간관념을 소홀히 여기는 경향이 있다. 공연이나 강의가 있을 때 10시 시작이라면 10시 반쯤 꿈지럭거리며 가도 아직 시작하지 않을 때가 있다. 이렇게 시간관념이 부족한 사회에서는 아이들에게 시간 약속을 지키라고 교육하기에 어려운 것도 사실이다.

나폴레옹은 '약속을 지키는 최선의 방법은 약속하지 않는 데 있다.'고 했다. 또 덴마크 속담에는 '지킬 수 없는 약속보다는 당장 거절이 낫다.'고 언급했다. 그만큼 약속은 소중하며 지킬 수 없는 약속은 안 하는 것이 낫고 약속을 했다면 꼭 지켜야 한다는 의미다.

그렇다. 약속한 것은 크든 작든 꼭 지켜야 하는 아이로 키워야 한다. 그러려면 엄마가 먼저 아이와의 약속을 잘 실천해야 한다. 아이와 이번 주 토요일에 도서관에 같이 가자고 했다면 설사 몸이 피곤하더라도 가야 한다. 심부름해서 용돈을 주기로 했다면 꼭 주어야 한다. 어리다고 약속을 지키지 않는다면 엄마를 '거짓말쟁이'로 여길 것이고, 약속은 지키지 않아도 된다는 것을 삶으로 가르치는 것과 매한가지이다. "엄마가 바빠서 깜빡했어.", "오늘은 엄마가 너무 피곤해."라는 말은 아이에게는 그저 핑계로 들릴 뿐이다. 아이와 한 약속은 반드시 지켜야 아이와 깊은 신뢰감을 쌓아 갈 수 있다.

혼자가 아닌,
함께 노는 아이로 키워라

　날이 갈수록 '나만 아는 아이'가 늘고 있다. 형제가 없이 외동이거나 형제라야 한두 명이 자라다 보니 다른 아이의 마음에 공감하거나 입장을 이해하지 못하는 아이가 많다. 혼자서는 잘하는데 조별로 또는 여럿이 하는 단체 활동에서는 협동할 줄 모른다. 더군다나 가정에서 부모가 "오냐, 오냐" 키운 아이일수록 '나만 아는 아이'로 자랄 확률이 높다.

　미술 시간에 수채화 그리기나 붓글씨 쓰기를 하는 경우가 있다. 조별로 책상을 붙여 아이들이 마주 보고 활동을 하면 물감이나 팔레트, 먹 등 미술 도구가 떨어지지 않아 좋다. 그리고 활동을 하는 동안 도란도란 이야기하는 재미도 쏠쏠하다.

　"자, 조별로 책상을 붙여서 수채화 그리기를 하자!"

　"선생님! 그냥 책상 붙이지 말고 각자 그리면 안 돼요?"

　요즘은 이런 말이 꼭 나온다. 같이 하는 활동을 좋아하던 예전에 비해

확실히 친구와 함께하는 빈도가 줄어들었다. 좁은 책상에 온갖 미술 도구를 올려놓고 혼자 그리거나 쓰는 것을 보면 마음이 씁쓸할 때도 있다. 그만큼 아이의 사회성이 줄어들어 친구 관계도 원만하지 못하게 지내는 아이도 많을 수밖에.

"선생님! 친구들이 안 놀아줘요." "따돌림 당해서 죽고 싶어요." "친구가 더럽다고 놀려요."

이런 하소연을 하는 아이를 보면 참 안타깝다. 물론 그중에는 단지 가정 형편이 어려운 아이가 놀림이나 따돌림을 당하는 경우도 있지만 때로는 사회성이 부족하여 잘 어울리지 못하는 경우가 있다. 아이가 이런 말을 할 때 "너에게 문제가 있는 거 아니니?"라고 하면 두 번 다치게 하는 것이 되므로 주의해야 한다.

아이의 힘들고 답답한 속마음을 들어주고 공감해야 한다. 아이는 지금 친구들과 '함께' 하고 싶은데 '혼자' 라는 사실에 커다란 혼란을 느끼고 있다. 더구나 사춘기에 접어드는 초등 고학년 때는 부모보다 '또래'가 더 중요하다고 생각하는 시기라서 더 주의가 요망된다.

"너는 왜 친구들이 너를 따돌린다고 생각하니?"

조금 힘들더라도 자신을 돌아보게 하는 것이 좋다. 아주 작은 것이라도 고칠 것이 발견된다면 더욱 좋다. 자신을 성장시키는 계기가 되기 때문이다. 그리고 선생님과의 관계 속에서 신뢰를 느끼게 되면 아이의 자존감도 생기므로 친구와 점차 친하게 될 것이다. 혹시 그런 시간이 더디 오더라도 불안해 하지 않도록 끝까지 믿어주어야 한다.

원광 아동상담센터 이영애 소장은 저서 《아이의 사회성》에서 다음과 같이 밝혔다.

"사회성이란, 마음이 건강할 때 잘 발휘되는 능력입니다. 사회성은 아이의 마음이 얼마나 건강한지를 보여주는 바로미터입니다. 요즘 같은 시대에 아이를 키우는 부모라면 사회성이 무엇이고, 나이에 따라 어떻게 키워져야 하는지 반드시 관심을 가져야 합니다."

그는 사회성이란 '남을 이해하고 어울려 살게 하는 마음의 힘'이라고 정의했다. 세상과 잘 어울리고 어디서나 환영받는 행복한 아이로 키우려는 부모의 노력이 필요하다. 그런데 사회성 발달의 첫 단추는 부모와의 관계 속에서 시작된다.

'엄마는 세상을 바라보는 마음의 창'이란 말이 있다. 아이는 엄마라는 창을 통해 세상을 바라본다. "내 삶이 곧 내 메시지다."라는 간디의 말처럼 엄마의 사회성이 곧 아이의 사회성이라고 해도 과언이 아니다.

먼저 엄마와 아이와의 관계를 점검할 필요가 있다. 엄마는 아이가 말할 때 "바쁘니까 저리 가!"라고 소리치지는 않는지, "쓸데없는 말 하지 말고 방에 들어가서 공부나 해!"라고 아이의 말문을 닫지는 않는지 돌아보라. "엄마! 친구가 때렸어!" 하고 울며 들어오는 아이에게 "누가 그랬어? 너는 맞기만 했어? 어휴 이 바보 같으니라고. 친구가 때리면 너도 지지 말고 같이 때리라니까!"라고 야단치는 엄마는 더 심각하다.

아이가 맞은 상황에 엄마가 감정을 휘둘리면 이성을 잃게 되어 올바르게 상황을 감지할 수 없게 된다. 친구에게 맞은 이 상황을 엄마와 아이가 어떻게 대처해야 하는지가 중요하다. 먼저 "어떤 일이 있었는지 말해 줄래?"라고 질문하여 아이의 말을 경청한다. 속상한 마음을 공감도 해주며 맞장구도 쳐 준다. 누가 잘못 하였는지 판단하기보다 어떻게 좋은 친구를 유지할 수 있는지 설명해 준다면 좋겠다.

"깊은 우정은 저절로 생기는 것이 아니야. 친구를 대하는 습관도 중요하단다. 때로는 양보하기도 하고, 그 친구에 맞춰 주기도 하고, 네 시간도 기꺼이 쓰고."

아이의 사회성을 길러주는 계기로 삼는다면 아이의 싸움마저 엄마에게는 기회가 되는 것이다.

이때쯤 스마트폰 이야기를 해야 한다. 스마트폰이 갑작스럽게 초등학생의 손에 들어온 때는 불과 얼마 되지 않았다. 스마트폰을 가진 아이들은 둘이 있으면서 혼자 논다. 각자 스마트폰으로 게임을 하면서 말이다. 말은 주고받지만, 눈은 스마트폰에서 떼지 못하는 아이를 흔히 본다. 여럿이 있을 때도 마찬가지이다. 화제는 온통 레벨이나 아이템 이야기뿐이다.

이미 논문에서 밝혀졌듯이 스마트폰이 아이의 사회성에 심각한 영향을 미치는 것이 사실이다. 함께 대화하고 함께 뛰어놀 나이에 방에서 혼자 스마트폰으로 게임만 한다면 서서히 중독에 빠질 위험이 크다. 스마트폰에 중독된 아이는 여럿이 함께한다 해도 대화의 주제가 한정되어 있어 편협한 아이로 자랄 뿐 아니라 친구와 관계 맺는 자체가 어려울 수 있다.

아이가 스마트폰을 온라인에서 소통과 재미의 수단으로 이용할 수 있지만, 오프라인에서 사람과 소통하는 것보다 우선이 돼서는 곤란하다. 이러한 데에 부모와 아이가 인식하고 스마트폰을 관리하는 힘을 길러야 한다.

스테판 발렌틴은 《혼자 노는 아이, 함께 노는 아이》에서 "아이의 행복을 원한다면 남과 더불어 살 수 있는 지혜를 길러 줘야 한다."라고 피력했다. 혼자 놀고 혼자 공부하는 것도 중요하지만 다른 사람과 더불어 살 수 있는 지혜가 더욱 소중한 세상이다.

'나만 아는 아이'의 이기주의와 나르시시즘은 감정이입의 능력을 상실했을 때 일어나는 결과다. 다른 사람의 감정을 이해하는 아이는 지혜로운 아이이다. 자신의 잘못을 알아차릴 때 "미안해."라고 말할 줄 안다. 어려움에 부닥친 친구가 있을 때는 "괜찮니?"라고 물어볼 줄 아는 멋진 아이라면 누구나 다 좋아하는 행복한 아이가 된다. 아무리 똑똑한 자식이라도 남과 어울리지 못하며 사는 것보다 좀 덜 똑똑하더라도 남과 어울리며 사는 자식이 되기를 바라는 것이 모든 부모의 마음이 아니겠는가.

감정을 다루는 아이가 행복하다

며칠 전에 점심시간을 마치고 교실에 들어가 보니 두 아이가 다투고 있었다. 학예회 연습을 하는데 몇 명의 아이가 자리를 차지하고 카드놀이를 하고 있었다. 반장이 자리를 비켜 달라고 했음에도 이미 카드놀이에 정신이 팔린 아이들이 자리를 내주지 않자 시비가 일어난 것이다.

방해를 받게 된 아이가 이성을 잃고 소리를 질렀다.

"네가 뭐냐구! 네가 뭔데 남의 일에 방해를 하냐구!"

그 아이는 선생님이 교실에 들어온 것을 보고도 감정을 주체할 수 없어 계속 소리가 높아지고 반장을 한 대 치고, 또 칠 기세였다.

"그만두지 못해?"

내가 단호하게 선을 긋자 그제야 씩씩거리며 뒷자리에 가고도 분한 마음이 식을 줄 몰랐다. 가방을 주섬주섬 싸더니 가방을 한쪽 어깨에 걸치고 이제는 나를 향해 소리쳤다.

"집에 갈 거라고요! 내 마음대로 되는 게 하나도 없다고요!"

"그래. 모든 것이 네 마음대로 되는 것은 아니야. 자리에 앉아라. 만약 네가 지금 집에 간다면 그다음 문제는 네가 책임을 져야 한다."

아이는 순간 멈칫하더니 밖으로 나갔다. 나는 곧 어머니에게 연락을 취했다. 워낙 덩치가 커서 이미 이성을 잃어버린 아이를 어떻게 할 다른 방도가 없었다.

그 아이가 원래 버릇없고 자기 멋대로 행동하는 아이는 아니었는데 사실 나도 놀랐다. 아이 엄마한테 게임에 중독된 것 같다는 말을 듣긴 했어도 평상시에 얌전한 아이가 그토록 감정이 폭발하다니 아이의 뇌 구조를 이해하지 않고는 자칫 "이게 어디 선생님 앞에서 소리를 질러?" 하며 더 크게 야단을 칠 수도 있던 상황이었다.

인간의 실체는 뇌다. 뇌 안에는 뇌간, 즉 '파충류의 뇌'가 있는데 본능을 관장한다. 그 위에 '포유류의 뇌'가 있다. 감정, 행동, 의사결정을 담당하는데 번연계라고도 한다. 감정홍수는 맥박이 증가하고, 스트레스 호르몬이 분비되어서 번연계에 과부하가 걸리고 결국은 전두엽이 마비되는 현상이다. 감정홍수가 일어나면 '파충류의 뇌'만 작동하는데 이럴 경우 싸우거나 도망가거나 두 가지 밖에 못한다고 한다. 만약 이런 상황이 오래 반복되면 아이는 공격하거나 도피하거나 하는 행위를 하지, 문제를 극복하려는 의지를 발휘하거나 다른 사람의 도움을 구하는 행위를 하지 않는다고 한다.

잠시 후 어머니를 동반하고 왔을 때는 이미 감정이 가라앉은 후였다. 다시는 학교에 안 올 것 같이 큰소리치던 아이가 한 시간이 안 되어 돌아와서 수업 시간이 끝날 때까지 불안한 얼굴로 복도에 서 있었다.

감정을 다루지 못해 치르는 대가는 어린 나이에 사실 혹독하다. '아이들이 뭐라고 생각할까? 선생님께 큰소리까지 쳤으니 이제 나에게 무슨 일이 닥칠까?'라는 생각에 마음이 힘들 수밖에. 만약 감정을 다룰 수 있었다면 화가 났다고 해도 소리를 지르고 주먹을 휘두르거나 가방을 싸고 집에 가는 행동은 하지 않았을 것이다.

최성애 HD 행복연구소 소장에 의하면 "사람에게 감정은 날씨와 같이 자연스럽게 나타나며 비나 눈이 좋고 나쁜 게 아니듯이 좋은 감정과 나쁜 감정은 없습니다. 단, 느껴지는 감정 이후에 나타내는 행동에는 좋고 나쁨이 있습니다. 화(감정)가 나더라도 남을 폭행하는 행동은 바람직하지 않습니다. 따라서 자연스러운 감정은 받아주되(느끼도록 허락하되) 바람직한 행동이 나오도록 선도해야 합니다."라고 저서 《감정 코칭》에서 언급했다.

아이들을 하교시킨 후, 순한 양처럼 바뀐 아이를 교실에서 마주했다.

"지금 너의 기분이 어떠니?"

"제가 소리 지르고, 멋대로 집에 간 것 죄송합니다."

"네가 화가 난 것은 이해하지만, 성질대로 폭력을 행사하고 소리를 지르거나 가방을 싸고 집에까지 간 것은 잘못된 행동이야. 모든 아이가 화가 난다고 너처럼 행동하면 어떻게 되겠니?"

"죄송해요. 다음부터 안 그럴게요."

"너에게 참 실망했다. 하지만 네가 반성하니까 선생님은 너를 믿을게."

이스라엘의 교사, 아동 심리학자, 심리치료사였던 하임 기너트 박사가 말한 감정코칭의 기본 철학 세 가지가 있다.

첫째, 아이의 행동보다 감정을 먼저 이해하라.

둘째, 아이의 기분(감정)을 무시하지 마라.

셋째, 행동을 문제 삼되 아이의 인격을 꾸짖지 마라.

우리가 겪어 온 바로는 아이가 화난 감정을 표출했을 때 "참아라!" 울고 싶을 때 "울지 마라!" 등 감정을 억제하도록 배웠다. 그러나 감정을 참고 억제하다가 질풍노도의 시기인 사춘기 때 무너지는 강둑처럼 걷잡을 수 없는 분노가 터져 나오는 것을 어쩌랴. 예를 들어 스트레스는 불안감과 우울증이 함께 나타나며 끝내는 중독이나 자해, 자살 등 도피성 행위로 나타나기도 한다.

한국 학생들의 읽기, 수학, 과학 등 소위 국영수사과와 관련된 학력이 OECD 국가 중 최고 또는 최상위권이라는 것은 자랑스러운 현실이다. 그러나 동시에 IEA 국제 시민의식 교육 연구에 의하면 인성과 관련된 지표에서는 36개국 중 36위라는 수치스러운 기록 또한 현실이다. 위기 학생이 전국 178만 명이 되고, 심각한 고위기 학생 수가 33만 명이 된다고 한다. 한 해에 학교를 자퇴하고 골목을 배회하는 아이가 7만 명이 된다는 안타까운 보고도 있다.

'소통하는 행복한 학교'를 부르짖고 있는 동국대 CTL 석좌교수 조벽은 "아이는 어른이 하기 나름이고 성숙한 어른으로부터 인성을 보고 배워야 합니다. 인성이란 가르치는 것이 아니라 보여주는 것입니다. 아이에게 어른이 모델이요, 멘토가 되는 것입니다."라고 피력했다. 그러면서 세상의 대화는 두 가지인데 마음을 여는 대화, 마음을 닫는 대화가 있다고 한다.

마음을 열고 다가가는 대화는 상대의 감정을 포착하고 공감하는 대화이다. 한국의 교육이 심하게 인지적 영역으로 기울어져 있는데 감정적 영역으로 전환하여 균형을 맞춘 교육이 이루어져야겠다. 아이의 감정을 억누르고 무시하지는 않았는지 돌아보아야 한다. 아이의 모델이요 멘토인 어른이 아이의 감정을 공감하고 존중하면 아이는 자신이 사랑받고 있음을 확인하고 마음을 열게 된다. 신뢰가 바탕이 되었을 때 어른과 아이 사이에 진정한 대화와 소통을 할 수 있게 된다.

"똑바로 앉아라!" "빨리 수업 준비하지 못해?" "입 다물어라!"

늘 바른 행동만 입이 닳도록 강요하는 교실에서 아이들도 힘이 든다. 집에서는 어떤가?

"텔레비전 그만 봐라!" "숙제는 다 했니?" "동생과 싸우지 마라!"

문제는 바른 행동만 요구하는 어른 앞에서 아이는 자존감이 낮아지고 마음을 닫게 된다. 행동을 지적하고 감정을 무시하기보다 왜 그런 행동을 하는지 헤아려 보는 시간과 노력이 필요하다. 아이가 어떤 말을 하든 어떤 행동을 하든 너를 믿고 지지하고 있다는 인식이 아이에게 자리 잡을 때 아이는 행복을 느낀다. 바빠서 피곤해서 아이의 감정을 무시한 채 행동만을 요구할 때가 있지 않았는가? 아이에게 지금 필요한 것은 용돈이나 물건이 아니라 부모의 사랑과 관심이다. 아이의 감정을 따뜻하게 만져주는 눈빛, 너를 응원하고 있다는 인정의 메시지에 천군만마를 얻은 것 같다. 행동을 고쳐주고 싶을 때는 어떤 행동이 옳은지 찬찬히 설명해 주면 충분히 알아듣는다. 자신의 감정을 알아줄 때 아이는 행복하고, 자신의 감정을 다룰 줄 아는 아이는 모든 사람에게 사랑받고 인정받는다.

인사성 있는 아이가 사랑받는다

"사람의 얼굴은 하나의 풍경이며 한 권의 책이다. 얼굴은 결코 거짓말을 하지 않는다."

프랑스 소설가 발자크의 말이다.

아침에 학교 교정에 들어서면 많은 아이로 북적인다. 내가 담임하는 5학년 교실은 4층이다. 교실까지 가다 보면 우리 반 아이뿐만 아니라 다른 학년 아이도 만나게 된다.

"안녕하세요?"

인사하는 아이의 얼굴은 가지각색이고 목소리 또한 천차만별이다. "안녕하세요?" 라고 한마디 툭 던져 놓고 금세 친구랑 이야기하며 돌아서며 가는 아이가 많다. "응, 안녕?" 하고 대답을 하지만 아이는 벌써 저만치 가고 있다. 어른을 존경하는 마음이 담겨 있지 않은 인사는 때로 씁쓸하게 여겨지곤 한다. 인사하는 태도를 보면 어느 정도 아이의 됨됨이를 알 수 있다. 또 인사하는 모습 속에서 아이의 가풍과 부모의 인격을 짐작할 수 있다. 인사는 성숙한 인격을 나타내는 수단이기 때문이다.

우리 학교 5학년 학생 중에 선생님들 사이에서 '인사 잘하는 아이'로 소문난 아이가 있다. 한 가지 더 붙은 별명은 '우리 학교에서 가장 예쁜 아이'이다. 나도 전적으로 동감한다. 이 아이의 인사는 다른 아이와 차별된다. "안녕하세요?"라고 인사하는 목소리가 구슬이 굴러가는 것처럼 낭랑할뿐더러 눈을 마주치며 생글생글 웃는 모습이 매우 인상적이다. 하루에 몇 번을 마주쳐도 한결같이 세상에서 가장 반가운 사람을 만나는 것처럼 인사한다. 그러면 인사를 받는 쪽인 나도 기분이 좋아져 "응, 안녕?" 하면서 웃는 모습으로 인사에 답하게 된다.

학년이 막 바뀌어서 누가 누구인지 모를 3월 초, 맨 처음 이 아이의 인사를 받았던 기억이 난다. 진심과 존경하는 마음이 가득 담긴 인사는 단순한 겉치레로 하는 인사와 다르다. "안녕? 너 몇 반이야? 이름은 뭐지?" 하며 물어보았다. 이름을 기억하고 싶을 만큼 아이의 인사 속에서 어른을 공경하는 따뜻한 마음이 풍겼다.

김창렬은 그의 책《아빠 수업》에서 유치원 선생님들이 뽑는 가장 예쁘고 정이 가는 아이 1순위는 '인사를 잘하는 아이'라고 밝힌 바 있다. 초등학교 선생님들 사이에도 마찬가지이다. 영어 단어를 달달 외우고 수학의 달인이라고 해도 인사를 할 줄 모르는 아이는 윗사람의 인정을 받기 힘들다.

미국의 대공황을 이겨낸 프랭클린 루스벨트 대통령은 어린 시절 '인사 잘하는 아이'로 소문났다. 국민의 절대적인 지지를 받으며 4번이나 대통령에 당선된 그는 청년기에 소아마비에 걸렸다. 1921년 뉴욕 주지사 선거에 나설 채비를 하면서 가족들과 여름휴가를 보내던 중, 작은 섬에서 발생한 산불을 끄는 걸 도와준 후 열기를 식히기 위해 호수의 찬물에서 수영을 하다가 다리에 마비가 와 장애를 가지게 되었다. 그렇지만 불굴의 투지와 노력으로 미국에서 가장 인기 있는 대통령으로 기억에 남는다.

루스벨트 연구가들은 그가 대통령이 될 수 있었던 여러 능력 가운데 한 가지를 '인사 잘하는 습관'으로 꼽고 있다. 그는 재임 기간에도 백악관 청소부까지 일일이 이름을 기억하며 인사를 건넸다고 전해진다. 대통령의 인사를 받는 청소부들은 얼마나 행복하고 자부심을 가졌겠는지 짐작이 가고 남는다. 탁월한 능력뿐만 아니라 훌륭한 인품과 사람을 존중할 줄 아는 됨됨이를 가졌기에 미국 역사상 전무후무한 4선 대통령이 된 것이다.

교육의 기본은 예절 교육이고 예절 교육의 기본은 '인사'이다. 그래서 예로부터 인사성이 부족한 아이를 '기본이 안 된 아이'라며 탄식을 했다. 인사하는 것은 어른에 대한 예의를 표현하는 것이기에 모든 인간관계의 출발점이라고 해도 과언이 아니다.

"인사를 잘하면 인상이 바뀌고, 인상이 바뀌면 인생이 바뀐다."

이 말은 어느 기업가의 말이다. 이 회사는 "큰소리로 인사 잘하는 사람을 뽑아라!"라고 할 만큼 인사를 면접의 중요한 요소로 뽑았다고 한다. 그렇다면 '인사를 잘한다'는 말은 무엇을 말할까? 무조건 큰 소리로 하는 것이 인사를 잘하는 것일까? 물론 아니다. 아무리 큰소리로 인사를 한다 해도 인사를 하는 사람이 어떤 마음으로 하느냐에 따라 인사의 가치는 달라질 수밖에 없다.

참 신기한 것은 아이들이 똑같이 "안녕하세요?"라는 한마디의 인사가 내 귀에 들려올 때는 모두 색깔이 다르다. 마음속까지 따뜻해져 오는 노란색 목소리가 있다. 반면 마음까지 다가오지 않고 귓바퀴에서 윙윙거리다 멀어져 아무런 느낌이 없는 무채색의 목소리도 있다. 마음을 울리는 노란색 목소리는 내 속에서 '참 예쁘고 예의바른 아이구나!' 라는 생각으로 메아리가 되어 잔잔하게 퍼져 나간다. 그 아이는 어딜 가나 사랑받고 인정받는 아이가 된다. 인사 잘하는 아이는 인간관계에서 실패하지 않는다. 하지만 아무런 느낌이 없는 무채색의 목소리는 인사를 듣는 순간 형체도 없이 흩어진다. 진심을 담고 있지 않은 인사는 다른 사람의 마음을 얻을 수 없다.

온종일 학교에 있다 보면 학생뿐 아니라 교장 선생님과 여러 선생님, 방과 후 강사, 급식실 조리사, 또 화장실을 청소하시는 아주머니 등 많은 사람과 인사를 나누게 된다. 모두 하는 일은 다르지만, 대한민국의 교육을 위해 헌신하는 분들이다. 자칫 화장실 청소하시는 분을 소홀히 여기고 인사를 하지 않을 때가 있다. 그러나 그분이 하는 작은 일에 자부심을 느끼게 하는 것은 다름 아닌 따뜻한 인사라고 믿는다.

우리가 살아가는 동안 다양한 사람들과 인간관계를 맺게 된다. 인사는 인간관계의 첫걸음이다. 아이가 태어나서 세상을 향해 걸음을 옮기듯 인사는 사람을 향해 다가가는 소통의 기술이다.

시부야 쇼조는 《인간관계 심리술》에서 "가벼운 인사로 마음을 노크하자. 인사를 하며 시선을 느꼈다면 미소를 보내자. 좋은 인사가 사람을 따뜻하게 만든다. 그리고 단 한마디의 인사가 사람과 사람의 마음을 훌쩍 가깝게 한다. 상대방이 인사를 하고 미소를 지으면 당신은 기뻐할 것이다. 상대방도 마찬가지이다. 당신은 그 인사와 미소를 보내기 아까워하고 있는 건 아닐까?" 라고 적고 있다.

요즘에는 똑똑하고 공부 잘하는 아이를 자주 보지만 인사 잘하는 예의 바른 아이를 만나기가 흔치 않다. 영어다 논술이다 지식에는 많은 신경을 쏟지만, 예절에 대해 중요하게 생각하지 않는 게 현실이다. 하지만 상냥하게 인사할 줄 아는 아이는 누구에게나 기쁨을 준다. '저 아이의 부모는 누구일까?'라는 궁금증이 일어날 정도이다.

인사를 잘하는 예의 바른 아이가 되게 하려면 부모가 먼저 일상생활에서 모범을 보이는 것이 좋다. 마트나 미장원에서 밝게 인사를 나누는 모습을 보면 아이도 자연스럽게 인사하는 법을 익히게 된다. 엘리베이터 안에서 잠깐 만나는 어색한 분위기에서도 "안녕하세요?"라고 인사하는 것을 보고 자란 아이는 시키지 않아도 어느새 부모를 닮게 된다.

가끔 수줍어서 인사를 잘 못하는 아이가 있다. 그럴 때 야단을 치거나 "인사해야지?"라며 아이의 머리를 누르면서 억지로 시키는 것은 좋지 않다. 아이가 수치심을 느낄 수도 있기 때문이다. 새로운 사람이나 환경에 잘 적응하지 못하는 아이가 있다는 것을 부모가 먼저 인정해야 한다. 아이가 '나도 인사를 하여야겠다.'라고 느끼고 자기 의사에 따라 인사를 하려고 할 때까지 여유를 가지고 기다리는 인내심이 필요하다. 어머니는 아이와 같이 다양한 경험을 하고 사람을 만나면서 솔선수범하여 인사하는 모습을 보여 주어야 한다. 그러면 아이도 다른 사람과 친근한 관계를 맺을 수 있는 때가 올 것이다.

정직함이 최고의 재산이다

    나무꾼으로 생계를 유지하는 랍비가 있었다. 그는 나무를 지어 나를 때 이용하려고 당나귀를 한 마리 샀다. 당나귀를 시냇가에 데려와 씻기는데 목줄 사이에서 다이아몬드 하나가 떨어졌다. 제자들은 랍비가 가난한 나무꾼 신세를 면하고 자신들과 공부할 시간이 많아졌다며 기뻐했다. 하지만 랍비는 상인에게 돌려주며 말했다. "나는 당나귀를 샀지 다이아몬드를 산 적이 없습니다. 자기가 사지 않은 물건은 갖지 않는 게 유대의 전통입니다."

    탈무드에 나오는 이야기이다. 어릴 때부터 정직한 삶을 최고의 가치로 살고 있는 유대인은 학교에서 감독이 없이 시험을 치를 때도 커닝을 하는 아이가 없다. 유대인은 정직을 최고의 재산이라고 생각하고 상거래에서도 정직을 중시한다. '자로 재거나 저울로 달 때 속여서는 안 된다. 정확한 추를 사용해야 한다.' 는 가르침을 어릴 때부터 받아왔기 때

202

문이라고 한다.

'정직'이란 사실을 사실대로 이야기하고 거짓이 없이 행동하는 것을 말한다. 아이가 거짓말을 했을 경우 그냥 지나치지 말고 효과적으로 바로 잡아주어야 한다. 아이가 정직한 사람으로 자라기 위해서는 부모의 역할이 중요하다. 내가 초등학교 1학년 때로 기억된다. 당시는 연필이나 지우개, 공책 등이 매우 귀했다. 학교 앞에 조그마한 문방구가 있긴 했지만 지금처럼 마음껏 문구를 사지 못했다. 가난한 부모님께 받은 용돈을 아끼고 모아서 지우개나 연필 등을 하나씩 사던 시절이었다.

어느 날, 학교에서 놀다가 교실 복도에 책받침이 떨어져 있는 것을 보았다. 나는 책받침을 집에 가져 와서 엄마에게 자랑을 하였다. 그때는 공책 종이가 질이 안 좋아서 책받침을 받치지 않으면 글씨가 공책 뒷장에 배겨서 거의 책받침을 사용하였다.

"엄마, 나 책받침 주웠어. 이쁘지?"

그런데 엄마는 내 자랑을 기쁘게 여기지 않았다.

"남의 물건을 가져오면 못써."

"엄마, 몰래 가져온 것이 아니라 주워 온 건데?"

어린 마음에 예쁜 책받침을 주워 온 것을 칭찬 받을 줄 알았는데 엄마의 찡그리는 모습을 보고 내가 한 행동이 잘못된 것이라는 것을 깨달았다. 아마도 내가 지금까지 굴러다니는 볼펜 하나라도 내 것이 아니면 줍지 않는 습관도 그때 이후였던 것 같다.

몇 년 전 감명 깊게 읽은 《마시멜로 이야기》에 나오는 아룬 간디 이야기가 있다.

아룬은 마하트마 간디의 손자인데, 17살 때 정직에 관한 큰 경험을 하게 된다. 아버지를 사무실에 태워다드린 어느 날, 아룬의 아버지는 아룬에게 차를 수리해 오라는 심부름을 시킨다. 차를 정비소에 맡기고 수리가 끝날 때까지 기다렸다가 다섯 시까지는 다시 사무실로 데리러 오라는 것이었는데, 차 수리가 12시에 끝나버렸다. 다섯 시간의 자유 시간 앞에서 망설이다가 영화를 보러 간다. 그런데 너무 재미있어서 한참 보다 보니 벌써 6시 5분이 아닌가? 허겁지겁 아버지에게 갔더니 아버지는 "네게 무슨 사고라도 생기지 않았는지 걱정했다. 무슨 일이 있었니?" 하고 물었다. 아룬은 잠시 고민하다가 거짓말을 하고 말았다.

"정비사들이 어디가 고장이 났는지를 몰라서 한참 헤매다가 겨우 수리를 끝냈어요. 곧장 달려왔는데도 너무 늦었네요. 정말 죄송해요."

이미 정비소에서 일찍 정비가 끝났다는 사실을 알고 있었던 아룬의 아버지는 물론 아들에게 실망한다. 아론의 아버지는 침착한 목소리로 이렇게 말했다.

"아들아, 차를 몰고 먼저 집으로 가거라. 나는 지난 17년 동안 너를 올바르게 키우고자 노력했단다. 그런데 너에게 신뢰를 심어주지 못했구나. 나는 아버지로서 자격이 없다. 어떻게 해야 더 훌륭한 아버지가 될 수 있는지 곰곰 생각하면서 집까지 걸어가야겠다. 그리고 네가 거짓말을 할 정도로 내가 그렇게 나쁜 아버지였다면, 부디 나를 용서해 주기 바란다."

그리고 실제로 15킬로미터가 넘는 먼 거리를 여섯 시간에 걸쳐 걸어서 돌아갔다. 물론 집에 가서도 잔소리는 한 마디도 하지 않았다. 하지만 그 후로 아룬은 다시는 거짓말을 하지 않았다.

아이가 뻔한 거짓말을 한 것을 알았을 때 부모는 당연히 화가 나기 마련이다. 아룬은 침착성을 잃지 않고 깊은 자제력을 발휘할 수 있었기에 아들이 자신의 잘못을 뉘우치고 아버지가 바라던 정직한 삶을 살았다.

막내아들이 고등학교 여름 방학 때 도서관을 간다고 집을 나섰다. 우연히 내 친구와 통화하다가 아들을 기차역에서 보았다는 말을 들었다. 나는 아들이 거짓말을 하고 나간 것이 괘씸하여 화가 잔뜩 났다. 휴대폰으로 전화를 하였지만 받지 않아 집에 올 때까지 벼르고 있었다. 오후 늦게 아들이 집에 오자마자 물었다.

"어디 갔다 오니?"

"응, 도서관에서 공부하고 왔는데?"

능청맞게 거짓말을 한다고 생각하자 더 화가 났다.

"엄마 친구가 너 낮에 친구랑 기차 타는 것 보았다던데 왜 거짓말을 하니?"

"엄마가 나 어디 바람 쐬러 놀러간다고 하면 허락 안 해 줄까 봐 도서관 간다고 했지 뭐!"

아들은 내가 직선적으로 잘못을 지적하자 거짓말한 것을 정당화하며 당당하게 말했다. 공을 치면 튕기기 마련인데 지혜가 부족했다. 아들이 놀러간다고 할 때 허락을 하고 안하고의 문제가 아니다.

아룬 간디처럼, 진정 엄마를 믿지 못하고 거짓말을 하게 한 내 잘못을 미처 깨닫지 못했다. 잔소리 한마디 하지 않고 자녀가 진심으로 뉘우치고 돌이키게 한 아룬 간디의 깊은 마음이 뼛속깊이 전해오는 것 같다. 아룬의 아버지처럼 부모의 깊은 지혜로 자녀가 잘못을 스스로 깨닫도록 할 수 있다면 백 마디 잔소리보다 더 효과가 나지 않겠는가.

정직한 아이로 키우려면 아이가 실수했을 때 부모의 반응이 중요하다. 아이가 화분을 깼을 때 화를 낸다면 같은 상황이 왔을 때 "내가 깬 것이 아니야."라고 거짓말을 할 것이다. 누구나 실수할 수 있음을 인정하고 조심하도록 하여 정직하면 손해를 본다고 생각하지 않도록 해야 한다.

그리고 아이에게 정직을 가르치기 위해서는 부모가 정직해야 한다. 아이와 함께 횡단보도를 건널 때 급한 나머지 빨간 불을 보고 건넜다고 하자. 멀리서 교통단속 경찰관이 오자 "파란 불 있을 때 건넜어요."라고 거짓말을 한다면 아이는 속으로 '상황이 불리할 때는 엄마처럼 거짓말을 하면 되는구나.' 라고 생각하게 된다.

한편, 사람들이 정직성을 잃어가고 있는 이유는 욕심 때문이다. 속이지 않으면 장사해서 이윤을 남기지 못한다고 생각하는 사람도 많다. 중국산을 국산으로 속이는 사람, 짝퉁을 명품으로 속이는 사람, 또 저울을 속이는 사람도 있다. 오히려 정직한 사람을 세상 물정 모르는 어리석은 사람이라고 여기기도 한다.

만약 우리 모두가 정직성을 잃어버리고 살아간다면 이 사회는 어떻게 될까? 정직이 통하지 않는 사회라면 얼마나 삭막한가. 하지만 아직 우리 사회는 정직과 신뢰를 바탕으로 살아가는 사람이 많다. 국민 한 사람 한 사람이 정직한 삶을 살아야 건강한 나라를 이룬다.

도산 안창호 선생은 일찍이 "죽더라도 거짓말은 하지 말라."라고 말했다. 그리고 도산 선생은 정직을 큰 재산으로 삼고 살아갔다고 한다. 조선 시대의 황희 정승은 한 나라의 재상에 올랐으면서도 정직을 바탕으로 청렴하게 생을 꾸려 갔다고 한다.

"있는 그대로 말하라. 남들을 정직하게 대하는 것은 그들을 존중한다는 뜻이자, 자신을 존중한다는 뜻이기도 하다. 게다가 정직은 일을 훨씬 더 간단하게 만들어 준다."

앤드류 매튜스의 말이다. 정직한 사람은 다른 사람의 존중을 받기에 신뢰를 받는다. 무슨 일을 하든지 정직함을 믿기에 일이 잘 될 수밖에 없다. 정직은 무엇으로도 바꿀 수 없는 소중한 재산이다. 정직은 어렵지만 그만큼의 가치가 있다. 부모 스스로 모범이 되어 정직한 말과 행동을 보이고, 자신의 말과 행동에 책임지는 모습을 보여줄 때 아이는 더욱 정직한 삶을 살게 될 것이다.

피할 수 없는 성장통,
따돌림

불과 몇 년 전보다 학교가 달라진 것이 많이 있다. 그중 초등학교 교실에서 볼 수 있는 크게 달라진 것 세 가지를 꼽는다면 스마트폰, 욕, 따돌림이다. 이 중 소위 '왕따'라고 불리는 따돌림 현상은 학교 폭력이 이슈화되고 규제할 수 있는 법이 강화되었음에도 불구하고 완전히 수그러들지 않고 있는 듯하다. 겉으로는 그 강도나 빈도가 약화하였는지는 모르겠지만, 여전히 학교 현장에서 따돌림 문제는 당하는 아이와 부모 마음을 어둡게 하고 있다.

5학년 담임을 맡으면서 빠른 속도로 달라지는 아이들 모습을 보며 감정의 몸살을 여러 번 겪었다. 오랜 교사 경력, 세 아이의 양육 경험, 전문상담교사 석사 자격, 미술 치료사 자격이 무색할 만큼 아이들의 변화를 감지하기에는 너무 변화무쌍하다고나 할까? 더구나 아이들의 마음을 들여다볼 시간이 없는 학교 업무, 쏟아져 나오는 가정통신문, 언제까지 수합하고 통계 내라는 독촉, 연일 계속되는 학교 행사 앞에서 무력감은 더해졌다.

고학년이 되면서 몇몇 또래 아이와 친밀관계를 돈독하게 형성하는 시기에 벌어지는 '친해졌다 멀어졌다', '토라졌다 미워하다'를 반복하는 아이들. 그 사이의 끊임없는 갈등은 참으로 역동적이라서 도무지 종잡을 수 없을 정도이다.

서울대학교 의과대학 소아청소년정신과 이붕년 교수는 저서 《아이의 친구 관계, 공감력이 답이다》에서 이렇게 언급했다.

"왕따 현상은 사회성 발달의 자연스러운 과정이다. 아이의 사회성은 세상에 태어나 엄마를 만나면서부터 싹 트기 시작하고, 돌이 지나면서 아이는 엄마와 자신의 관계에 아빠를 끌어들여 삼각 구도를 형성한다. 만 3세가 되면서 친구가 들어오기 시작하고, 만 5세 무렵부터 친구에게 의미를 둔다. '같이 노니 재미있다'는 생각을 하게 된다.

초등학교 저학년 아이들의 친구 관계는 기분에 따라 바뀐다. 어제까지 '절친'이라며 붙어 다니던 아이들이 어느 순간 '절교'했다며 쳐다보지도 않고, 며칠 지나면 어느새 같이 놀고 있다. 서서히 왕따 문제가 나타나는 시기는 초등학교 고학년이다. 초등학교 저학년 때까지 친했다 멀어졌다를 반복하며 친구 관계를 맺어온 아이들은 고학년이 되면 친한 친구 몇 명과 친밀한 관계를 형성한다. 삼총사니 오총사니 하며 자기들 나름대로 이름을 만들어 유대를 강화하기도 한다."

왕따를 아이들의 사회성 발달 과정에서 나타나는 피할 수 없는 성장통으로 규정한 이붕년 교수의 말은 이른바 '따돌림' 문제를 이해하는

데 도움이 된다.

발달 과정상 친구를 통해 자신의 모습을 보고, 자신을 평가하며, 심지어 삶의 방향을 결정짓기도 할 정도로 친구가 중요한 시기에 바로 그 친구에게 인정받기 위한 치열한 싸움이라고 규정하고 있다. 따라서 부모는 아이들이 친구를 통해 우정, 사랑과 같은 좋은 가치만 배우기를 기대하지만, 실제 아이들 사이에는 힘겨루기, 서열 정하기, 시기, 질투, 따돌림 등 부정적 현상도 나타날 수밖에 없다고 조언했다.

그는 이어 '공감력에 친구 관계의 답이 있다'고 말했는데 실제 학교폭력 피해 학생과 가해 학생을 만나보면 또래보다 공감력이 많이 떨어지는 것은 부인할 수 없는 사실이다. 뇌과학에 의하면 청소년 시기에는 상황을 이성적으로 판단하기보다 자기 마음대로 해석하는 뇌 때문에 서로가 서로를 오해하고, 충동성과 폭력성을 자제하지 못해 문제가 커진다는 특성이 있다.

이러한 관점에서 보면 '따돌림' 문제를 풀어가는 데 여유를 찾을 수 있다.

"따돌림 문제는 절대 있을 수 없는 일이야. 우리 때는 이런 문제 없었어. 너희 왜 그러니? 말해 봐!"
라고 다그치면 아이들은 더 마음의 문을 닫는다. 사실 나도 그런 선생님 중의 하나였다. 약한 아이를 놀리고 왕따를 시키면 화를 내고 흥분했다. 반 아이들 모두가 함께 풀어가야 할 문제로 보지 않고 일방적으로 놀리고 욕하는 아이를 야단치기에 바빴다.

그에 비해 동등한 또래 관계를 유지하다 따돌림을 당하는 아이에게는 동정심과 인내심을 갖고 바라다볼 수 있었다. 이럴 때는 '인생은 새옹지마'라는 말이 생각이 난다. 똘똘 뭉쳐 다니던 오공주 중 한 명이 어느 날 혼자 다닌다. 또 그 이튿날은 그 애가 들어가고 다른 아이가 혼자이다. 그런데 참 특이한 것은 아이가 혼자가 되면 오히려 철든 모습을 보이며 침착하게 견디는 아이가 있는가 하면 못 견디고 괴로워하는 모습을 보이는 아이가 있다.

개인적인 생각으로는 아이의 자존감의 강도가 힘들고 어려운 상황을 어떻게 견디느냐를 좌우한다고 여겨진다.

올해 우리 반 아이는 학교에서 유별나기로 소문이 났다. 여자아이들은 그렇다 치더라도 남자아이의 절반은 다혈질에다 운동 좋아하고 장난도 심했다. 여자아이 이상으로 똘똘 뭉쳐 다닌다.

그런데 남자아이들은 여자들과 양상이 다르다. 한 명을 따돌리려고 저희끼리 타협이 되면 "너하고 오늘부터 안 논다."라고 직접 선언을 한다. "왜 안 노는데? 와! 왕재수다. 왜 안 노는데? 응?" 하며 졸졸 따라다니며 물어본다. 힘을 바탕으로 위계질서가 유지되다가 이것이 위협을 받거나 무너진다 싶으면 말보다 주먹이 앞설 때가 많다.

초등학교 고학년 아이들 사이에서 일어나고 있는 따돌림을 일종의 성장통이라고 여긴다고 마냥 두고 볼 수만은 없다. 실제로 따돌림을 당하는 아이의 고통은 '죽고 싶다'는 표현을 쓸 정도로 힘들다고 고백한다. '가까워졌다 멀어졌다' 하는 아이들은 그래도 희망적이다. 그중 가장 심각한 것은 일 년 내내 혼자인 아이이다. 겉으로 볼 때 가난하거나 왜소하거나 신체상의 문제가 있는 경우 직접적인 따돌림의 대상이 된다. 자기중심적이거나 잘난 척하는 아이도 은따(은근한 따돌림) 당한다.

한편, 현직 경찰관 엄마 김가녕은 자신의 저서 《굿바이, 학교 폭력》에서 자존감이 낮은 아이가 왕따의 표적이라며 따돌림의 가해자나 피해자 가정에는 문제 부모가 있다고 쓴소리한다.

"문제 아이들의 가정에는 어김없이 부모들이 애정과 관심, 배려가 없거나 부족하다. 아이를 방임하다시피 키우거나 일관성 없는 양육방식, 부모의 양육 철학 결여, 너무 권위적이거나 엄한 부모들이 대부분이다. 결국, 학교폭력, 따돌림이라는 문제의 원인에는 아이가 아닌 부모의 양육 태도와 가정환경이 있다. 부모의 양육 태도와 가정환경은 매우 중요하다. 아이의 자존감과 직결되기 때문이다. 사실 건강한 학교생활과 원만한 친구 관계를 형성하는 아이들은 하나같이 자존감이 높다. 이런 아이들은 선생님을 비롯한 친구들과의 사이가 좋으므로 학교폭력이나 따돌림을 당할 수 있는 환경을 제공하지 않는다."

그렇다. 자존감이 낮은 아이는 자신이 사랑받을 만한 가치가 없는 존재라고 여기기 때문에 다른 친구들이 괴롭혀도 저항을 하지 않는 것을 보면 안타깝기 이를 데 없다. 항상 의기소침하고 작은 일에 불안해 한다. 반대로 자존감이 낮지만, 기질이 강한 아이는 오히려 약한 아이를 괴롭히는 가해자의 모습을 보이기도 한다.

유아기에 형성되기 시작한 자존감은 아동기에 더욱 성숙하는데 성공과 실패를 경험하고 깨닫는 과정에서 더욱 높아진다. 아이의 잘못과 실패를 대하는 태도는 아이의 자존감에 영향을 끼치게 된다. 아이를 진정으로 사랑하는 부모라면 아이를 혼내기 전에 먼저 공감하고 이해하는 모습을 보여야 한다. 아이 입장에서 공감할 때 아이는 자신의 잘못을 깨닫고 반성하게 된다. 아이가 인생을 행복하게 살아가기 위해서 다른 사람의 감정을 이해하고 배려하는 것은 매우 중요하다. 또래 관계에서도 마찬가지이다. '따돌림'이라는 성장통의 처방전은 부모의 관심과 사랑임을 부인할 수 없다.

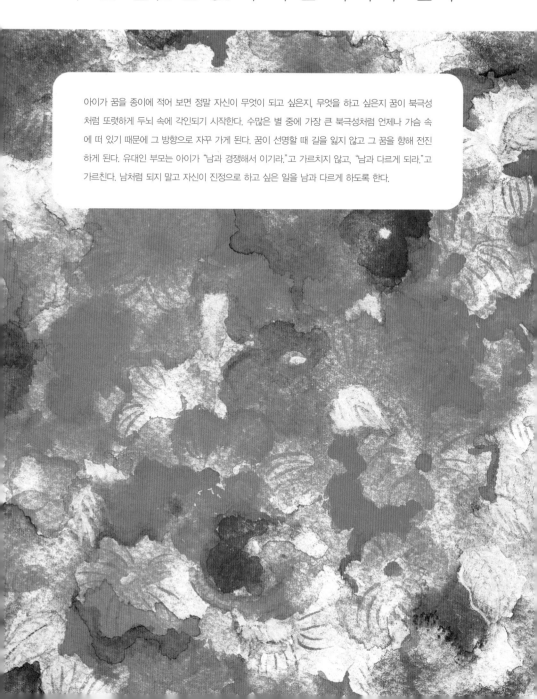

제5장
진로교육
딱 한 걸음만 앞서 가면 리더가 된다

아이가 꿈을 종이에 적어 보면 정말 자신이 무엇이 되고 싶은지, 무엇을 하고 싶은지 꿈이 북극성처럼 또렷하게 두뇌 속에 각인되기 시작한다. 수많은 별 중에 가장 큰 북극성처럼 언제나 가슴 속에 떠 있기 때문에 그 방향으로 자꾸 가게 된다. 꿈이 선명할 때 길을 잃지 않고 그 꿈을 향해 전진하게 된다. 유대인 부모는 아이가 "남과 경쟁해서 이기라."고 가르치지 않고, "남과 다르게 되라."고 가르친다. 남처럼 되지 말고 자신이 진정으로 하고 싶은 일을 남과 다르게 하도록 한다.

종이 위의 기적, 꿈이 이루어진다

2010년 밴쿠버동계올림픽에서 김연아 선수가 피겨스케이팅 여자 싱글 부문에서 금메달을 차지했을 때 우리나라 국민들은 온통 축제 분위기에 휩싸였다. 내로라하는 세계의 선수들을 제치고 대한민국 태극기와 함께 애국가가 울려 퍼질 때, 김연아 선수는 뜨거운 눈물을 흘렸다. 아마 세계 최고의 피겨 선수로 자리매김하기까지 수백, 수천 번의 엉덩방아를 찧고 포기하고 싶은 많은 순간이 주마등처럼 스쳤을 것이다.

김연아는 초등학교 1학년 때 가족들과 올림픽공원에서 '알라딘'이라는 아이스 쇼를 보았다. 그날 밤 그는 자신도 열심히 해서 꼭 피겨 선수가 되겠다고 일기장에 적었다. 힘이 들 때마다 일기장을 들여다보며 자신의 꿈을 확인하고 마음을 다잡으며 고되고 강도 높은 훈련을 소화할 수 있었다고 한다. 다음은 2010년 중앙일보에 공개한 김연아 일기장의 전문이다.

"토요일에 우리 가족은 올림픽공원에 가서 아이스쇼를 보았다. 그것은 '알라딘'이었다. 아이스쇼는 1부, 2부가 있었다. 눈이 나빠 안 보일 줄 알았는데 안경을 쓰고 가서 다행이었다. 아이스쇼를 보고 나서 나도 스케이트를 열심히 타서 국가 선수가 되어야겠다고 다짐하였다."

김연아는 알라딘의 요술램프를 찾아낸 자신의 희망을 일기장에 적을 뿐 아니라 담임선생님에게도 "선생님, 저는 커서 꼭 피겨 스케이트 선수가 되겠습니다."라는 내용의 편지를 써서 보냈다고 한다. 김연아는 자신의 숙명적인 단어인 '피겨 스케이트 선수'를 쓰고 또 써서 결국에는 종이에 쓴 대로 꿈을 이루고야 말았다.

꿈을 이루는 것은 결코 쉬운 일이 아니다. 매일 그 꿈을 확인하고 꿈을 이루기 위해 노력하지 않으면 한낱 신기루에 불과하고 간절한 마음이 점차 식어간다. 그래서 종이에 적어 간절한 꿈을 눈으로 확인하고 마음에 다짐하며 한 발자국씩 나아가야 한다. 한시도 잊지 않기 위해서 책상 앞에든 일기장에든 적고 들여다보며 정신을 한곳으로 가다듬어야 한다.

액션 영화의 대명사 이소룡의 유명한 일화가 있다. 그도 무명시절에 자신의 꿈을 종이에 적었다고 한다. "나는 1980년 미국에서 가장 유명한 동양인 배우가 되어 있을 것이다. 나는 1,000만 달러의 계약금을 받을 것이다."라고 적었다. 결국, 자신의 꿈을 실현했다. 이소룡이 친필로 쓴 이 종이는 뉴욕 플래닛 할리우드에 소장되어 있다.

미국의 초대 대통령인 조지 워싱턴 역시 열두 살 때부터 "나는 군대를 이끌어 미국을 독립시키고 대통령이 될 것이다."라는 목표를 글로 적으면서 생생하게 꿈을 꾸었다. 결국 조지 워싱턴은 자신이 글로 적은 대로 미국의 기틀을 만든 불멸의 리더십으로 대통령이 되었다. 어릴 때부터 분명한 꿈과 목표를 글로 적은 덕분에 자신의 원하는 꿈을 이룬 것이다.

자신의 꿈과 목표를 설정하더라도 종이에 적어서 책상이나 잘 보이는 곳에 붙여 놓는 사람은 많지 않다. 하지만 꿈과 목표를 설정해 놓는 것만큼 종이에 적어놓는 것은 매우 중요하다. 종이에 꿈을 적고 상상하고 꿈을 말하면 한낱 신기루에 불과하던 그 꿈이 점차 뇌가 그것을 이루기 위해 최선을 다하게 된다고 한다. 종이에 적은 꿈을 볼 때마다 온몸에서 세포 하나하나가 살아나 간절함이 요동을 치게 된다. 요즘은 종이가 아니더라도 휴대전화나 컴퓨터의 메인 화면에 적어두면 된다.

나는 초등학교 6학년 때에 초등학교 선생이 되고자 꿈을 꾸었다. 그 당시에는 사실 중학교 입학도 어려운 가정 형편을 생각하면 불가능한 꿈이었다. 염려한 대로 1년 늦게 중학교에 진학했지만 난 포기하지 않았다. 고등학교에 가서 잠시 흔들릴 때도 있었다. 용돈과 생활비를 제대로 받지 못해 도시락을 싸지 못하고 굶을 때도 있었다. 그때 '중퇴를 하고 돈을 벌까?' 라는 생각에 며칠을 고민하였다. 하지만 이 지긋지긋한 가난을 벗어나기 위해서라도 선생이 되어야 한다는 생각이 미치자 정신이 번쩍 났다. 그리고 초라한 내 앉은뱅이책상 앞에 '나의 목표는 서울교대' 라고 큼지막하게 종이에 써서 붙여 놓았다.

교대에 들어가려면 반에서 5등 안에는 들어야 한다. 하지만 당시 성적은 반에서 10등쯤이라 그 성적 가지고 교대에 들어갈 수 없었던 나는 다른 아이와 한가로이 놀 시간도 없이 공부모드에 들어갔다. 책상 앞에 붙어 있는 목표를 보며 초등학교 교사가 되리라는 생각을 더 다지게 되고 집중력을 발휘할 수 있었다. 결국, 꿈에 그리던 교대에 입학할 때의 기쁨이란 말로 다할 수 없었다.

요즘엔 꿈이 없는 아이들이 많다. 우리가 어렸을 때는 '대통령' 이 되겠다는 아이도 있었고, 하다못해 '선생님' 이나 '경찰관' 이 되겠다고 대답하는 아이도 많았다. 그런데 요즘 아이들은 "너의 꿈이 무엇이니?" 라고 물으면 "아직 없어요." 또는 "몰라요."라고 대답하는 아이들이 십중팔구다. 아마 너무 바빠서 꿈을 생각할 겨를이 없거나 귀찮거나 둘 중의 하나일 것 같다.

꿈이 없는 아이들에게 난 가끔 "넌 정말 어떤 사람이 되고 싶니?" 또는 "넌 무엇을 하며 살고 싶니?"라는 질문을 던진다. 이런 질문은 아무 꿈이 없이 사는 아이에게 자신의 진정한 꿈이 무엇인지 고민하는 계기가 된다.

만일 아이가 자신이 이루고자 하는 꿈에 대해 생각하고, 이루고자 하는 꿈을 발견하게 된다면 그 꿈이 아이를 이끌 것이다. 그리고 꿈이 생생하게 자리매김한다면 어려움이 와도 다시 도전하게 될 것이다.

그렇다면 어떻게 자신의 꿈을 이룰 수 있는가. 헨리에트 앤 클라우가 《종이 위의 기적, 쓰면 이루어진다》에서 다음과 같이 말하고 있다.

"지금 바로 자신만의 목표를 담은 목록을 작성하라. 실현 불가능한 것 같아 포기하고 싶더라도 무조건 기록하고 옆에 별표를 해두어라. 원하는 것이 너무 많아도 움츠러들지 마라. 달성할 수 있는 구체적인 수단이 전혀 없더라도 두려워하지 말고 기록하라. 계속 적어 내려가라. 마음에서 우러나오는 소원들을 원하는 만큼 길게 적어라. 기록은 우주에 신호를 보내는 것과 같다. 주파수를 맞추는 과정이다. 또한 기록을 함으로써 우리는 망상 활성화 시스템을 작동시켜서 두뇌를 움직이게 한다."

그렇다. 자신이 이루고자 하는 꿈의 목록을 종이 위에 써야 한다. 모델링 하고자 하는 사람의 사진에 자신의 얼굴 부분을 컴퓨터로 합성하거나, 자신의 얼굴 사진을 오려 붙여도 좋다. 마치 내가 성공을 이룬 사람처럼, 책상 위에 붙여 놓고 매일 들여다보며 기도하고 생각해 보라. 꿈이 이루어진 모습을 상상하면 엔도르핀이 돌고 공부하고자 하는 마음이 샘솟을 것이다.

마크 피셔도 《백만장자처럼 생각하라》에서 "종이에다 당신이 삶에서 진정으로 이루고 싶은 것들을 써 보아라. 최대한 자세하게 쓰도록 하라. 그리고 내년의 목표를 분명하게 정하라. 내년의 목표를 가슴에 뚜렷이 새겼다면, 그 성취를 위한 단계별 계획을 세워라. 그리고 목표 달성을 위해 필요한 단계를 순서대로 적어 보라."고 적고 있다.

아이가 꿈을 종이에 적어 보면 정말 자신이 무엇이 되고 싶은지, 무엇을 하고 싶은지 꿈이 북극성처럼 또렷하게 두뇌 속에 각인되기 시작한다. 수많은 별 중에 가장 큰 북극성처럼 언제나 가슴 속에 떠 있기 때문에 그 방향으로 자꾸 가게 된다. 꿈이 선명할 때 길을 잃지 않고 그 꿈을 향해 전진하게 된다.

너의 경쟁 상대는 너 자신이다

    재미교포 김승기 박사의 미 컬럼비아대 박사 논문 〈한인 명문대생 연구〉를 보면, 미국 명문대에 입학한 한국인 학생 가운데 44퍼센트가 중도 탈락한다. 1985년부터 2007년까지 하버드와 예일, 코넬, 컬럼비아, 스탠퍼드, UC버클리 등 14개 명문대에 입학한 한국인 학생 1,400명을 분석한 결과다. 또 그가 분석한 같은 기간 미국의 경제전문지 《포천》이 선정한 500대 기업에 재직하는 한국계 간부 현황을 조사한 결과 한인은 전체의 0.3퍼센트를 차지한다. 미국 유학생 중 한국 학생이 차지하는 비율이 세계 1, 2위를 다툴 정도로 많지만, 미국 기업에서 역량을 인정받는 비율은 터무니없이 낮다는 것을 보여준다.

    한국 학생들은 고등학교 때까지 세계적으로 상위권을 유지하다가, 대학만 가면 학습 경쟁력이 곤두박질하는 이유가 무엇일까?

    초등학교 때부터 학원이다 과외다 부모가 정해 준 스케줄을 소화하고 고등학생이 되면 샛별을 보고 등교해서 밤하늘의 별을 세며 돌아오는 날이 반복된다. 우리 자식이 일 등 하기만을 바라는 부모들은 특목고를 보내려고 초등 때부터 소위 스펙을 준비한다.

문제는 아이 자신이 흥미를 느끼고 공부하는 것이 아니라면 자신의 것이라고 말할 수 없다는 데 있다. 억지로 외워진 지식은 오래가지 못한다. 《생각의 탄생》을 쓴 루트번스타인 부부의 표현을 빌리자면 "실로 허약하며 쓸모없고, 교육적 실패의 결과물에 불과하고, 겉만 번지르르한 학문적 성취의 외장"일 뿐이다.

더구나 한 줄로 세우기만을 고집하는 학교에서 짝은 협력해서 공부하는 파트너가 아니라 필기 노트를 빌려 주지 않는 경쟁 상대가 되었다. 학업 스트레스를 이기지 못한 수많은 청소년은 가출하여 어두운 골목길을 지금도 배회하고 있는 현실이다.

시키는 일은 잘해도 스스로 하는 일은 쩔쩔매고 독립적으로 결정하기를 두려워한다. 문제를 척척 풀고 베껴 쓰기는 술술 잘한다. 하지만 조사 학습이나 발표, 토론 학습 시간에는 묵묵부답일 뿐 아니라 무기력한 모습을 볼 때마다 답답하다는 교사의 하소연이 심심찮게 들려온다.

"선생님! 어서 정리나 해 주세요. 힘들게 뭐 하러 발표해요. 외우면 돼요."

이런 식이다. 암기의 전사들은 시험 때가 되면 비상사태가 된다. 배운 것을 정리하며 내가 얼마나 이해하고 있는지 자신의 배움을 시험하는 시간이 아니라 몇 개 틀리는지 그래서 우리 반에서 내가 몇 등인지가 최고의 관심사가 된다.

단언컨대 초등학교에서의 시험 성적은 큰 의미가 없다. 외워서 올백 맞는 것과 외우지 않아서 10개 틀리는 차이는 '도토리 키 재기'이다. 우리 반 친구를 이기기 위한 시험이라면 시작하기도 전에 지는 거다.

에베레스트 정상을 처음으로 정복했던 뉴질랜드의 힐러리 경은 자기 통제의 중요성을 보여 주는 대표적인 인물이다. 해발 8,848미터의 에베레스트 정상까지는 육체적·정신적 피로와 저체온증, 탈수증, 눈사태 등 매우 어렵고도 위험한 과정이었다. 이전에 도전했던 많은 사람이 실패했지만, 힐러리 경은 성공했다. 에베레스트 정상을 정복할 수 있었던 이유를 묻자 그는 이렇게 대답했다.

"내가 정복한 것은 산이 아니라 나 자신이다."

포기하고 싶은 수많은 유혹, 쉬고 싶고 하산하고 싶은 또 다른 자신과의 고독한 싸움에서 자신이 이루고자 하는 목표를 이루어냈을 때 그것이 바로 이기는 것이다.

사실 한국 학생들이 지나친 입시 위주의 경쟁 사회에서 자신의 속도로 흔들림 없이 간다는 것은 쉬운 일이 아니다. 내 아이 점수보다 짝의 점수가 더 궁금한 엄마라면 별 볼 일 없는 점수를 부끄러워하지 않을 아이가 몇 명이나 될까?

공부를 강요하고 성적으로 아이를 평가하는 사회라면 무한한 아이의 창조력을 키워내기 힘들다. 아이가 어떤 흥미를 느꼈는지 관심을 가지는 것은 아랑곳하지 않고 엄마의 필요로 영어, 수학, 논술 등 마구 학원에 보내는 것은 창의력의 새싹을 싹둑싹둑 자르는 것과 같다. 아이가 어떤 분야에 관심과 흥미를 느끼는지 부모가 유심히 보고 관심을 보일 때 개입하는 것이 좋다.

배우는 전 과정을 마라톤에 비유한다면 초등학생은 초반 레이스라고 할 수 있다. 처음부터 전속력을 낸다면 미리 지치기 마련이다. 하지만 차분하게 자기 페이스를 유지하며 달리는 아이는 후반부에서 진가를 발휘하는 경우를 볼 수 있다. 공부도 마찬가지이다. 옆의 아이가 나보다 빨리 달린다고 자신의 페이스를 잃어버린 채 전속력으로 달린다면 어떻게 되겠는가? 완주하기도 전에 지쳐서 포기할지도 모른다.

경쟁 위주로 공부하는 아이는 공부가 즐겁지 않다. 늘 긴장된 채, 일 등을 해도 다음 시험에도 일 등 할 수 있을지 마음을 놓을 수 없다. 하지만 경쟁하지 않고 자기 페이스대로 공부하는 아이는 공부가 즐겁다. 암기 과목이 아니라도 기타를 취미로 배우고 집에서 곤충 기르기를 한다. 주말이면 부모님과 다양한 체험 학습을 즐기고 일기에 기록하기도 한다. 늘 호기심이 많고 배움 자체를 즐기며 시험을 좀 못 치더라도 크게 동요하지 않는 것을 본다.

엄마가 시험 성적에 과민 반응을 보이지 않기 때문에 아이도 자신이 무슨 과목이 부족하고 어떤 내용을 이해하지 못했는지 참고하는 데 의미를 둔다. 사실 그것이 학교 시험의 목적이지 않은가? 시험을 통해 아이가 자신을 이해하고 자신의 강점과 약점을 파악하여 도전하는 삶을 살도록 한다. "너의 경쟁 상대는 너희 반 친구가 아니라 너 자신."임을 알고 자신의 한계를 뛰어넘도록 지지해 주어야 한다.

위대한 발명가 에디슨을 기억할 것이다. 그는 전구에 가장 적합한 재료를 찾기까지 만 번이나 실험을 시도했다고 한다. 그가 발명가로서 성공한 원인을 천재적인 재능에 있지 않고 끊임없는 노력과 의지의 결과라고 말했다.

"성공에 얼마나 가까이 다가가 있는지 깨닫지 못하고 포기하는 사람이 바로 실패자이다."

에디슨은 절대 포기하지 않고 늘 생각하는 습관을 지녔다. 우리를 실패시키고자 하는 적은 내 안에 있다. 게으름, 게임, 스마트폰, 포기하는 습성, 약한 의지력 등이 그것이다. 내 안에 있는 적은 '습관'으로 자리 잡았기 때문에 하루아침에 고치기 힘들다. 하지만 이러한 습관을 나의 적으로 인식하고 고치고자 하는 의지가 있다면 충분히 이길 수 있다.

아이가 배움의 가치를 소중하게 인식하고 공부에 흥미와 자신감을 갖도록 도와주어야 한다. 시험 성적에 집착하기보다 성장 잠재력에 초점을 두고 자기 페이스대로 꾸준히 공부하는 아이가 성공할 확률이 더 높다.

시간을 정복해야 꿈을 이룬다

초등학교 6학년 때이다. 어리지만, 철이 일찍 들어서인지 생각이 많은 아이였다. 들로 산으로 친구들과 뛰어다니면서도 내 마음속에 늘 떠나지 않는 의문점이 있었다. 그것은 "왜 우리 집은 가난할까?"이었다. 동화 속 공주님은 매우 행복할 것 같았다, 가끔 아버지가 "너는 오빠가 고등학교 졸업하거든 중학교 가라. 1년 쉬고."라고 말씀하신 것이 왠지 불안했다.

어느 날 내가 가장 좋아하는 국어 시간이었다. 지금도 잊을 수 없던 선생님 말씀이 생생하게 들리는 것 같다.

"세상에는 부자도 있고 가난한 자도 있어요. 얼굴이 예쁜 사람도 있고 못생긴 사람도 있어요. 불공평하다고 생각하나요?"

내가 늘 궁금하다고 생각한 것을 선생님은 어떻게 아셨을까? 나는 가난하고 눈이 작고 못생기고 그래서 이 세상은 정말 불공평하다고 생각한 것을.

"그런데 모두에게 똑같이 주어진 것이 있어요. 그것이 무엇이라고 생각하나요?"

나는 '모두에게 똑같이 주어진 것'이 정말 궁금했다. 부자나 가난한 자에게 똑같이 주어진 것이 있다니 나는 눈을 동그랗게 뜨고 선생님이 무슨 말씀을 하실지 쳐다보았다.

"그건 시간입니다. 하루 24시간이 누구에게나 똑같이 주어졌어요. 그 시간을 잘 활용할 줄 아는 사람이 있고 그 시간을 낭비하는 사람이 있지요. 시간을 아끼고 소중하게 여기는 사람은 성공자가 될 수 있답니다."

태어나서 처음 '시간'이란 개념을 알게 되었고, 그 '시간'을 자원의 개념으로 이해하게 된 그때의 작은 충격은 나로 하여금 조금씩 '시간'을 나의 친구로, 내 편으로 만들어가기 시작하였다. 언젠가 아놀드 베네트의 저서 《하루 24시간 어떻게 살 것인가》에서 6학년 선생님이 해주신 글을 발견했다. 그때가 70년대 초인데 선생님은 우리에게 어떻게 그런 금쪽 같은 명언을 들려주셨는지 가끔 신기하다는 생각이 든다.

루스벨트 대통령의 부인 엘리너 여사는 '어제는 역사고, 내일은 알 수 없고, 오늘은 선물'이라고 했다. 그만큼 오늘의 시간이 중요하다는 뜻이다. 영어로 프레즌트(Present)는 '현재'라는 뜻도 되지만 '선물'로도 해석할 수 있다. 현재, 즉 오늘이라는 시간은 나에게 주어진 최고의 '선물'이다.

앙리 프레데릭 아미엘은 시간의 중요성을 이렇게 고언했다.

"오늘 하루를 헛되이 보냈다면 그것은 커다란 손실이다. 하루를 유익하게 보낸 사람은 하루의 보물을 파낸 것이다. 하루를 헛되이 보낸 사람은 내 몸을 헛되이 소모하고 있다는 것을 기억해야 한다."

하루 24시간은 객관적이고 공평하지만, 개인이 느끼는 것은 매우 주관적이다. 시간을 우리 주변에 늘 널려 있는 쓰레기쯤으로 치부한다면 아무렇게 발로 차거나 주워 휴지통에 집어넣을 것이다. 하지만 시간을 금맥으로 여긴다면 분초를 소홀히 여기지 않고 흘러내리지 않도록 움켜쥘 것이다.

'사람은 돈을 시간보다 더욱 소중하게 여기지만, 돈 때문에 잃어버린 시간은 돈으로 살 수 없다'는 말이 있다.

초등학생 시기에는 시간이라는 개념을 '공부하는 시간'과 '노는 시간' 등 이분법적으로 생각하는 경향이 있다. 어른보다 더 바쁜 초등학생이다 보니 하루 일정을 소화하느라 사이사이 빈 시간이라도 있을라치면 스마트폰 게임으로 시간을 허비한다. 차라리 휴식하려면 음악을 듣든지 아니면 가만히 생각하는 것이 진정한 휴식이 된다. 꽃과 나무를 바라보는 것도 몸과 마음을 이완하게 한다.

가족이 함께하는 시간이라면 같이 계획을 짜서 실천하는 것이 아이에게 시간 개념을 가르치는 데 도움이 된다. 예를 들면 기상 시간, 식사 시간, 독서 시간 등을 가족회의를 통해 정한다. 보고 싶은 텔레비전 프로가 있다면 미리 그 시간을 알고 시청하는 것도 시간 관리이다. 집에서 텔레비전을 계속 틀어놓고 일을 하거나 공부하는 것은 매우 좋지 않다.

로널드 브레이시는 저서 《자기 시간관리》에서 이렇게 말했다.

"성공한 사람들은 모두 시간 관리에 철저하다.
그들은 시간에 끌려다니지 않고 오히려 시간을 주도해 나간다.
그들이 시간의 주인이 될 수 있다."

"아이가 시간의 노예가 되지 않고 시간의 주인이 될 수 있도록 해야 한다."

가끔 "시간이 없어서"라고 핑계를 대는 사람을 본다. 시간이 없다면 시간을 압축해서 사용하면 된다. 여기저기 파편처럼 흩어지고 조각난 시간을 응축하고 모아들여 집중하고 몰입하면 시간의 효율성을 높일 수 있기 때문이다.

얼마 전 김난도 교수가 쓴 《천 번을 흔들려야 어른이 된다》는 책을 읽었다. 그는 목욕탕에 가서 따뜻한 욕탕에 들어가 있는 5분이 아까워서 책을 읽다 보니 책이 물에 통통 불었다고 적었다. 지난 주말에 텔레비전에서 아빠가 아이와 함께 생활하는 프로그램을 방영했다. 한 남자아이는 김을 가져오라는 아빠 심부름으로 아파트 단지 안의 이모 집으로 가는 동안 책을 읽고 가는 모습이 보였다. 책 읽는 기쁨을 알기에 가능하지만, 그보다 시간을 보배처럼 아끼기 때문이기도 하다.

나는 운전을 하다 보면 신호등에 대기하거나 정체될 때 멍하니 신호를 기다리는 시간이 아깝다는 생각이 들었다. 짧게는 2분이 될 수도 있다. 음악을 듣거나 강의 테이프를 듣기도 하지만 그렇지 않을 때를 대비해 조수석에 시집을 한 권 두고 운전한다. 시 한 편을 읽는 시간은 단 몇 초에 불과하다. 어떤 때는 두세 편을 읽고 신호를 받을 때도 있다.

'성공자의 습관이 몸에 배려면 시간이 필요하다. 세 살 적 습관이 여든까지 간다.'는 말처럼 어릴 때 자리 잡은 습관은 평생을 좌우한다고 해도 과언이 아니다. 한 가지 습관을 바꾸려면 평균 21일이 걸린다고 잭 D. 핫지는 《습관의 힘》에서 언급했다. 하지만 막상 시작하면 사나흘도 쉽지 않다.

아이가 어릴 때부터 시간을 소중히 여기고 시간 관리를 하는 것은 매우 중요하다. 하지만 아이 스스로 시간을 관리하려면 하루아침에 되는 것이 아니라 꾸준한 노력이 필요하다. 예를 들어 아침 기상 시간을 30분 당겨서 그 시간에 독서를 하기로 했다면 수많은 시행착오를 거쳐야 몸에 익게 되는 때가 온다.

부모는, 아이가 스스로 시간을 통제할 힘이 아직 부족하므로 "이제 책을 읽을 시간이다!"라는 말로 시간관념을 일깨워주어야 한다. 소중한 시간의 가치를 깨닫고 시간을 효과적으로 사용할 수 있도록 도와주어야 한다. 시간을 정복해야 자신의 꿈을 이룰 수 있기 때문이다.

한 분야의 대명사가 되어라

가을의 대명사는 트렌치코트이고 안전의 대명사는 볼보자동차이듯 뛰어난 인재 중에서 한 분야를 대표할 수 있는 사람을 대명사라고 한다. 예를 들면, 골프 황제 타이거 우즈, 농구 황제 마이클 조던, 컴퓨터 황제 빌 게이츠, 록의 전설 비틀스 그리고 외교관 반기문 UN 사무총장, 역도의 장미란, 지휘자 정명훈 그 외 성악가 조수미는 각 분야의 대명사이다.

말콤 글래드웰은 그의 저서 《아웃라이어》에서 '1만 시간의 법칙'에 대해 언급했다. 누구든 자신의 분야에 1만 시간을 쏟아 부으면 최고가 될 수 있고 성공을 거머쥘 수 있다고 한다. 이 책에서 성공이란 단지 물질적 성공만을 말하지 않는다. 사회적 명예와 부 등 모두가 인정할 만한 성공을 말한다. 자신이 하고자 하는 분야에 하루 3시간씩 10년을 쏟아 부으면 '아웃라이어', 즉 한 분야의 대명사가 된다고 밝히고 있다. 즉 1만 시간을 쏟아 부으면 비로소 우리 뇌는 최적의 상태가 된다고 한다.

여기서 궁금한 것이 있다. '타고난 재능이라는 게 있을까?' 라는 것이다. 심리학자 K. 안데르스 에릭손은 1990년대 초에 〈재능 논쟁의 사례 A〉라는 연구 결과를 내놓았다. 바이올리니스트를 세 그룹으로 나누었는데, 첫 번째 그룹은 '엘리트'로 장래에 세계 수준의 솔로 주자가 될 수 있는 학생들, 두 번째 그룹은 그냥 '잘한다'는 평가를 받는 학생들, 세 번째 그룹은 프로급 연주를 해본 적이 없고 공립학교 음악교사가 꿈인 학생들이었다. 연구진은 그룹과 상관없이 똑같은 질문을 했다.

"처음으로 바이올린을 집어든 순간부터 지금까지 얼마나 많은 연습을 해왔는가?"

세 그룹 모두 대략 다섯 살부터 연주를 시작했다. 초기 몇 년간은 대략 두세 시간씩 비슷했지만 갈수록 연습량이 달라졌다. 차츰 연습량이 달라지더니 가장 잘하는 아이는 스무 살이 되면 자신의 실력을 갈고닦겠다는 확고한 목적으로 일주일에 서른 시간을 연습했다. 결과적으로 스무 살이 되었을 때 엘리트 학생은 1만 시간을 연습했다. 반면 그냥 잘하는 학생은 모두 8,000시간, 미래의 음악교사는 4,000시간을 연습했다. 한 분야의 탁월한 능력을 나타내는 사람이 어릴 때부터 '타고난 천재'가 아니고 부단히 노력하고 남보다 훨씬 연습을 많이 한다는 것이 이 연구를 통해 밝혀졌다. 남보다 훨씬 더 훨씬 연습하면 평범한 사람도 뛰어난 천재적인 전문가 수준에 올라갈 수 있다.

예로, 산소탱크 박지성은 축구선수에게 불리한 평발을 가지고서도 세계적인 축구선수가 되었다. 2002년 상처를 입어 탈의실에 앉아 있을 때 히딩크 감독이 박지성을 찾았다. 감독은 "박지성은 정신력이 훌륭해서 그런 선수라면 반드시 훌륭한 선수가 될 수 있다."며 박지성의 정신력을 높이 평가했다. 그의 부응에 보답하듯 박지성은 "그의 신발에 페인트를 묻혔다면 그라운드 곳곳에 그의 발자국이 남았을 것이다."라고 서형욱 축구 해설 위원이 말할 정도로 최선을 다해 뛰었다.

우리가 신동이라고 부르는 모차르트도 여섯 살에 작곡을 시작했다고 알려졌다. 하지만 음악평론가 헤럴드 쉰베르크는 모차르트의 위대한 작품들이 작곡을 시작한 지 20년이 지나서야 나오기 시작한 것을 볼 때 모차르트가 재능은 늦게 개발되었다고 평가한다.

정치가 윈스턴 처칠 역시 학창시절 문제아였다. 그런 처칠이 영국 총리로서 세계대전을 승리로 이끌었다. 여러 문학 작품을 남기기도 하고 노벨상 수상자이기도 하다. 누구보다 약점이 많았던 처칠이 최고의 문학가와 정치가가 될 수 있었던 것은 자신만의 엄청난 노력이 있었기 때문이다.

내 아이가 지극히 평범할지라도 자신이 좋아하는 분야를 발견하고 꾸준히 멈추지 않고 노력하여 1만 시간을 훈련한다면 최고 수준의 전문가가 될 수 있다.

연습은 잘하는 사람이 하는 것이 아니라 잘하기 위해 하는 것이다. 그런데 1만 시간의 연습량은 사실 엄청난 시간이다. 성인이 아닌 경우 자신의 힘만으로 그 정도의 연습을 해내기가 무척 어렵다. 따라서 부모의 절대적인 격려와 지지가 필요하다.

사람이 성공하려면 어릴 때부터 꾸준히 노력해야 한다는 것을 알고 있다. 초등학교 때부터 학원에서 늦게까지 공부하고, 고등학교 때에는 학교에서 살다시피 한다. 그런데 우리나라 교육은 왜 경쟁력이 없는 걸까?

나는 중학교 때부터 대학 때까지 영어를 공부해도 외국인 앞에서 "Hello!"라는 간단한 인사조차 입에서 나오지 않았다. 학교에서 수년간 배운 영어를 실생활에서는 왜 입도 뻥끗 못할까? 최고의 교육열을 자랑하고 있지만, 교육에 투자한 시간과 경제 대비 그 효율성이 떨어지는 것은 부인할 수 없는 현실이다.

서태지의 노래 '교실 이데아'에 다음과 같은 가사가 있다.

"매일 아침 일곱 시 삼십 분까지 우릴 조그만 교실로 몰아놓고 전국 구백만의 아이들의 머릿속에 모두 똑같은 것만 집어넣고 있어."

우리나라 학생들이 교실과 학원에 있는 시간이 많지만 "무엇을 하느냐"가 관건이다. 시험을 보면 한 줄로 세우는 치열한 경쟁 구도에서 조금이라도 앞서 가려고 발버둥 치고 있다. 조그만 교실에서 똑같은 것만 집어넣고 있는 환경에서 아웃라이어가 나오는 것은 쉽지 않은 것 같다. 만약 에디슨이 우리나라에 태어났더라면 학교를 중퇴하고도 뛰어난 과학자가 될 수 있었을까? 학교를 밥 먹듯이 결석하고 카메라를 들고 다니면서 영화를 찍은 스필버그가 그렇게 뛰어난 감독이 될 수 있었을까? 스필버그가 학교에 가지 않고 무비 카메라로 사진을 찍는 데 몰두하는 것을 보고 그의 부모는 매우 기뻐하였다고 했다니 매우 고무적인 일이다.

우리나라에서 초등학생이 학교에 하루라도 결석을 하면 큰일이 난 것처럼 문제시한다. 그리고 학교 공부 외에 예체능 쪽으로 진로를 틀라치면 "그건 최후에 공부가 안 될 때 하는 거지? 일단은 공부해라. 공부 잘하면 하다못해 공무원이라도 하지. 예체능 쪽으로 가면 밥 벌어 먹고살기 힘들다."라며 말리는 것이 한국의 부모들이 아닌가.

세계 최고의 교육 경쟁력을 자랑하는 핀란드에서는 교육에서 중요한 것은 경쟁이 아니라 스스로 무얼 할지 아는 데서 실력이 늘어난다는 교육철학을 가지고 있다. 성적표에는 등수가 없고, 전체 석차도 기재되지 않는다고 한다. 비교라는 잣대를 거두면 많은 가능성을 보여 준다고 김태광이 쓴 《북유럽 스타일 스칸디 육아법》에서 밝히고 있다.

아이가 어떤 분야에 관심과 흥미를 보이는지 부모는 유심히 살펴보아야 한다. 내 아이가 학교 시험에서 몇 등 했는지보다 무엇을 잘하는지가 더 중요함을 인식하여야 한다. 아이가 잘하는 것을 발견하고, 성장할 수 있도록 부모가 도와주어야 한다.

이제는 한국의 부모는 관점을 달리하여 자녀를 통하여 부모의 욕심을 채우려 하지 마라. 단지 아이가 좋아하는 것, 관심 있는 것을 찾아 주어 아이의 욕망의 불길이 계속 타오르게 하라. 1만 시간의 연습과 노력을 쏟아 부어 한 분야의 대명사가 되도록 지지하고 격려하라.

흥미 위주의 책보다
인문고전을 읽게 하라

가끔 시간이 나면 책 읽기에 몰두하는 아이가 있긴 하지만 요즘 아이들은 책 읽기를 즐기지 않는다. 시간이 나면 스마트폰으로 게임을 하거나 아니면 잡담으로 시간을 보낸다.

미국의 한 통계에 의하면 상위 5퍼센트 아이들의 독서 시간은 하위 5퍼센트 아이들의 독서 시간보다 144배나 많다고 한다. 교육자들 역시 성취욕이 많은 아이일수록 독서에 쏟는 시간이 많다고 말한다.

하지만 독서 시간이 많다고 해서 마냥 기뻐할 만한 일은 아니다. 교실에서 독서삼매경에 빠져 책을 읽고 있는 아이가 기특해서 "무슨 책을 그렇게 열심히 읽고 있어?" 하며 가까이 가서 보면 '귀신 이야기'나 '학교 괴담' 등 흥미 위주의 만화를 읽고 있어 실망하는 때가 종종 있다. 심지어 서울대를 비롯한 우리나라 10대 대학 도서관 대출 순위를 보면《해리포터》와 같은 판타지 소설이나 일본 연애소설이 싹쓸이하다시피 한다고 하니 심히 우려되지 않을 수 없다.

이에 비해 미국 대학들이 '인문고전 100권 독서 플랜'이나 '인문고전 독서 중심의 전공과정'을 제공하여 상상을 초월하는 인문고전 독서에 집중한다. 세인트존스 대학은 4년 내내 인문고전 100권을 읽고 에세이를 쓰는 게 교육과정의 전부라고 한다.

대부분 학교에서 '이달의 독서왕'을 뽑으며 독서를 장려하고 있다. 약 100권 이상의 책을 읽어야 '독서왕'에 뽑힌다. 하지만 무조건 읽은 책의 권수에 따라 시상을 하는 것은 불합리한 점도 많다. 상에 욕심이 있는 아이는 빨리 읽을 수 있는 저학년용 동화책을 하루에 몇 권씩 읽어내는 것을 보면 '독서를 위한 독서'는 지양해야 한다고 생각한다. '독서를 하자'라는 캠페인도 중요하지만, 아이의 진정한 사고의 변화를 위해서는 인문고전 독서를 해야 한다고 주장하는 바이다.

사실 교육자이면서 손에서 책을 놓지 않는 독서광인 나도 인문고전 독서를 한 지는 불과 얼마 되지 않았다. 이지성의 저서 《리딩으로 리딩하라》라는 책을 읽고 난 뒤에야 비로소 몇 권의 고전을 접하게 되었다.

막스 탈무트는 '인문고전' 독서로 아이의 두뇌를 바꿔주기로 작정하고 열네 살에 칸트의 《순수이성비판》을 읽혔다고 한다. 또한, 변화를 경험한 아이는 인문고전을 읽음으로써 자신의 인생을 바꾸기로 하고 이런 맹세를 했다.

"나는 술 대신 철학 고전에 취하겠다!"

이후 아이의 삶은 인문고전 독서로 채워지고 이미 십 대에는 서양철학을 독파하며 때로는 철학자들과 며칠씩 치열하게 토론을 벌이기도 했다. 그 아이는 〈상대성이론〉으로 유명한 알베르트 아인슈타인이다. 막스 탈무트는 부모의 초대로 일주일에 한 번씩 아인슈타인의 집에 들른 그의 멘토였다. 〈상대성이론〉을 발견하게 된 배경에는 인문고전 독서도 중요한 한몫을 했다.

이지성은 《리딩으로 리딩하라》에서 다음과 같이 언급했다.

"인문고전 독서는 두뇌에 특별한 기쁨을 가져다준다. 물론 처음에는 고되다. 이루 말할 수 없이 힘들고 고되다. 하지만 어느 지점을 지나면서 천재들이 쓴 문장 뒤에 숨은 이치를 깨닫는 순간 두뇌는 지적 쾌감의 정점을 경험하고, 그 맛에 중독된다. 그리고 서서히 변화하기 시작한다. 뻔한 꿈밖에 꿀 줄 모르고 평범한 생각밖에 할 줄 모르던 두뇌가 인문고전 저자들처럼 혁명적으로 꿈꾸고 천재적으로 사고하는 두뇌로 바꾸기 시작한다."

아이가 아무 책이나 읽는다면 안 읽는 것보다 해롭다. 몸에 안 좋은 음식을 먹으면 탈이 나듯이 질이 좋지 않은 독서는 오히려 독이 된다. '나쁜 책보다 더 나쁜 도적은 없다.'는 이탈리아의 격언은 나쁜 책의 폐해를 지적하고 있다. 6~12세는 두정엽, 측두엽이 발달하는 시기로 언어를 통해 사고하고 인지하는 시기라서 이때 어휘력이 풍부하고 좋은 작품을 읽히기 위해 힘써야 한다.

얼마 전, 동산초등학교 고전 읽기 프로젝트를 진행하고 '아이들의 변화'와 '성공적인 고전 읽기 방법'을 소개한 송재환의 《초등고전 읽기 혁명》이란 반가운 책을 접했다. 동산초등학교에서는 일주일에 한 시간씩 정규 교과 과정에 고전 읽기 시간을 배치하고 아침 독서 시간 등을 활용해서 고전을 읽게 했다. 가정에서는 자녀와 함께 하루 30분씩 고전을 읽는 시간을 갖도록 독려했다. 그 결과 주목할 만한 성과를 거둔 것이다.

고전이란 30년 이상 된(古傳), 수준 있는(高典) 책을 의미한다. 그 내용과 전개, 담고 있는 가치관 등이 훌륭하다는 뜻이다. 또한, 고전은 일반 책에서는 얻을 수 없는 내용과 비교할 수 없는 깊이를 담고 있다. 그뿐 아니라 인류의 보편적 가치를 담고 있기 때문에 고전을 읽은 사람은 인생의 터닝 포인트를 갖거나 새로운 기회를 발견하기도 한다.

성공한 사람 중에 고전을 즐겨 읽은 사람들이 매우 많다. 세종대왕은 《구소수간》이라는 책을 1,000번 넘게 읽었고, 김구는 《대학》을 끊임없이 읽고 자기의 뜻을 세웠다. 고전 한 권으로 대통령이 된 사람도 있다. 학교 교육이라고는 일 년 남짓밖에 받지 못한 에이브러햄 링컨은 어머니의 유언에 따라 평생 고전인 《성경》을 읽고 대통령이 되었다. 어릴 때부터 인문고전을 읽은 존 스튜어트 밀은 《자서전》에서 "나는 지적인 영역에서 평균 이하였지 이상은 결코 아니었다. 평범한 지적 능력, 평범한 신체 능력을 가진 사람이라면 누구나 내가 받았던 고전 독서교육을 성공적으로 해낼 수 있다."라고 고백했다.

"성공하려면 성공한 사람을 만나라."라는 말이 있듯이 위대한 고전을 탄생시킨 위대한 사람들을 만나는 것은 인문고전을 통해서이다. 위대한 삶을 살다간 인물들의 글에 접속한 순간 그가 지닌 엄청난 꿈이 다운로드 되는 것이다. 그뿐 아니라 영원불변한 가치를 발견하여 생각이 변하고 점차 천재적인 두뇌의 혁명을 경험하게 된다.

이제 부모는 아이가 어떤 책을 읽는지 주의 깊게 살펴보고 아이 수준에 맞는 인문고전 읽기에 돌입하기를 권한다. 아이뿐 아니라 부모도 인문고전 읽기에 취해 본다면 더할 나위 없다. 그리고 두뇌의 변화를 경험하는 것도 좋지만, 마음의 여유와 자유로움을 함께 누리는 즐거움도 맛보기를 바란다.

'남처럼'이 아니라
'남과 다르게 하라'고 가르치라

《육일 약국 갑시다》를 쓴 김성오 대표의 소신은 '남과 다르게! 어제와 다르게!'라고 한다. 마산에서 육일 약국을 경영하면서 4.5평의 작은 약국을 마산에서 모르는 사람이 없도록 일구고 잇따른 창업에서 늘 '남과 다르게', '어제와 다르게'라는 소신이 결국 남다른 성공을 이끌어냈다.

남과 경쟁하면서 남과 다르면 왠지 불안한 것이 한국인의 정서이다. '모난 정에 돌 맞는다.'는 속담처럼 튀는 행동을 하면 "잘난 체한다."는 소리를 듣거나 "나대지 마라."라는 꾸중을 듣기 일쑤다. 더구나 아이가 남보다 못하다는 생각이 들면 "제발 남들만큼만 해라."라며 은근히 아이 자존심을 구기는 엄마가 많다. 아이의 경쟁심을 부추기고 '남처럼 되라.'는 부모의 말 속에서 창의성을 발휘하기 힘들다.

우리나라 사람들은 가족이나 동료끼리 식당에서 음식을 시키면 같은 메뉴를 시키는 경향이 있다. 빨리 나오는 장점이 있고 동질의식을 느낄 수 있기 때문이다. 한 명이 "나, 자장면!" 하고 메뉴를 정하면 다른 사람들 모두 자장면을 시킨다. 짬뽕을 먹고 싶어도 까다롭다고 할까 봐 눈치만 보다 남들처럼 자장면으로 통일한다.

한마디로 획일적이고 몰개성적이다. 그뿐 아니라 머리 모양이나 액세서리는 물론이고 텔레비전에서 하는 개그나 말투는 금방 흉내 내서 따라 한다. 짝퉁이라도 명품이 좋고 너도나도 성형수술을 해서 연예인의 얼굴이 비슷비슷하다. 한때 여학생 중심으로 깻잎 머리가 유행할 때는 누가 누구인지 모를 정도로 모두 깻잎 머리를 하고 다녔다.

남들이 나팔바지를 입을 때 나만 쫄바지를 입으면 부끄럽다. 특히 요즘 아이들은 남과 다르면 따돌림을 당한다고 생각하고 무엇이든 똑같이 하려는 경향이 있다. 반대되는 의견도 내놓지 못하고 마음에 들지 않는 구석이 있어도 그냥 참고 지내곤 한다. 이런 보이지 않는 문화가 아이의 독창성을 방해하고 창조적 사고력을 저해한다.

청소년 문제 전문가인 미국 버몬트 대학 심리학과 토마스 아켄바흐 교수는 "한국 아이들은 학원에 많이 다니고 공부 압박이 심하지만, 부모 등 가족과의 교감은 적은 편이다. 부모와 자식 간의 문제, 그리고 아이들의 정서나 행동에서 발생하는 많은 문제가 '공부'라는 한 가지 잣대로만 아이들을 평가하는 한국 부모들의 잘못 때문"이라고 지적한다.

아이마다 자기가 좋아하는 관심 분야가 있기 마련인데 천편일률적으로 공부만을 강요하고 좋은 성적을 내지 못하면 꾸중한다. 다른 친구와 형제와의 비교도 서슴지 않는다. 그러면 아이는 더욱 자신감을 잃게 되고, 자신을 비하하게 된다. 아이는 자기가 좋아하는 것을 할 때 행복하고 능률이 오른다. 그러려면 미술이나 음악 또는 운동 등 다양한 경험을 가지도록 하는 것이 좋다. 여행이나 미술관, 음악회와 같은 체험 활동을 함께 돌아보는 것도 아이의 흥미와 개성을 파악하는 데 도움이 된다.

정신과 의사인 정혜신 박사는 그의 책《마음 미술관》에서 이렇게 말했다.

"인간의 삶을 불행하게 하는 가장 강력한 요소를 한 가지만 말하라면 주저 없이 '비교'를 첫손가락에 뽑겠습니다. '무엇에 비해서'라는 수사가 동원되는 순간 삶의 리듬은 헝클어지고 내 목표가 초라해지거나 허황해 보이기 시작합니다."

교실에서 보면 여럿이 잘 어울리지 못하는 아이가 눈에 띄기 마련이다. 전학을 왔거나 대단지 아파트에서 사는 아이가 대다수인데 개인 주택에 사는 아이, 또는 드물게 멀리서 학원차로 등교하는 아이들이다. 그들은 단지 친구들과 상황이 다르다는 이유로 친구들 사이에서 물에 기름 뜨듯 빙빙 도는 것이 안타깝다.

스스로 남과 비교하며 '저 친구는 나보다 예뻐. 저 친구는 나보다 공부를 잘해.'라는 생각으로 열등감에 시달리는 아이도 많다. 부모는 성적으로 아이를 비교하고 아이는 눈에 보이는 물리적인 것으로 평가하며 다른 아이를 멀리한다면 우리 모두 불행하다. 스스로 남과 비교하는 아이는 더 불행하다.

유대인 부모는 아이가 "남과 경쟁해서 이기라."고 가르치지 않고, "남과 다르게 되라."고 가르친다. 남처럼 되지 말고 자신이 진정으로 하고 싶은 일을 남과 다르게 하도록 한다. 아이들은 모두 다르다. 남처럼 되려고 흉내 내면 개성이 없어진다. 형제끼리도 성격이나 취향이 다르게 마련이다. 얼굴도 다르고 잘하는 것도 다르다. 아이의 개성과 장점을 발견하고 개성을 살려주는 부모가 되는 것을 유대인 부모는 매우 중요하게 생각한다.

한 가지 비교해도 되는 것이 있다. 바로 '어제의 나'와 '오늘의 나'이다. '고도원의 아침 편지'로 유명한 고도원은 그의 저서 《위대한 시작》에서 이렇게 말했다.

"진정한 비교는 자신의 어제와 오늘을 비교하는 겁니다. 그래서 어제보다 잘했으면 칭찬하고 어제보다 못했으면 반성하고 더 노력하면 됩니다. 다른 사람과 비교할수록 발전하기보다는 나의 자존감만 약해집니다."

또한 대한민국 청춘 멘토 안철수도 이렇게 말했다.

"열심히 하는 사람이 머리 좋은 사람 못 당하고 머리 좋은 사람이 운좋은 사람 못 당한다는 건 맞는 말입니다. 하지만 노력은 내가 통제할 수 있는 유일한 영역이에요. 내가 통제할 수 없는 머리와 운을 남들과 비교하지 말고 '어제의 나'와 '오늘의 나'를 비교하는 게 의미 있는 일입니다."

진정한 경쟁 상대가 남이 아니고 나 자신이듯 남과 비교하고 경쟁하며 남처럼 따라 한다면 짝퉁처럼 나만의 개성이 없어지고 행복할 수도 성공할 수도 없다.

1960년대 비달 사순의 '보브 커트'가 대 유행을 일으킨 적이 있다. 영국의 세계적인 헤어디자이너인 비달 사순은 어린 시절 부모의 생활고 탓에 보육원에서 7년을 지냈다고 한다. 열한 살 때 가족과 결합한 비달 사순은 열네 살 때 런던의 한 미용실에서 도제로 취업하였다. 그곳에서 일하면서 세계적인 미용사를 꿈꾸었다. 남자 미용사를 직업으로 택한 것은 쉬운 일이 아니었다.

사순이 개인 미용실을 개업하면서부터 남과 다른 생각으로 미용업계에서 두각을 나타내기 시작했다. 1950년대 여성들의 헤어스타일은 머리 손질이 어려운 부풀린 머리였는데, 사순은 머리를 다듬는 데 오랜 시간이 걸리지 않는 단발머리인 보브(bob) 커트를 선보였다. 이는 당시 많은 여성들이 직장생활을 하면서 빠른 머리 손질을 원하는 시대적 상황과 맞아떨어졌다. 천편일률적인 여성들의 머리에 '자유'를 주며 새 바람을 일으켰다. 개인의 얼굴형을 고려해 비대칭의 커트 스타일이 세계적인 유행으로 번져간 것이다 '남과 다른 길'을 택한 비달 사순은 이 '보브 커트'가 돌풍을 일으키면서 '비달 사순'은 세계적인 헤어 브랜드로 우뚝 서게 됐다.

언젠가 거창고등학교의 직업선택을 위한 십계명을 본 적이 있다. 그중에서 가장 인상 깊은 계명을 들자면 "앞을 다투어 모여드는 곳은 절대 가지 마라. 아무도 가지 않은 곳으로 가라."이다. 상식을 배반하는 이 글귀를 쓴 사람이 궁금해졌다. 남이 가는 길을 따라가는 데 익숙한 우리에게 감히 "아무도 가지 않은 길을 가라."라고 말하는 배짱이 부럽다. 아니 그것은 배짱이라기보다 자신감이고 자존감이 높은 사람만이 할 수 있는 당당함이다.

남이 가지 않은, 남과 다른 길을 선택하는 사람은 용기가 필요하다. 그리고 흔들림 없는 확신이 필요하다. 흔들림이란 다른 사람과 비교해서 오는 갈등이기에 과감히 던져버려야 한다. 우리 아이를 바라보는 부모의 관점을 새롭게 디자인해야 한다.

아이는 있는 그대로가 소중하다. 내가 먼저 "남처럼 되라."고 하거나 "남들만큼만 하라."고 닦달하지 말고, "남과 다르게 하라."고 가르치라. 자신만의 장점과 개성을 살려 나가도록 용기를 주라. 어제와 다른 오늘, 오늘보다 더 나은 미래를 향해 한 걸음 한 걸음 우직하게 나아가는 아이만이 성공과 행복을 경험하게 될 것이다.

딱 한 걸음만 앞서 가면
리더가 된다

"하루 연습하지 않으면 나 자신이 알고, 이틀 연습하지 않으면 동료가 알고, 사흘을 연습하지 않으면 청중이 압니다. 성공의 비결은 끊임없는 연습입니다."

'세계적인 바이올리니스트' 장영주의 말이다. 그런데 그녀가 성공한 것은 "부모 덕분에", "운이 좋아서"가 아니다. 물론 부모의 역할이 컸지만 자신의 꿈을 일찍 발견하고 지독한 노력과 연습 덕에 세계적인 음악가가 되었다.

필라델피아에서 음악가 출신의 부모 사이에서 태어나 네 살 때부터 바이올린을 시작하고 여덟 살 때 명지휘자인 주빈 메타와 리카르도 무티에게 오디션을 받았다. 그때 뉴욕 필과 필라델피아 오케스트라 협연을 즉석에서 요청받을 정도로 기량이 뛰어나다. 2004년엔 한국 출신 음악가로는 처음으로 미국 로스앤젤레스(LA) '할리우드 보울'의 명예의

전당에 등재되는 쾌거를 거두었다.

세계에서 가장 재능 있는 고전 음악 연주자로 활약하고 있는 장영주는 성공 비결을 이렇게 말했다.

"어린 시절에 진로를 결정한 덕분에 한 분야에 초점을 맞출 수 있었습니다."

남들보다 일찍 꿈을 발견하고 그 꿈을 성취하기 위해 하루도 빠짐없이 꾸준히 노력한 결과라고 할 수 있다. 남다른 재능 못지않게 지독하게 노력하는 사람은 성공하게 되어 있다.

하지만 장영주는 자신을 신동이라고 생각할까?

"첫 데뷔 후 2, 3년 동안 연주하기가 가장 쉬웠어요. 처음 등장한 신예에게 사람들은 관대했죠. 아직 음표 하나 연주하기 전부터 그들은 핑크빛 드레스를 입고 거기 어울리는 구두를 신은 꼬마가 곧 파가니니를 연주할 거라는 사실만으로 그저 사랑을 퍼부었죠. 저는 여덟 살 때 뉴욕과 런던에서 최고의 오케스트라들과 협연을 했는데, 두 번째 연주에서는 이 오케스트라들이 제게 더 많은 요구를 하더군요. 세 번째가 되자 요구 사항은 더더욱 많아졌구요. 시간이 지날수록 시벨리우스나 바르톡, 제게 테크닉뿐만 아니라 영혼이 있다는 것을 보여줄 수 있는 진지한 작품을 연주해야 했어요. 제게 가장 큰 도전이었어요. 왜냐하면 저 역시 스스로에게서 최선을 다하기를 기대했기 때문이죠."

2006년 미국 시사주간지 〈뉴스위크〉에 '차세대 여성 지도자 20인'에 뽑히기도 한 장영주의 성공 이유는 '신동'이기보다 '빠른 진로 설정'과 '부단한 노력'이라고 할 수 있다.

현재 UN 사무총장으로 한국의 이름을 널리 빛내고 있는 반기문 총장이 외교관으로 최고의 자리에 서게 된 이유가 있다. 다른 친구들이 "누가 더 공을 멀리 차나?", "누구 주먹이 더 센가?"라고 다툴 때 반기문은 "누가 더 영어 단어 잘 외우나?" 하며 친구와 내기를 했다. 영어 단어 하나를 더 외운다고 모두 외교관이 되는 것은 아니지만, 외교관이 되어야겠다는 그의 꿈은 항상 에너지를 한 방향으로 집결시키기에 충분했다.

그는 고등학교 때 에세이 경시대회에서 수상함으로써 미국을 방문해 존 F. 케네디 대통령을 잠시 만난 경험을 계기로 외교관이 되기로 결심했다고 한다.

결국 대학교에서 외교학을 공부한 후 2004년 외교통상부장관을 거쳐 UN 사무총장이 되었고 올해 국내 대학생들이 가장 존경하는 사람 중 한 명으로 뽑히기도 했다.

그 뿐만이 아니다. 세계적인 농구 선수 마이클 조던이 한 말이다.

"보폭을 작게 하라. 어떤 것에도 걸려 넘어지지 않도록 하라. 당신의 걸음 하나하나는 퍼즐 조각 같은 것이다. 그것들이 모여 한 장의 그림이 만들어진다. 그림이 완성되었을 때 당신은 한 걸음 한 걸음씩 나아가 긍정적인 목표에 도달한 것이다. 무언가를 성취하는 데 있어서 나는 그 외의 방법을 알지 못했다. 나는 지금까지 9,000번도 넘게 샷을 성공시키지 못하고 300번도 넘게 져봤다. 계속 실패하고, 실패하고 또 실패했다. 그것이 내가 성공한 이유다."

그는 선수 생활에 위기가 왔을 때 포기하지 않고, 매일 아침 6시에 체육관에 나와 헤링 코치와 함께 드리블이나 슈팅 등 기초 연습과 체력을 단련시켰다고 한다. 낙숫물이 바위를 뚫듯이 작은 실천, 작은 연습이 모여 도저히 불가능하게 보인 바위를 뚫는 기적이 일어나 미국 최고의 NBA 전설이 되었다.

'한 걸음만 앞서 가라'라는 것은 다른 사람을 한 걸음 앞서 가라는 것이 아니다. 자신의 꿈을 이루기 위해 망설이지 말고 한 걸음이라도 '시작하라'는 뜻이며, 자신이 이룬 일보다 한 걸음 더 앞서가라는 의미도 있다.

한 아이가 엄마에게 달려와 들뜬 목소리로 말했다.

"엄마, 나 지금부터 내 방에다 멋진 인형극 극장을 꾸밀 거예요. 그런데 엄마가 나무판자 하고, 못, 망치, 톱 좀 찾아주세요. 무대 커튼으로 쓸 천도 있어야 해요. 빨간색으로요. 아참, 꼭두각시로 쓸 인형도 있어야 하는데…, 그리고 또 잡아당기는 줄도 있어야 하고… 음, 그리고…."

샘솟는 아이디어를 주체할 수 없다는 듯이 아이는 눈동자를 반짝이며 이야기를 계속했다. 아이의 비전은 너무나도 명확했다. 그러나 재료를 챙겨준 뒤 30분쯤 지났을까, 축구공을 들고 밖으로 나가는 아이에게 엄마가 물었다.

"어디 가니? 인형극 극장은 다 되었니?"

현관문을 열면서 아이가 대답했다.

"응, 판자가 너무 커서 톱으로 잘라야 하는데, 힘도 들고 오래 걸릴 것 같아서…. 그래서 축구 좀 하고 쉬었다 할 거예요."

그 아이의 방에는 인형극 극장 재료들이 몇 달째 공사를 기다리고 있다.

린다 필드의 《자존심을 세워라》에 나오는 이야기이다. 인생의 마지막에 가장 후회할 일이 무엇일까? 도전했지만 실패한 일, 마음대로 되지 않았던 일, 과연 그것이 후회스러울까? 무엇보다 후회스러운 것은 원했지만, 한 번도 시도하지 않았던 일일 것이다. '천 리 길도 한 걸음부터' 이듯이 천리 길을 가려는 사람이 한 걸음조차 내딛지 못한 것이 땅을 치고 후회할 일이다. 실패했다면 그것을 통해 실패하지 않는 한 가지 방법을 터득한 것과 같지만 시도조차 하지 않고 그 자리에 머물기만 했다면 아무것도 얻은 것이 없다.

아이가 자신의 목표를 정하고 계획을 세우는 것은 무엇보다 훌륭하다. 하지만 그것으로 그치고, '내일 하겠다'라고 매일 미룬다면 영원히 '내일', 즉 '미래'는 오지 않는다. "내일 하겠다."라고 미루는 순간 지금 애써 세워 놓은 목표와 계획이 파도처럼 밀려가고 만다. 아이를 유혹하는 재미있고 쉽고 편한 것이 주위를 감싼다. 목표와 계획이 사라진 대신 미래는 다다를 수 없는 신기루가 될 뿐임을 기억해야 한다.

"우물쭈물하다가 내 이럴 줄 알았지."

조지 버나드 쇼의 묘비명과 다를 바 없는 삶을 살게 해서는 안 된다. 내일이 아니라 지금 시작하도록 도우라. '시작이 반이다.'는 격언처럼 첫걸음이 중요하다. '피아노를 배우겠다.'고 결심했다면 지금 바로 피아노 학원에 등록해서 매일 배우게 하라. 한국사 편지 5권을 읽기로 마음먹었다면 지금 당장 아이와 같이 서점에 가서 책을 사야 한다. 첫 장을 펼쳐서 한국 역사의 대장정을 여행하도록 부추기고 격려해야 한다. 그 책을 다 읽는다면 함께 수원의 화성을 체험하는 약속을 하면 어떤가.

"큰 나무는 가느다란 가지에서 시작되고, 10층의 탑도 작은 벽돌을 하나씩 쌓아 올리는 데에서 시작된다. 마지막에 이르기까지 처음과 마찬가지로 정성을 기울이면 어떤 일도 해낼 수 있다."

노자의 말처럼 처음에는 작은 점 하나가 시작이다. 새로운 경험과 도전이 모여 점이 되고 그 점이 모여 아름다운 선을 이룬다. 그 선은 어느덧 감동의 파노라마로 인생의 꽃을 피우는 청량제가 된다. 어린 가을에 부는 모시 바람처럼 자기뿐 아니라 다른 사람까지도 감동케 하는 그 무엇이 있다. 딱 한 걸음만 앞서 가는 자가 어느덧 임계점에 도달하여 리더가 되고 짜릿한 삶의 성공을 맛보게 된다.

성공하려면 롤모델을 만나라

　　자신의 위치에서 성공한 모든 사람에게는 롤모델이 있다. 롤모델은 내비게이션과 같다. 한 번도 가보지 못한 낯선 길을 갈 때 내비게이션은 갈 길을 인도해 준다. 가고자 하는 방향을 안내해 주는 지도가 없다면 방향을 잃고 헤매게 되지만, 지도는 다른 길을 헤매다가도 다시 바른길로 인도해 준다.

　　인생에도 마찬가지이다. 살아가면서 수많은 시행착오를 겪지만 롤모델이 있다면 외롭고 힘들 때 동기부여가 된다. 최소한의 시행착오를 겪으며 이루고자 하는 꿈의 목적지에 쉽고 빠르게 갈 수 있다. 그래서 대부분의 성공한 사람들에게는 롤모델이 있다.

　　'나의 롤모델도 어려운 역경을 이겨내고 성공했으니 나도 꼭 나의 꿈을 이루고 말거야!'

라며 마음을 다잡고 용기를 가지게 된다.

250

힐러리 전 미국 국무장관에게도 롤모델이 있었다. 바로 행복의 연금술사로 불리는 엘리너였다. 그는 세계인들이 존경하는 인물 가운데 한 사람이다. 그의 적극적인 내조로 장애인이 된 남편 프랭클린 루스벨트를 대통령으로 만들었는가 하면, 네 번이나 연임하는 데 커다란 이바지를 했다.

남편이 죽은 뒤에도 여성 최초로 유엔 인권위원장으로 활동했으며, 〈세계인권선언〉을 채택하는 데 핵심적인 역할을 했다. 그녀는 대통령의 아내로서 정부 정책에 지지를 호소하는 선에서 그치지 않고 아프리카계 미국인들 인종차별의 철폐를 앞장서서 호소했다.

세계적으로 여성의 롤모델인 힐러리 클린턴. 그녀는 엘리너를 존경할 뿐만 아니라 닮으려고 노력했다.

롤모델의 중요성은 아무리 강조해도 지나치지 않다. 성공하고 싶다면 가장 먼저 확고한 꿈을 설정하고 그 다음 롤모델을 찾아야 한다. 이두 가지가 성공의 핵심요소이다.

지독한 가난을 극복하고 세계적인 가수가 된 비에게도 롤모델이 있었다. 바로 박진영과 양현석이다. 그는 '서태지와 아이들' 시절부터 양현석의 팬이었다. 비는 박진영과 양현석의 춤 스타일을 좋아했다. 그리고 그들처럼 춤을 잘 추는 댄스 가수가 되기 위해 죽을 힘을 다해 고군분투했고 그 결과 자신의 꿈을 이룰 수 있었다.

또한, 프로골퍼 양용은도 롤모델이 있었다. 그가 2009년 타이거 우즈를 이기고 미국 PGA 챔피언십에서 우승할 수 있었던 것은 자신의 롤모델 최경주가 있었기에 가능했다. 김광호는 자신의 저서 《영웅의 꿈을 스캔하라》에서 양용은이 세상에 자신의 이름을 빛내게 된 이유에 대해 다음과 같이 말한다.

"'바람의 아들' 양용은은 단 한 순간도 '코리아 탱크'를 가슴에서 놓아본 적이 없다. 자신도 언젠가는 최경주 선배처럼 우승컵을 번쩍 들어 올릴 날이 있을 것이라고 굳게 믿었다. 그리고 마침내 그 상상을 현실로 만들었다. 양용은과 그의 영웅 최경주는 닮은 점이 많다. 최경주는 한국인 최초 PGA(미국프로골프) 투어 카드 획득을 비롯해 아시아인으로 PGA 메이저대회 챔피언에 등극했다. 이뿐만이 아니다. 최경주는 중학교 때만 해도 역도 바벨을 잡다가 고등학교에 들어가서야 본격적으로 골프를 시작했고, 양용은 또한 고등학교 졸업을 앞두고 우연한 기회에 골프 연습장에서 일하게 되면서 골프와 인연을 맺었다. 다른 프로골퍼들에 비해 모두 늦은 시작이었다. 양용은에게 있어 자신과 닮은 점이 많은 최경주의 행보는 선수생활을 하는 데 많은 자극제가 되었다."

만약에 양용은에게 있어 최경주라는 롤모델이 없었다면 어떤 결과가 왔을까? 비슷한 처지의 최경주가 역경을 이겨내고 성공을 거머쥔 것처럼 롤모델의 성공은 자극제가 된다. 그래서 성공하려면 롤모델을 찾아내야 한다. 그렇지 않으면 확고한 꿈이 있다 해도 어려움과 역경 속에서 포기하기가 쉽다.

힐러리 클린턴과 월드스타 비, 프로골퍼 양용은에게는 다음과 같은 롤모델이 있었다.

① 힐러리의 롤모델 → 엘리너
② 월드스타 비의 롤모델 → 박진영, 양현석
③ 프로골퍼 양용은의 롤모델 → 최경주

꿈이 있는 사람, 성공하려는 간절한 욕망이 있는 사람은 먼저 롤모델을 정해야 한다. 앞서 그 분야에 최고가 된 사람을 롤모델로 삼아 벤치마킹해야 한다. 그들의 성공 습관을 본받아 내 것으로 만들어야 한다. 롤모델이 없다면 혼자서 나그네처럼 정처 없이 걸어가는 것과 같다. 힘들고 외로울 때 낙심하고 절망할지도 모른다.

원시인, 왕정인이 공저로 쓴 《오! 마이 캡틴》에 보면 꿈을 꾸는 아이들에게 최고의 스타나 성공자들의 노하우를 전수받는 방법은 바로 롤모델임을 밝혔다.

"꿈과 목표가 있어야 아이는 성장한다. 또한 그 목표를 향해 나아갈 때, 훌륭한 조언자가 함께라면 그 속도는 배가 된다. 박세리 키즈들이 그랬고, 축구 선수 이청룡도 그랬다. 우리 아이도 그렇게 될 것이라 믿고 함께 최고의 스승을 찾아주기 바란다. 롤모델에게 나의 생각을 나누는 것이다. 그럼 롤모델은 자신의 경험과 지식을 동원하여 여러분에게 올바른 방향을 제공해 줄 것이다. 이런 과정을 통해 나의 실수를 줄이고, 꿈을 성취할 수 있다는 동기부여를 받는다. 이제 자신의 주변에서 롤모델을 찾아 그의 사고방식부터 행동양식까지 모든 것을 배우고 도전하라. 그럼 여러분의 꿈과 목표는 빠른 속도로 이루어진다."

그런데 롤모델을 찾으려면 책보다 더 유용한 것은 없다. 그래서일까, 대부분의 성공자는 하나같이 어려서부터 책을 손에서 놓지 않는 책벌레였다. 그들은 책 속에서 꿈을 갈망하고 성공한 사람들의 의식을 찾아내어 자신의 삶에 이식하는 것을 게을리하지 않았다.

책은 사람뿐만 아니라 대학을 삼류에서 일류로 거듭나게 한다. 미국 중부 명문대학인 시카고대학 역시 책을 통해 지금의 명문대학이 될 수 있었다. 시카고대학은 석유재벌인 록펠러가 1892년에 설립한 대학이다.

초창기에는 별 볼 일 없는 대학에 불과했다. 그러나 허친스 박사가 총장에 취임하고부터 달라졌다. 그는 학생들의 마음속에 가득 차 있는 패배주의와 열등의식을 몰아내고 자긍심을 심어준다면 세계를 움직이는 인물이 배출되리라 확신했다.

그는 고민 끝에 성공한 인물들을 직접 만날 기회를 제공해야겠다고 생각했다. 그래서 그는 'The Great Program'이라는 프로그램을 만들었다.

그는 학생들에게 책을 통해 위대한 인물을 만나게끔 했다. 이것은 100권의 고전을 학생들에게 소개해 주고 졸업 때까지 100권의 책을 읽게 만든 프로그램이다. 총장은 책을 읽되 세 가지 과제를 안고 읽도록 했다.

첫째, 롤모델을 정하라, 너에게 가장 알맞은 롤모델을 한 명 골라라
둘째, 영원불변하는 가치를 발견하라, 인생의 모토가 될 수 있는 가치를 발견하라
셋째, 발견한 가치에 대해 꿈과 비전을 가져라

이 대학 학생들은 'The Great Program' 프로그램을 통해 책 속에서 롤모델을 만나면서 심오한 가치를 발견하고, 자신의 꿈과 비전을 향해 나아갈 수 있었다. 그 결과 자신의 분야에서 최고가 된 사람들은 헤아릴 수 없이 많다. 약 80년 뒤 시카고대학은 87명의 노벨상 수상자를 배출해낼 만큼 노벨상 최다 수상에 빛나는 명성이 깊은 대학으로 거듭나게 되었다.

이제 우리 아이가 책을 통해서 롤모델을 찾도록 하자. 롤모델의 힘은 대단하다. 내 안에 내재된 잠재력을 이끌어내 줄 수 있기 때문이다. 생각만 해도 가슴을 뛰게 하는 롤모델을 만나면 아이는 그 롤모델이 가던 길을 따라가게 된다. 그러면 눈부신 미래를 만날 수 있다. 꼭 기억하라. 롤모델이 없이는 결코 멀리 갈 수 없음을.